不能讓老師發現的霸凌日記

崑崙 著

少女在割腕的血泊中醒來。

目錄

一、「什麼」藏在裡面

恍恍惚惚、恍恍惚惚。

意識朦朧的培雅浸在濕冷黏稠的液體裡，那液體來自她的體內，當脫離身體的那一刻隨即變冷。她不得不醒來，睜眼所見竟是不斷從身下蔓延的暗紅，散發著令人作嘔的腥臭。

她緩慢舉起右手，一陣小小的血雨當頭淋落。手腕處一道明顯的裂口，鮮血從中灑出，點點落在她蒼白的臉頰上。即使那道裂口深得無法看穿，培雅卻感覺不到疼痛，只猶豫是否該任血流乾至死？

手腕的裂口突然被撐大，原來有「什麼」藏在裡面。她驚慌望向裂口，驚見一對藏在肉中深處的眼睛。她開始害怕，可是能逃到哪裡去？擺脫不掉的，那東西就在她體內。

數根沾血的纖細手指忽然從肉裡鑽出，奮力撐開兩邊的血肉。培雅嚇得亂揮右手，想將手臂連同裂口裡的「什麼」擺脫掉。可是太遲了，那東西終於得以脫身，赤裸墜地如嬰兒誕生。

從中爬出的居然是個女孩，她抱著膝蓋不斷發抖，沾滿鮮血的長髮凝結成束，凌亂披散在身。女孩的視線穿透掩面的長髮直瞪培雅，怨憤得令培雅寒毛直豎。

女孩突然發難，緊緊扼住培雅的脖子。培雅奮力抓住那女孩的雙腕，想阻止她。但女孩似乎非要培雅的命不可，掐得死緊，無法獲取氧氣的培雅臉龐越漸死白，她不懂也不明白，直到看清那名女孩的容貌，頓時愕然。

培雅不再掙扎——

原來那個女孩是她自己。

××××

驚醒的培雅慌亂著撫摸頸子，被用力掐住的窒息感仍然鮮明殘留。她深深呼吸幾次平復情緒，重現夢境般不安地舉起右手，幸好手腕光滑無傷——只是惡夢。

她抹去額頭冷汗，打開手機，時間顯示是凌晨五點十六分。房間悄然無聲，彷彿所有的聲音都在此死去。沒有窗戶，近門處的小夜燈是唯一光源，鵝黃色的光映照半邊房間，另外一半掩藏在陰影裡，培雅正好身處兩方交界。

她轉過身，背著光將棉被抱進懷裡，用力抱緊，然後又嫌還不足夠似地把頭跟著埋入棉被，爭取到稀微的安全感，直到雙臂開始乏力才慢慢鬆手。

培雅改作仰躺，茫然望著天花板，小夜燈燈座的影子順著牆壁延伸，像攀附在牆面的畸形怪物。她仍抱著棉被不放，這種胸口被壓迫的感覺多少令她安心，被不安啃蝕的缺口似乎短暫被填補起來。

發呆之間，睡意逐漸消失殆盡。她知道是無法睡回籠覺了，索性起床換衣。脫掉上衣之後，露出的胸罩是學生常見的白色樸素款式，鎖骨跟肩膀有幾塊顯眼的瘀青，手臂則有幾道已經結痂的抓痕。雪白的大腿同樣有傷。

她套上制服，從下到上依序將鈕扣扣起，然後是裙子跟過膝黑襪。她特地將襪口拉高好擋住膝蓋的瘀青。單從外觀來看，根本察覺不到她身上竟然藏著這麼多傷。

一打開房門，首先迎接她的是淅瀝的雨聲。她湊近窗戶，外頭落著灰色的陰雨，淋濕的巷道顯得顏色更深，像蒙著一層令人不快的沉重陰霾，同樣顯得陰沉的還有培雅自己，雖然她的五官精緻，但眉宇間藏著陰影。

這間屋子坪數不小，傢俱因為勤於維護所以像是新買的，比起日常的實際使用，它們更近似展示品。這是二姑姑的習慣使然。雖然整體算是不錯的環境，但對培雅而言也只是好看罷了。她更想要的是個真正的家。

經過二姑姑與姑丈的房間時，培雅刻意踮起腳尖放輕聲音，因為二姑姑禁不起吵，哪怕是一點腳步聲都會讓她的神經質如狂風暴雨般引爆。最初住進二姑姑家時，培雅不幸地體會過，從此學會教訓。

培雅從玄關口的傘桶拿了傘，小心翼翼轉開門把，一如往常盡可能無聲地關門。在確認沒有驚動二姑姑之後，培雅緊繃的神經終於得以放鬆。

她撐傘穿越社區中庭。雨勢不小，路面積著大大小小的水窪，每當踩過時就會有各種小碎屑沾附在皮鞋上，書包跟裙擺也被雨打溼，真是糟透的天氣。

時間太早，還不到公車的發車時間。培雅轉進巷裡的超商，打算先解決早餐。在自動門打開的音效之後，竄入鼻腔的是暖和的咖啡香，還有茶葉蛋的醬油氣味。

「歡迎光臨！」店裡傳出店員的招呼聲，不過只聽見聲音卻沒看見人。

培雅猜店員大概是蹲在貨架旁整理商品，不再留意，逕自從鮮食櫃挑選了三明治跟奶茶。正要結帳時發現店員已經回到櫃檯。是個戴著眼鏡的男大學生，看起來很客氣，帶有一種世故的成熟。可惜略顯寬鬆的制服讓他感覺有那麼一點邋遢。

「一共四十九元，收您五十。找您一元跟發票，謝謝。」面帶微笑的男店員像設定好排程的機械，照著流程俐落結帳。

培雅挑選窗邊的位子坐下，隨著天色越亮，經過窗前的人車跟著增多。接連不斷的雨珠打在玻璃窗上，卻沒進入培雅的視線，只能認命地蜿蜒滑落，消失在牆下陰暗的青苔裡。

培雅盯著窗外，久久才咬下一口三明治，卻如同嚼蠟般完全沒有滋味。她微皺著眉，看上去很是憂鬱。

如果可以選擇的話，她真的不想去學校。培雅手按著鎖骨，瘀青的部份仍隱隱作痛。可是退縮的話就輸了，她不甘心，不肯退讓。這些念頭讓培雅沒了胃口，乾脆放棄無法下嚥的早餐，背起書包離開。

經過櫃檯時，店員突然叫住培雅。她困惑地停下。

「你不要緊吧？」店員關心問道。就像撞見不小心跌落池子的小動物，急著想伸出援手的樣子。雖然是出自一番好意，但實在太突然了。培雅尷尬得無法應對，下意識避開視線，正好瞄到店員的名牌——

劉傳翰。是他的名字。

「我不是要搭訕……」店員尷尬的程度不下培雅，著急澄清：「因為你看起來狀況好像很糟……」

的確是很糟糕沒錯，真的這麼明顯？培雅都沒發覺原來她的心事都寫在臉上，憂鬱得令人無法忽視。最後她搖頭，選擇不再理會好心的店員。在踏出溫暖的超商後，冷風挾著冰涼的雨水撲面，培雅拿出髮圈將頭髮紮起，這比長髮披肩的樣子更讓她有安全感。然後她深吸口氣，將所有釋出的不安用力地吸回肺裡，強制隱藏起來。

絕對不能示弱。是時候該上學了。

×××××

因為寄居在二姑姑家，培雅只能被迫轉學，幸好國中的轉學手續還算簡便。不過二姑姑家距離學校有一定路程，所以培雅得搭乘公車通勤。

雨天時的乘客較平常來得更多，公車行進的速度卻是更慢。培雅搭到車時已經沒有座位，只能跟著其他沒得坐下的乘客抓著扶手，隨著開開停停的公車不斷搖晃。

培雅在七點半之前抵達學校，守在校門的生教組組長囂張地睥睨進門的學生，彷佛山寨的山賊大王，學生們則像從各處抓來的奴役。培雅已經習慣當作沒看見，更別提向生教組長問好，刻意遠遠避開，直接走往教室。

教室的桌椅歪七扭八地排列，同學依著各自的小圈圈聚在一塊吃早餐大聲聊天。在班上被刻意孤立的培雅獨自一人，拿出課本溫習。她在過去的班級都是前三名的成績，更有校排前二十名的實力。可是因為臨時轉進，所以沒有被編入這所國中的前段班，反而被分進不看重成績只求學生不要鬧事的班級。

雖然是面臨國中教育會考的重要關頭，周遭的同學卻完全沒有緊張感，只顧著嘻嘻哈哈打混度日。培雅沒有被環境影響而鬆懈，依然對自己有所要求，上課總是最專心聽講，課本也寫滿筆記。當然這是指遇到願意認真授課的老師的情況；反之就選擇自習。不過，課本之所以皺摺累累跟她勤做筆記沒有關係，而是另有原因。

「喂，資優生，一早就在用功？很會裝喔。」隨著不客氣的嘲弄，培雅的課本被粗暴地掃落。取而代之出現在桌面的，是一個戴滿夜市廉價戒指跟手環的手掌，其中幾根手指還塗著很不均勻的黑色指甲油。

培雅壓抑著怒氣抬頭。黑色指甲的主人是個留著齊瀏海妹妹頭的女生，旁邊還圍繞幾名嘍囉樣的女同學，露出看好戲神情的她們全都摀嘴笑著。

帶頭的齊瀏海妹妹頭女生雙手交疊在胸前，站著小混混必備的三七步。還是國中生的她為自己取了「鬼妹」這種煞氣十足的綽號。「就說了你很會裝，被說中不高興嗎？」

培雅默默起身，打算撿回課本，結果被鬼妹一把推回位子上。「上次的事還沒跟你算。放學到西棟的廁所來，知道嗎？你敢不來試試看！」

撂完話的鬼妹囂張地揚長而去，不忘一腳踩過培雅的課本。嘍囉們如訓練有素的忠犬跟在她的身後，回到教室一角屬於她們的小圈圈，隨後傳來各種刺耳的嘲諷。

「哈哈哈，你們講話很賤欸！」「她才是賤貨好嗎？有夠愛演。」「臭三八、臭三八。」「放學一定要好好教訓她。去叫二班的人也準備一下。」

二、求情的代價是給 Line

早在放學鐘聲響起的半小時前，該堂老師就宣布自習，然後端著茶杯跟課本慢慢踱回辦公室。老師有沒有講課的差別根本不大，學生總是故我吵自己的，不過這空出來的半個小時倒是讓鬼妹跟嘍囉們提早佔據教室前後門，擺明要讓培雅無法脫身。

可是，培雅完全沒有要逃的打算。即使深知自己勢單力薄，她還是不逃。反倒不動聲色深呼吸鎮定情緒，將課本跟文具依序整齊收進書包，然後毫不退讓地直視鬼妹的挑釁眼神。

鬼妹拿著小梳子，不斷梳理額前的直瀏海，彷彿固執得要讓每一根頭髮都對齊。她梳歸梳，卻不時看向培雅，然後嘴角彎了彎，念唇語般說著無聲的話。不用多說，當然是些難聽的罵人詞彙。

鈴聲一響，培雅背起書包，直接走向鬼妹。其他不相干的同學紛紛看向兩人。鬼妹早自習時對培雅放話的事早已傳遍全班，因此知道培雅凶多吉少。

打從培雅第一天轉學過來，鬼妹就像有深仇大恨般不斷找她的麻煩，也許是家教良好的資優生光環太刺眼，惹得鬼妹不開心。沒有人不知道，卻也全當事不關己，沉默地看著培雅日復一日被鬼妹率眾欺負。怕被牽連的同學更將培雅視為瘟疫，能閃多遠就閃多遠，不敢有任何交集。培雅在班上孤立無援，不過倒是很得老師的青睞，這讓鬼妹更加眼紅，時常威脅她不准報告給老師知道。

向老師報告同樣不是培雅會採取的對策，她知道這對事情不一定有幫助。畢竟她的父親就是當老師的，偶爾可以從父親那邊得知些小道消息，尤其是校方跟老師遭遇這類事情時會採取的立場跟處理方式。不過，父親什麼話都不能跟她說了……

跟父親的遭遇相比，被同學霸凌又算得了什麼？培雅握拳。*算得了什麼*。她在心裡對自己說，邁開大步，無語瞪著鬼妹。

「你瞪個屁。」鬼妹把梳子收進口袋，嘍囉聚集過來包圍兩人。彷彿電影中出現的黑道押人場面，培雅就這樣被帶往西側大樓。

培雅知道為什麼鬼妹選定那裡，因為那是校園隱密的死角，附近都是少用的科任教室或充當倉庫使用的空教室，別說是老師，就連學生也很少在附近走動。除了鬼妹這類專門滋事的學生。

押著培雅的鬼妹一行人與放學的人潮反方向前進，不得不硬擠出一條路。

一張張陌生的臉孔錯身而過，他們跟培雅一樣都是國中生，此刻卻往不同方向前進。培雅突然發覺她是這樣格格不入，過去上課聽講然後下課趕去補習、回家可以見到家人的日子已不復存。弟弟現在不知道過得怎麼樣，在大姑姑那邊還好嗎？父親死後，她跟弟弟分別寄居在大姑姑跟二姑姑家，重男輕女的觀念深植在長輩心裡，所以大姑姑只願意收留弟弟，培雅則如人球被不情願的二姑姑撿去。

她忽然納悶自己為什麼在這裡？為什麼要跟鬼妹瞎攪和浪費時間？明年就要大考了，現在不是更應該把握時間？但是來到這種班級後，她才知道原來不是所有人都看重成績，甚至有人將之視如糞土。他們求的是每一天的享樂安逸又或是作亂尋歡。

就像現在。

隨著越接近西側大樓，學生越漸稀少，最後整條走廊只剩下培雅跟鬼妹一夥人。雨天的校園昏暗毫無生氣，走廊外側積著大小不一的水窪，雨勢漸趨激烈，雨聲連綿不絕。

經過轉角，走廊的盡頭就是廁所，還沒走近就先聞到陣陣煙味。廁所外有幾個男學生在把風，他們發現出現的是鬼妹，其中一個賊頭賊腦的傢伙立刻對廁所大喊：

「喂！鬼妹帶人過來了，好像是那個轉學過來的女生！」

那男的話才剛說完，廁所內幾個男學生大搖大擺走出，氣勢跟派頭明顯比外頭把風的還要囂張。雖然穿著學校的運動外套，但裡面都是便服上衣，制服褲也刻意改成窄管。一個把頭髮染成亮紫色的男學生嘴叼著煙，裝模作樣地深深吸了一口，衝著走近的鬼妹臉上吐煙。

「喔喔，顏射喔！」一旁的男學生馬上起鬨。

「射你媽啦！幹，臭死了，你幹嘛亂吐煙！」鬼妹罵歸罵，卻是嬌嗔的成份更多。因為她知道這廁所的幾個人都不好惹，是學校叫得出名號的老大。比如紫髮男謠傳家裡是放高利貸的，也常看他跟校外的混混往來。

「你又要欺負人家喔？」紫髮男擠過鬼妹身邊的幾個嘍囉，直接將手搭在培雅的肩上。培雅肩膀一縮，警戒地退後，不慎撞上後面的嘍囉。伴隨一聲斥罵，培雅被大力反推回去，重心不穩撞向紫髮男。紫髮男躲都不躲，還趁機把她摟進懷裡。

培雅嗅到紫髮男身上汗臭混合髮蠟的噁心氣味，驚覺到自己被侵犯了。臉龐煞白的她又驚又怒地推開紫髮男。

「這麼小氣，抱一下都不行？」紫髮男吊兒郎當笑了，搔了搔抹上過多髮蠟的頭髮，幾片頭皮屑隨之飄落。

「看到正妹就故意吃豆腐喔？好色，這麼惡劣。」一個染金髮的男同學探頭出來湊熱鬧，那雙分不清是否睜開的瞇瞇眼貪婪地注視培雅，然後用很神氣的嘴臉表示：「給我你的Line，我就幫你求情怎麼樣？」

「英雄救美！這麼帥！」紫髮男拍手大笑，鬼妹也識相地附和，跟著笑成一團。

培雅臉頰發燙，指尖卻是發冷。「不需要！」

「好凶、好凶！」金髮男笑了笑，從口袋取出壓扁的煙盒，拿了一根煙叼在嘴裡。旁邊的小弟訓練有素拿打火機幫忙點煙。

「好了啦，走了。你還要繼續待在這裡勾引人喔？狐狸精！」鬼妹大聲嚷著，扯著培雅的領子，將她拖進女廁，其他嘍囉在後頭跟著亂推，魚貫走入。陰暗的廁所混雜芳香劑跟香煙的臭味，還有廁所特有的潮濕感。牆邊的抽風扇微微轉動，吹進濕冷的風，彷彿鬼片場景，但在場的無一是鬼。

培雅一被帶進女廁，鬼妹冷不防回身，一巴掌硬生生甩在她的臉頰上。

啪！培雅左臉一陣火辣辣的疼痛，左耳跟著耳鳴，居然有些頭昏。

「前幾天不是很囂張嗎？啊？再還手啊！」鬼妹發飆怒罵。

培雅如她所願，隨即一巴掌回抽在鬼妹臉上。這巴掌極響，隔壁男廁的小流氓都好奇地湊過來看個究竟。鬼妹驚訝捂著紅腫的臉頰，久久說不出話。培雅喘著氣，手掌痛得發麻，像被無數根針扎著。

這一巴掌完全讓鬼妹傻住，培雅打完也不知道後續該如何是好。她過去是個好好學生，鮮少與人爭執更遑論動手，剛才那一巴掌是連日受辱所累積的憤恨跟不甘心爆發所導致，這可是她第一次發狠打人。

「臭三八你還真的動手！」反倒是一邊的嘍囉最先反應過來，怒推培雅。

培雅被逼到牆邊，回神的鬼妹發出憤怒的尖叫，聲音刺耳得幾乎要鑽破耳膜。她發瘋般狂打狂搥，培雅被逼得蹲下，雙手抱頭護住身體，擋住鬼妹踹來的一腳又一腳，培雅那對白皙的手臂因此沾上鞋印跟鞋底的泥沙。

看似被動挨打的培雅突然發難，趁著鬼妹力氣漸弱，抓住鬼妹的腳踝用力一扯。重心不穩的鬼妹撞到旁邊的嘍囉，踉蹌跌成一團。

趴地的鬼妹披頭散髮，用心梳理的齊瀏海像拖把散開，活像爬地的女鬼。她尖叫爬起，舉起手就要往培雅臉上揮落，幸好培雅動作更快，直接抓住鬼妹的手腕，情急之下另一手往鬼妹毫無防備的下巴一推。

咬到舌頭的鬼妹痛得慘呼，慌亂地往嘴巴伸手一抹，驚見混著鮮血的唾液後又是尖叫，衝著培雅一陣暴打。嘍囉跟著揮拳或腳踢，再無反擊餘裕的培雅抱頭縮在角落，只有挨打的份，像淋著淒厲的暴雨般狼狽。她身上的瘀青就是這樣來的，前幾天同樣是在這裡、這個角落被鬼妹一夥圍毆。

培雅的幾顆制服鈕扣在混亂中被扯掉，胸前因此敞開，露出鎖骨與胸罩，與白色制服不相稱的鞋印凌亂地印在衣上。原本綁好的馬尾也全散了，凌亂的髮絲沾著冷汗貼在臉頰與頸上。她不甘心的眼睛藏在瀏海之下，死死瞪著鬼妹。

滿頭大汗的鬼妹暫時氣消，立刻拿出梳子整理瀏海。將瀏海的角度梳理到滿意的位置後，甩著痠痛的手腕警告培雅：「今天先放過你，可是我跟你講，不是就這樣算了。以後再這麼囂張試試看，我在外面有人罩，他隨便都能叫來一、兩百人，你最好是乖乖的不要惹我！」

鬼妹撂完話後就率著嘍囉離開，看熱鬧的男生也鳥獸散了。一齣鬧劇就此暫時落幕。

培雅挨著牆，臉頰貼在冰冷的磁磚上，身體各處都感到疼痛。好一會之後她才扶著牆壁站起，慢慢把衣服拍順，失去鈕扣的制服扣不回去了，她垂下頭，胸口跟腹部一覽無遺。好狼狽。

她蹣跚走到鏡子前，沉默望著鏡中倒影，頭髮凌亂地散開，破皮的嘴角淌著一絲鮮血。這悽慘的樣子令她忍不住發笑，笑得很是淒涼，而且無助。她覺得自己跟以前完全不同，彷彿變了個人。好像從某個時間點之後，她的際遇就像失控出軌的列車不斷往錯誤的方向偏斜。

是什麼時候開始轉變的？培雅撥開頭髮，鏡裡的臉孔好陌生——

這真的是我嗎？

三、演化成粗魯八婆的少女都該處以絞刑

回家又是一趟漫長的過程。

培雅被迫將書包前背，才能擋住鈕扣全被扯掉的制服上衣。她將書包當成救命的盾牌抱緊，護在身前，隨著等車的人潮擠進公車。同行的滿是庸庸碌碌的乘客，一張

張面無表情的臉孔瞪著車窗外又或聚焦在手機螢幕。混雜的氣味遠比清晨的首班車更複雜：汗味與油垢味、香水跟體臭、老人身上的樟腦丸味道、塑膠提袋裡便當的陣陣菜香……

一前一後坐在博愛座的兩個大嬸正在閒聊。前面的那個不斷轉頭，手臂隨著轉身亂擺不斷擦撞到一旁的乘客，但大嬸渾然未覺，只有那名乘客臉色越來越難看。兩位大嬸聊得起勁，音量足以讓全車的人一字不漏聽見交談內容。大嬸口沫橫飛之餘瞥見培雅，因為歷經歲月磨練而善於察言觀色挖人八卦，大嬸自然發現培雅的異樣。

「你看，那個女生怪怪的。」前座的大嬸故裝神祕壓低聲音，卻又唯恐別人沒發現似地直指培雅。書包只遮去制服的上半部份，至於下半段則是無助地露了餡，讓人看見那沒有扣起的下擺。

「哎唷，夭壽喔！現在的年輕人真的是不知道在想什麼？這麼不檢點，衣服都不穿好！」後座的大嬸大聲嚷嚷，全車的乘客當然都聽見了。

「我女兒也是啊，在外面搞一堆亂七八糟的，說她幾句還會翻臉！」前座大嬸忿忿不平。

培雅故意當沒聽見，但周圍的乘客，尤其是男性都在好奇張望，尋找大嬸口中那個「衣服沒穿好的女生」。培雅看似鎮定，實則暗自咬牙，那些與毛手毛腳無異的猥褻目光令她臉頰發燙，既羞憤又氣惱，但越是這種時候越不願意退縮，逞強地站得直挺。

到站下車後培雅確認時間，這時候二姑姑已經在家了。自公務員退休的二姑姑平日固定和退休的同事聚會，也許是喝咖啡或看電影，又或是到各個景點踏青，然後在傍晚七點前返家。現在的時間正好是七點整。

二姑姑的家位在大廈二樓，與鄰近幾棟大廈屬同一社區，住戶多為白領階級或軍公教人員，畢竟這地區就是此類人物的群居地。

培雅謹慎地將鑰匙插入鎖孔後輕聲轉開，接著是門把，同樣接近無聲將門慢慢打開一條縫，觀察屋內動靜。但是好巧不巧，二姑姑正好在玄關，拿著芳香劑對著鞋櫃猛噴，因此發現門外的培雅。

二姑姑那張尖銳的馬臉慢慢扭曲，眉毛倒豎。受到驚嚇的培雅幾乎就要倒抽一股涼氣。

「張培雅！」曾經擔任主管職位的二姑姑就像喝斥下屬般毫不客氣。

心知躲不掉的培雅只能認命進屋，一身狼狽的她引起二姑姑高分貝的驚呼：「你看看你這是什麼樣子！你在外面都幹些什麼？給我解釋清楚這是什麼情形？」

「一點小意外……」培雅無從解釋。經過這些日子的相處，她知道就算講明是遭到同學欺辱，二姑姑也不會伸出援手，反倒會讓情形越加惡化。

「這叫小意外？你不要睜眼說瞎話好不好？你當我是什麼、是三歲小孩嗎？這種謊就別撒了。你這樣對得起霖青嗎？他一個男人辛苦把你跟你弟弟帶大，結果他一離開你就開始亂來？」悲從中來的二姑姑突然掩面，發出怪異的嗚咽聲，像患了鼻竇炎的海牛亂嚎著。

在原地罰站般無法動彈的培雅心亂如麻，後頸泛起一陣雞皮疙瘩。她好想趕快離開這裡，二姑姑發作起來不知道要多久才會罷休。

二姑姑好像聽見她的心願，突然粗魯地推開門，「出去、你出去！給我站在外面好好反省！」

幾個正走上樓的鄰居目睹這幕鬧劇，全都如木偶愣在樓梯間，遲遲沒有走上來。二姑姑發現後立刻轉變態度，換上油膩膩的假笑。

「李太太，這麼巧呀！不好意思讓你們看笑話了，這我姪女啊，叛逆期不懂事。你知道的，年輕人都是這樣，所以我稍微口頭訓誡。呵呵，你要上樓對吧？培雅，還不快讓開給李太太過？」

培雅依言退到牆邊，讓不知道該作何反應的李太太一家上樓。等到李太太一離開視線範圍，二姑姑就壓低聲音，陰狠地警告：「沒有我的允許不准進門，在這裡好好反省！」

於是，培雅就這樣孤零零在門外罰站。空蕩蕩的樓梯間偶爾傳來其他樓層住戶的腳步聲跟關門聲，他們進出都不必戰戰兢兢，只有培雅每次都得擔心不慎引爆二姑姑這顆炸彈。她恨自己為什麼只能寄人籬下看人的臉色過活。

她稍加計算。目前是國中三年級，要自立恐怕得等到大學，仍需三年多的時間，可是忍得了這麼久嗎？

培雅的雙腳因傷開始發疼，便靠著牆壁坐下。毫不浪費時間的她拿出課本溫習，若真想要自立，現在就得作足準備才行，課業是她目前唯一能夠把握的。過去父親對她跟弟弟的成績多有要求，這養成她認真面對課業的態度。但一整天累積的疲累終究還是擊垮了培雅，雖然拿著課本卻難敵不斷湧上的沉重倦意，眼皮慢慢闔上。

雖然地板又冷又硬，但培雅睡得很沉，忽略外界的動靜，完全陷入黑暗的睡眠。

待她緩緩醒轉，一時還分不清自己的所在處，同時發現一雙穿著西裝褲的長腿出現在視野中，配著一雙亮皮皮鞋。培雅視線上移，望著那雙腿的主人，對方同樣也在看她。

不知道是不是培雅多心，那人似乎在注視她併攏的大腿之間，令培雅睡意頓時全消。她認清那人，原來是姑丈。

發現培雅醒來的姑丈不動聲色，終於肯移開目光，堆著關心的笑臉詢問：「怎麼待在外面不進去呢？」

培雅無法回答，油然而生的噁心感令她抗拒回話，並警戒著拉緊裙擺。這動作太明顯了，當然讓姑丈注意到。他皮笑肉不笑，自顧自地繼續說：「被你姑姑趕出來了？我勸過她好幾次了，脾氣要收斂一點，可惜都聽不進去。讓你受委屈了。」

姑丈嘆氣，彎下身將臉湊近培雅，若不是抵著牆壁，培雅真的很想退後再退後，只要能離姑丈越遠越好。

「跟我一起進去。」姑丈伸手抓著培雅的胳臂要將她拉起，培雅雖想掙脫，可是現在吃住都是倚靠二姑姑一家，總不能表現得太強烈，只能強自忍耐。姑丈抓得很緊，手指都陷入肉裡，令培雅生疼。

培雅一聲不吭站起，緊抓著書包擋在身前。姑丈有意無意用眼角餘光瞄著她敞開的領口，已見雛形的乳溝隱約可見，而且毫無防備。培雅羞憤不已，緊咬下唇。姑丈仍未放手，一手抓著她，另一手掏出鑰匙開門，強拉她進屋。

在客廳看韓劇的二姑姑當然聽見開門聲。她發現培雅跟著進門，破口斥罵：「怎麼讓她進來了！你看見她那個樣子沒有？一看就是在外面亂來！」

「你先進去。」一面對發作起來的二姑姑，姑丈只有無奈的份，也終於甘願鬆手。

培雅逃也似地快步走進房間，反手鎖上門。她靠著門不斷喘氣，手臂還殘留姑丈緊抓後的觸感，令她相當不舒服，連燈都不開就扔下書包，抱著膝蓋躲到角落，摀著耳朵不願意聽見門外二姑姑的咒罵。

她在黑暗裡待了許久，無數思緒在腦海亂轉。姑丈的笑臉一再浮現，然後扭曲成獰笑。比起鬼妹那些小流氓，姑丈才是令培雅最害怕的人。姑丈時常藉機觸碰她，起初培雅以為是長輩對於孩子的關心舉動，但日子一久還是察覺有異。

尤其是姑丈看她的眼神很不對勁，有時憐愛有時貪婪，完全就是在看待一個極欲佔有的異性的眼神。

最可怕的是幾次培雅發現收在衣櫃的內衣被人翻動過，曾經懷疑是姑姑神經質發作的突襲檢查，但直覺告訴培雅是姑丈所為。這令她不寒而慄，從此養成進房後都要鎖門的習慣，尤其睡前更是再三檢查。若不是知道二姑姑一定會氣瘋，培雅真的很想更換房間門鎖，鑰匙則由自己保管。

好噁心，真的好噁心。培雅發現竟沒有一個地方能夠讓她安心落腳。直到父親驟逝，她才驚覺自己有多無力，在這個世界上是那樣渺小，只有任人擺布的份……

房間外的聲音慢慢消失，夜終於深了。

趁著姑丈與二姑姑都已經入睡，她才鼓起勇氣去洗澡，這樣就不必擔心一離開浴室就撞見刻意守在浴室外的姑丈。培雅的身體浸在浴缸裡，水溫很燙，但對現在的她來說剛好，緊繃的肌膚以及放學時遭到圍毆的瘀傷因此得以放鬆。

洗完澡後，培雅踮著腳尖回房，只有這樣才能有效放輕腳步聲。她鎖上門，已經過了午夜零時，但一點睡意都沒有，滿腦子都想著該如何儘快逃離這裡跟學校。不過沒有任何親戚願意伸出援手了，只有二姑姑勉強收留她。

培雅思索著，一邊換上牛仔褲跟T恤，再穿上愛迪達的黑色連帽風衣外套，然後往口袋塞進手機、鑰匙跟錢包。這件風衣外套令她倍感懷念，是以前父親帶著她跟弟弟去買的，姐弟倆不約而同挑中一樣的款式。這也是父親送她的最後禮物。

父親死去的那一天，培雅親眼目睹他的死狀。父親的頭顱扭轉成不自然的角度，遭鈍器砸傷的右手掌成了一團爛肉，他的身下拖著一行血跡，狀似死前奮力想要逃離。

後來培雅聽說父親的脖子是被兇手扭斷，這是她最後得知關於命案的消息了，從那之後完全接觸不到任何資訊，好像是大姑姑專門負責跟警察聯絡。從命案到現在已經好長一段時間，兇手至今仍未被捕。

關於兇手，培雅親眼見過他的樣子。那是她跟弟弟在暑假時參加營隊，返家後撞見的第一個人。兇手是個清秀的少年，完全不像是會犯下這種凶殘命案的惡徒，他更像是會待在咖啡店讀著文學書、又或是擔任街拍模特兒的人。

可是這個人的的確確殺了父親。他殺了父親。

但是，比起殘忍殺害父親的兇手，更令培雅無法接受的是她對父親的死似乎沒有那麼悲傷。父親的確對她跟弟弟很好，在母親提出離婚之後就是父親一人獨自負起撫養的責任。可是培雅感受不到父親對她跟弟弟的愛，生性敏感的她隱約覺得父親沉迷於「某樣事物」，那種熱愛的程度甚至超越了給予子女的關心。兩相衡量之下，姐弟會處在天秤向上偏斜的那一方。這反而比父親的死更令培雅難過。

在完全陷入混亂之前，培雅停止多想，她離開籠牢般的二姑姑家，一步一步踏下樓梯。在經過社區出入口的管理員室時，身材顯胖的保全正在大門邊抽煙。

「這麼晚要去哪？」保全問。

「買宵夜。」培雅早就準備好說詞。

「女孩子這麼晚一個人在外面走很危險喔。好像要下雨，有沒有帶傘？我這邊有可以借你。」保全急著獻殷勤。

「外套可以擋雨。」培雅不願意多作逗留，在保全再次開口前離開。

深夜的巷子只有路燈的光，夜空的星星早就死去。好安靜。培雅感到異常的輕鬆，像離開鳥籠獲得自由的金絲雀。

她輕輕哼起歌……

四、解決生理需求的必要性

夜深的城市擁有截然不同於白晝的面貌，宛若兩個不同世界，這是培雅未曾見過的。以前她從補習班下課之後，晚上都乖乖待在家，從未想過在外遊蕩，可是她已無法再像以前一樣，周遭突來的變化太多，她被迫跟著改變。

好安靜，全世界彷彿只剩下培雅一人。但若細聽還是可以發現很多微小的聲音，偶爾有遠方傳來的車聲，提醒著人類並未死絕，這座城市跟住民都還活著，只是短暫沉睡。等到破曉之後，又會恢復慣見的模樣，匆忙而且喧囂。

明天早上還是得去學校，這令培雅原先雀躍輕鬆的心情瞬間黯淡，腳步也不那麼輕快了。她提醒自己要繼續忍耐，只要撐過明年的大考就能跟鬼妹這些人告別。她衷心期盼這輩子不要再有見面的機會。

夜風輕拂，已經是本該脫離夏季酷暑的十月末段，卻還殘留燙人的餘勁，偶爾會猛然變得炎熱。幸好今天很涼爽，只需要風衣外套就足夠保暖。但是不穩定的天氣總是突然降雨，比如現在就下起驟雨，迅速而且激烈，轉瞬培雅即被雨水打溼，風衣外套擋雨的功能實在有限。

倉促間她想起附近有超商能夠避雨，今天就是在那吃早餐的。她開始奔跑，幸好超商距離目前的位置不遠，尤其夜裡那燈火明亮的店面特別顯眼。雨中奔跑的培雅終於來到超商門口，她撥開覆蓋臉龐的濕漉頭髮，再甩掉外套沾附的水珠，腳邊因此濕了一圈。

培雅稍微整理之後才進入超商，裡頭開著空調，偏冷的空氣令她不禁哆嗦，泛起畏寒的雞皮疙瘩，心想得趕緊把頭髮擦乾免得感冒。就在這麼想的同時忍不住打了個噴嚏。哈啾！

「歡迎光臨！」招呼的聲音來自櫃檯，男店員像升起的旗竿立起，剛才他蹲在櫃檯邊所以培雅才沒見到人影。睡眼惺忪的店員摘下粗框眼鏡，揉揉疲憊的眼睛，打著無聲的呵欠。培雅突然覺得這個店員有些熟悉，發現就是早上的那名店員，名字好像叫……傳翰？

怎麼又是這個人？他怎麼還沒下班？培雅暗暗吃驚，覺得血汗企業真是恐怖。

她拿了三包一組的面紙組合到櫃檯結帳，偷偷瞄著店員胸前的名牌，的確是傳翰沒錯。

傳翰的反應依然制式如機械：「一共是二十五元，收您三十，找您五元跟發票，謝謝。」結帳完的傳翰像切換模式般從機械變回人類，聲音終於帶著溫度：「你早上也來過，我沒記錯吧？」

培雅點頭，想到傳翰那時候突然的關心，又有那麼一點尷尬了。她手握著冷冰冰的銅板跟發票，納悶這種場合該如何應對才好？該說些什麼或是什麼都不要說呢？

傳翰搔搔頭，困窘地再次解釋：「早上我真的沒有別的意思，如果讓你困擾真的很抱歉，拜託不要把我當成搭訕的變態！」

「沒有，我沒有覺得你是變態。」培雅不以為這個雞婆的店員有搭訕的企圖，她確定不是因為自己太遲鈍所以無法分辨搭訕與否。再說，傳翰慌張的反應令她覺得很逗趣。

傳翰大大鬆一口氣，終於放下心中大石。「那就好。你淋濕了？只用面紙是擦不乾的，等我一下。」傳翰離開櫃檯，快速走進員工室，拿出一把小型的紅色吹風機。他指著櫃檯旁邊的牆壁，「那邊有插座，你儘管用沒關係。」

培雅接過吹風機，在超商吹頭髮真的好奇怪。「真的沒關係嗎？」

「反正半夜的客人不多，稽核人員也不會出現。對我來說沒什麼影響，放心。」

培雅道謝，趁著涼之前吹乾頭髮。這個場面好違和，今晚她不只是第一次在半夜溜出家，也是第一次在超商使用吹風機。她吹著頭髮，偶爾注意整理收銀機硬幣的傳翰。兩人視線不小心對上，原來傳翰也在偷瞄培雅。傳翰露出尷尬的笑，訕訕點頭，繼續埋首整理收銀機。

叮咚。客人進店。傳翰反射性喊著話術：「歡迎光臨，關東煮特價中！」

培雅突然聞到一股奇怪的味道，即使店裡滿溢咖啡香仍然蓋不掉那異味。培雅張望四周尋找氣味來源，發現進門的是個染著金髮的女孩，穿著屁股幾乎都露出來的超短牛仔熱褲，踩著看起來很容易扭傷腳踝的厚底夾腳拖，上半身則是小可愛配著黑色薄外套。金髮女孩滿臉通紅，眼神迷茫，走起路來搖搖晃晃。

「吵死了，這什麼聲音啦！怎麼會在這裡吹頭髮？有沒有搞錯啊！」金髮女孩不滿地大聲嚷嚷，接著打了一個過份響亮的酒嗝。她四處張望，頭像故障的電風扇快速轉來轉去，在尋找著什麼。

「抱歉，你先關掉吹風機。這女的喝醉了，我怕她對你發酒瘋。」傳翰壓低聲音提醒，培雅依言配合。

金髮女孩突然大步邁開，培雅還以為這女的要衝上前來爭執。注意到金髮女孩異狀的傳翰直接護在培雅身前。不過朝著飲料冷藏櫃直奔的金髮女孩讓兩人知道自己多心了。

「那女的住在附近，是這裡的常客。每次出現一定都是喝得爛醉，沒有一次清醒的。對了，如果她突然靠近記得要躲開，上次她吐了。」傳翰小聲說：「我花了半小時才清理乾淨，不過味道到早上才散光。」

培雅忍不住摀嘴，好誇張的人。

喝茫的金髮女孩粗魯拉開冰箱門，那架式還以為是打算要破壞冰箱。她胡亂抓了好幾個玻璃瓶裝啤酒抱在懷中，然後搖搖晃晃走向櫃檯。途中手臂擦撞到一邊的貨架，接著腳又踢了一下，幾袋遭殃的口香糖跟巧克力無辜摔在地上。

橫衝直撞的金髮女孩終於抵達，將啤酒一股腦全部放上櫃檯，其中幾瓶朝邊緣滑落，傳翰趕緊伸手去攔免得玻璃瓶摔得粉碎，結果不巧碰到金髮女孩的手。

「你亂摸什麼！」金髮女孩拍桌大罵，張嘴就是濃重逼人的酒氣。

「不好意思，不小心的。」傳翰第一時間道歉。

「你毛手毛腳，趁我喝醉亂摸！我要客訴你、我要告你、我要報警讓你被關！」

金髮女孩發神經似地吵鬧起來，抓著其中一瓶啤酒想打開瓶蓋，嘗試幾次都是徒勞無功收場，居然直接將啤酒往地上砸。玻璃瓶應聲破碎。

玻璃碎開的巨響嚇得培雅一震，啤酒混著金髮女孩身上的酒臭讓近在櫃檯旁的培雅幾乎要被熏昏，忍不住掩鼻。這麼臭的東西為什麼有人喜歡喝？她不能理解。

「客人不好意思，真的是誤會。你有沒有被玻璃砸到？」臨危不亂的傳翰試圖安撫金髮女孩。

「你、你管我！這啤酒包裝怎麼這麼差？打都打不開！」金髮女孩突然伸手怒戳傳翰胸口，看得培雅都覺得痛。傳翰鎮定退後，退出被攻擊的範圍。

金髮女孩又打了酒嗝，抓起另一瓶啤酒，「我就不信都打不開！」她嘴上說要打開，卻又將啤酒往地上砸。這次培雅早有心理準備，緊盯著她的舉動，所以沒被嚇到，不過四散的玻璃碎片還有橫流一地的啤酒真的很誇張，培雅從沒見過這樣失控的場面。

更令人咋舌的是金髮女孩開始唱歌，五音不全的歌喉配上含糊的咬字，甚至抓起提供給客人的免洗湯匙當成鼓棒，敲著桌面打起節拍。哭笑不得的傳翰暫時任由這個女酒鬼發瘋。最後胡鬧夠的金髮女孩終於結帳離開，留下滿地綠色的酒瓶碎片還有黃橙色的啤酒。

無奈的傳翰動手收拾殘局。培雅想要幫忙，但被他阻止：「你別過來，被割傷就不好了。」

「你不報警嗎？」培雅拿出手機問。

「沒關係。」傳翰的回答換來培雅的困惑，他再解釋：「還不是時候，等她真的太過分我再報警。這兩瓶酒再看店長要怎麼處理好了，不知道可不可以算進報廢？」

「這樣還不夠過份嗎？你怎麼都不生氣？」培雅不能理解。

「沒關係。」傳翰故意皺眉裝著鬼臉，「在超商上班本來就什麼樣的人都會遇到，就當開眼界囉。還好我只是個打工的，不用每天都待在這裡。」

「打工？可是我看你一整天都在上班。」

「一整天？我知道了，我其實是晚上十一點到隔天早上七點的大夜班，所以你才誤會。今天早上，不對，現在已經過了十二點，應該說是昨天早上。你來買早餐的時候正好是我下班前。說到時間，現在已經凌晨三點多了，你不回家不要緊吧？還是你跟我一樣都是念夜間部？」

一提到上學，培雅的臉色立刻黯淡下來，低著頭不說話。現在回家頂多只能睡三個小時，但是比起睡眠，現在的她更想把握這得來不易的自由，享受在外面溜達的少有機會。

「好吧，那我當你不想回家。你頭髮乾得差不多，我也打掃完了。既然暫時閒著，那來解決生理需求吧。」傳翰提議。

「什麼需求？」培雅困惑地問，不免警戒起來。

傳翰咧嘴一笑，跑進員工室裡拿出一個紙箱，然後示意培雅靠近。培雅雖然涉世未深，但也不是完全不懂防備的傻孩子，她遲疑著沒有靠近，傳翰索性直接揭曉箱內的謎底，把箱子傾斜好讓培雅看清楚內容物。裡面放著好幾個御飯糰、三明治、袋裝麵包跟便當。

「這些都是今日到期的廢棄食物，店長讓我自由處置。不介意的話你要吃嗎？就當宵夜。」

培雅考慮著，肚子不必戲劇性地發出咕嚕聲就讓她知道自己很餓，一整天下來幾乎沒吃什麼東西，從中午之後就沒有再進食了。但是大大方方吃著店家的報廢食物好像也不太好，而且還有監視器，這不會牽涉到偷竊或侵佔之類的法律問題吧？

「不說話我就當你答應了。拿著，鮪魚御飯糰是經典口味也最安全，不想踩到雷選它就對了！然後是這個龍蝦沙拉口味的，雖然微辣但也不錯，你不排斥吃辣吧？

嗯……我看看還有什麼好吃的？太好了，起司火腿三明治，不要看它好像很窮酸，這跟鮪魚御飯糰一樣都是經典，你也試試。至於便當的話，剩下來的這幾個都不推薦，與其吃掉我更寧願餓肚子。相信我，真的很難吃。」

「等、等一下，太多了，我吃不完……」培雅雙手捧著傳翰不斷塞來的御飯糰跟三明治，雖然她很餓，但也不到這種程度。

「不要小看發育期的食慾，得多吃一點才能長高長壯。糟了，這種說法好像媽媽一樣嘮叨，對不起，你在家裡應該也聽膩了吧。」

培雅頓了頓，搖搖頭：「我沒有媽媽。」

「我沒有別的意思，我不是故意要……」傳翰趕緊道歉，「我總是口無遮攔，想到什麼就說什麼，真的不好意思……」

好奇怪，明明在面對發酒瘋的客人時可以那樣冷靜應付，可在這種時候就慌張得像個小孩子。培雅覺得傳翰這個人很有意思，好像很害怕造成別人的不愉快，總是會愧疚地道歉。

培雅想安慰傳翰，跟他說這並不要緊。因為從小就在單親家庭成長，培雅對於沒有母親這件事雖然不到釋懷，但至少也習慣了，不至於一被提起就耿耿於懷糾結老半天。

「獅子，你這樣挖苦我就不對了。」但她還沒開口，傳翰又自顧自繼續說話。

培雅不解地望著傳翰，「獅子？」

「獅子？」傳翰回神似地反問：「什麼獅子？」

「你剛剛說了獅子。」

「啊？有嗎？應該是口誤，都是口誤。」傳翰澄清，放下紙箱後匆匆跑到飲料櫃挑了兩盒奶茶，「單吃御飯糰太乾了，配點喝的。這個我請，就當剛剛的賠罪吧。我不是有意要提起你的……總之抱歉。」

傳翰刷過飲料的條碼，從錢包拿出硬幣付帳。「不用在意，這個奶茶第二件打六折所以很便宜。」傳翰插進吸管，喝起自己的那一份，然後蹲下來翻著紙箱，挑出順眼想吃的宵夜。

培雅不再追問，抱著飲料跟傳翰塞來的一大堆食物到窗邊的座位。她先拿起傳翰推薦的鮪魚御飯糰，小口小口嚼著。雖然說是過期的，但味道跟平常的好像沒有不同。她真的很餓，不知不覺將兩個御飯糰、一個三明治跟一個袋裝巧克力麵包都吃下肚。

「你真的很餓。該不會一整天都沒吃東西吧？」傳翰湊到座位旁，嘴裡咬著被他奉為經典的起司火腿三明治。

培雅點頭，默默吸了一口奶茶。令她慶幸的是傳翰沒有繼續追問，因為正好有客人上門，傳翰又跑回櫃檯結帳。培雅確認時間，接近五點了，不過天還沒亮。二姑姑起床都是七點之後，她還有一點時間可以待在外頭，想要再走走。

傳翰結帳完又回來了。培雅說：「很謝謝你，我要走了。」不知道為什麼，她覺得要向傳翰道別有點難以啟齒，也許是受了人家很多幫助的關係。

「不要因為快要天亮就放鬆戒心，還是要注意安全。」傳翰提醒。

培雅點頭，回到雨後的街上。微涼的空氣清新好聞，她奢侈地用力深呼吸，直到空氣脹滿肺部才慢慢吐出。倦意還沒有拜訪，培雅踩著水窪，回憶以前在雨天後跟弟弟一起玩的遊戲，試圖抓住已經回不去的時光。眼眶突然有點痠脹，她抹掉不小心滾出的小小淚珠。

為什麼會突然哭了呢？

×××××

超商只剩下傳翰一人，因此他毫無顧忌地喃喃自語，不必擔心會被人發現。

「獅子。你覺得呢？」

「是啊，很漂亮的女生。」

「你確定？我覺得這樣不太好。不行，真的不行。」

「不行，不能這樣。你到底在想什麼？」

「不跟你鬼扯了，我要去補貨了……」

五、孤獨的獸困在孤獨的牢裡

當大部分的人開始出門上班上學，就是傳翰下班的時候，畢竟大夜班是份日夜顛倒的工作。他清點好收銀機的鈔票跟零錢，留下預備找零金的數目，餘下的全部投入辦公室的保險庫，然後確認貨架上的商品是否有缺少，補齊後才打卡下班。

越接近通勤時段，入店的客人越多，結帳、微波、一杯又一杯的咖啡、排隊的人潮……這是早晨慣見的情景。傳翰把換下的制服塞進置物櫃，跟埋頭結帳的同事打過招呼後就離開了。

清晨時見到的破曉陽光簡直是薄弱而容易拆穿的謊言，現在連個蹤影都沒見著，取而代之的烏雲覆蓋大樓與大樓之間的天空，雲層還在逐漸變厚，並颳起了風。傳翰跨上機車，戴好安全帽。倦意不如預期的明顯，身體已經適應這樣的生活型態。他催動油門駛離超商，出了巷口融進上班時段的壅塞車流。

在等待紅燈轉綠時，傳翰打量身邊眼神沉重的機車騎士，一份袋裝早餐掛在那個騎士的機車手把上，看起來是漢堡蛋跟奶茶。好久沒吃到手做的熱騰騰食物了，傳翰心想。為了省錢還有方便，他多是拿超商的報廢食物充飢，無論怎麼咀嚼都只有滿滿的人工味道，份量又少得可憐，唯一的優點是免費，不必為了購買這投資報酬率超低的食物而心疼。在連續吃了好一段時間的微波食物之後，傳翰覺得味蕾好像變得不太對勁。

不單是味覺，因為工作型態跟就讀夜間部的關係，傳翰的人際鏈變得相當侷限。白天是他的睡眠時段，傍晚後要去學校上課，下課再趕著上班，跟同學的相處變成少有的人際互動，可是傳翰越來越覺得跟同學之間的交談力不從心，缺少共通的話題，到後來同學都會露出覺得枯燥的不耐表情。

雖然在超商工作可以遭遇形形色色的人，但傳翰只希望跟顧客們保持最低互動的單純關係，如果可以連話術都不喊直接結帳就更棒了。

大夜班時常可以遇見酒醉的客人，來買酒買煙的小混混也屢見不鮮，當然也有不睡覺到處遊蕩的神經病。這些人應付起來相當麻煩，也讓傳翰對人所抱持的興趣幾乎降至冰點。他覺得自己就像深陷在孤獨牢裡的困獸。

「獅子，還好有你。」駛上高架橋時，傳翰慶幸地說，聲音被呼嘯的風吞沒。可是他知道獅子一定聽得見。

傳翰的租屋處是間位在四樓的小套房，附有簡單的衛浴，而且有窗，這樣的租屋處在台北而言算是很不錯，重點是租金不貴。沖完澡的他赤裸著身體，頂著濕淋淋的頭髮走出浴室。在超商時因為制服的配額有限，所以傳翰得穿不合身的大尺寸，看起來偏瘦。實際上他擁有發達結實的肌肉，是久經鍛鍊所養成的。

他坐到電腦前，按下開機鍵後盯著電腦桌面，沙漏糾纏著滑鼠游標不放，過些時間才終於開機完畢。他點開瀏覽器，顯示的並非常見的Chrome或是Firefox一類，介面也有所不同。他鍵入字串，造訪目標網站。入眼的是全黑的背景，緊接著浮現一串血紅色的大字——

WE ARE JACK.

接著傳翰再鍵入一連串的密碼，終於真正進入網站。首頁中央是一段影片的連結，附有縮圖，右下角註明十三分鐘前上傳。傳翰停下動作，像在思考，幾秒鐘後再次點下滑鼠，開啟影片。

影片只有短短的兩分鐘左右。開頭是一個眼睛被黑布蒙住、雙手反綁在身後的男人。男人雖然不敢動，但可以清楚看出他在發抖。片段跳轉之後，佔據整個畫面的是男人如鼓氣球的大肚子，捲曲的胸毛一路延伸直至下腹，畫面在這裡停頓幾秒後再次跳轉，如同刻意展示般拍攝一把藍波刀，更仔細將刀刃的部份放大，像在炫耀那鋒利的程度。

緊接著是藍波刀刺進男人的肚子，筆直往下割開，畫出一條鮮豔的紅線，濃郁的鮮血很不真實地汩汩泉湧，開膛竟如切水果般輕鬆。畫面又跳，最後幾秒的畫面是被割下的男人頭顱擺在桌上，斷頸下是整齊纏繞成圈的大段腸子，原來還講究擺盤。

桌面另外還用鮮血塗著斗大的「JACK」。

傳翰無動於衷地關掉影片，點開左上方的主選單進入影片列表，後續的畫面被數張九宮格排列的影片縮圖佔據住。傳翰隨意點選，影片內容無一例外全是虐殺，開膛更是共通的主題，彷彿儀式。

傳翰現在瀏覽的網站位在暗網，得用特定的方式才能進入。暗網潛藏著見不得光的勾當，是所有人類的慾求所集合成的濃縮面貌，無論是暗殺或軍火交易、人口販賣、邪教集會、付費觀賞的虐殺秀……在現實社會無法被容許的罪行都能被接納，怪物可以在此恣意橫行，尋找同樣披著人皮的同類，或滿足無法見人的獸慾。

這個網站顯然是由一群沉浸在血肉之中的嗜殺分子組成，自稱為「傑克會」，標題的「WE ARE JACK」即是指「我們都是傑克」，其中的傑克代表著傳奇殺人魔開膛手傑克。

「殺了我再殺了你們。」看著一個滿臉瘀青、淌著鼻血的少年被肢解的片段，傳翰的臉孔突然扭曲，猙獰地低聲自語，隨後又若無其事繼續瀏覽其他影片。偶爾他會看看影片底下的留言，其中以英文為主，也摻雜其他語言。傑克會的成員遍布全球，使用英文只因為方便溝通。

「獅子。」傳翰停止瀏覽，呼喚著。

「我剛剛又說溜嘴了？」傳翰低頭盯著鍵盤，在檯燈的照射下可以看見沾附的指紋。他反省剛才的脫口而出。「還好沒有被聽見。」

傳翰頓了頓，自言自語地問：「你怎麼又提起那個女的？」

「你確定？」傳翰煩躁地按著太陽穴，用大拇指在上頭畫圈。

「不，我沒有忘記。今天不用上班，是個好機會。」

「好吧，聽你的。」傳翰關掉網頁，接著關閉電腦。他坐到床邊，頭髮仍未乾，濕而凌亂的頭髮遮不住雙眼暴露的凶光。

××××

又是深夜。

那名總是喝得爛醉的金髮女孩一如往常，今天又成了酒鬼。她從一輛綠色改裝車醉醺醺地爬出來，倚著車門跟前座駕駛嘻鬧，震耳的電音舞曲被放到最大聲，足以吵醒鄰近所有淺眠的住戶。

剛從夜店玩回來的她穿著無袖露背的黑色連身洋裝，襯出腰身跟胸部的曲線，腳下踩著露趾的高跟鞋。

「你在說什麼啦，就說我沒醉啊！」她誇張的笑聲足以跟車子音響的電音比拚。

裡頭的駕駛伸出手抓向她的胸部，她避也不避，反而主動抓著那隻手按上自己的胸，笑罵著：「還摸，這樣亂摸你以為不用錢嗎？要給十倍小費喔！」

「什麼啦，我才不是酒店小姐！」她笑得花枝亂顫，撥了撥頭髮。那手肆無忌憚地用力揉捏，她笑著拍掉。「不理你了，下次再約！」

那手順勢往下一滑，抓住洋裝裙擺故意掀起，露出渾圓臀部跟黑色丁字褲。

「吼唷，就說人家要走了啊！」她皺眉，甩開那隻鹹豬手，突然翻臉怒罵：「幹你娘聽不懂人話喔！」

她轉身就走，因為喝得茫了又走得急，不慎拐到腳，左腳的高跟鞋鞋跟應聲斷裂。她氣呼呼地踢掉鞋子，回頭瞪著身後的改裝車，裡頭的人發出陣陣笑聲，隨後揚長而去，轟隆的巨大引擎聲直到幾條街外都還聽得見，今夜實在太過寧靜。

她在原地站了一會，似乎在生悶氣，路燈下兩只被踢開的高跟鞋很是無辜。她搔了搔一頭染成金色的頭髮，不甘願地撿起鞋子拎在手裡，赤腳踩著粗糙的柏油路。

酒精令她走路搖晃如在隨浪搖擺的船上，幸好這裡的路她都認得，每晚都在走哪有記不起來的道理？說不定連矇著眼都沒問題。走了一會她才想到洋裝被掀起來，半個屁股還露在外面，難怪覺得特別涼快。她笨拙地拉下裙擺，不小心打了酒嗝，緊隨而來的是難忍的噁心感。

她發現視野在搖晃，街道在旋轉，趕緊衝到一旁陰暗的防火巷，朝著水溝蓋彎身嘔吐，吐出混濁的酒水跟胃液。過了好一會才慢慢站直，胃劇烈翻攪著，她忍不住再次嘔吐，胃裡的東西都吐光之後，只剩痛苦的乾嘔。

她挨著旁邊的民宅牆壁蹲下，抱著暈眩難受的頭。雖然三天兩頭就喝得爛醉，每次痛苦嘔吐時就會想著以後要克制，甚至考慮戒酒，但從來沒有一次成功，只要碰到酒就會像飢餓的難民碰上食物般失控，直到隔天在宿醉的劇烈頭痛中醒來才又再次懊悔。

「拿著。」突然有人說話，是男人的聲音。她以為自己醉得產生幻覺，吃力抬頭往防火巷一看，居然真的有人，因為巷裡太暗所以看不清那人的樣貌，只看得見伸出的手，還有手裡拿著的面紙。

「嘴巴擦乾淨。」那個人命令。

她不悅地嗆著：「你在凶什麼，你叫我擦我就擦嗎？你以為你是誰！我……

啊！」

那人不給她繼續廢話的機會，一腳踹倒她，然後繼續往毫無防備的腹部猛踹，她在發出第一聲尖叫之後就痛得叫不出聲音，只能無助地蜷縮哭泣。突然她感到腳踝一緊，那人將她粗魯地拖進防火巷，裡面好暗好可怕。她驚慌地拿出手機求救，那人迅速搶走手機。

「不要……」恐懼令她的酒意退了大半。透過手機螢幕的光，她隱約看見那人的臉，竟然是那間常去的超商的店員。

店員折斷她的手機然後塞進口袋，另外取出一捲封箱膠帶。隨著店員拉起膠帶，她心裡有底，手腳並用爬往巷口只盼能夠逃開，但腳踝又被店員抓住，眼睜睜看著距離巷口越來越遠，被拖進防火巷的更深處。店員用力將她翻過身來，嚇得她雙手亂揮，拍打在店員身上卻只像蚊子叮咬般無力，換來的是肚子被痛毆，痛得她嘔出大口酸水，只能抱著身體蜷曲啜泣，失去逃跑的力氣。

她的雙手被店員牢牢抓著，封箱膠帶一圈又一圈纏繞住手腕。然後她看見膠帶往眼睛貼近，於是什麼都看不見了。

最後，視覺被剝奪的她用盡全身的力氣尖叫，卻不是為了求救或為了引人注意，而是出自最純粹的恐懼。那尖叫太短，被封箱膠帶毫不留情地中斷，變成無用的悶哼。最後連耳朵都被纏住，她聽不到也看不見，更叫不出聲。

她感覺到自己被扛起，但是不知道將被帶往何處，更不明白等待著她的會是什麼樣的結果。

六、無論任何祕密，都要告訴醫生

因為愛上自由的滋味，培雅再次偷溜出來。這次她學會教訓，為了不被突來的大雨淋得一身濕所以帶著傘。今夜依然是漫無目的四處走動，夜晚的魔力未退，所有的街景看來都是那樣特別。

原以為又會是個寧靜的夜晚，但是迎面衝來的改裝車彷彿猛獸，伴隨引擎的轟隆怒吼，粗魯行駛過培雅身邊，瞬間還能聽見車廂內刺耳的音樂。培雅下意識往路邊避開，改裝車開上大馬路後開始加速，引擎聲不絕於耳，直到駛過幾個街區之外都還能遠遠聽見。

雖然是個惱人的小插曲，但不減培雅的興致，她繼續往前走，卻發現超商見過的金髮女孩站在巷子正中央，正怒氣沖沖地把腳上鞋子踢掉，似乎在發酒瘋。

培雅警覺地退後，馬上決定改道。走沒幾步就聽見後方傳來金髮女孩的陣陣嘔吐聲，不禁慶幸作出正確的決定。

出了巷口要拐彎時，她忍不住回頭偷看，已經不見金髮女孩的蹤影了。她想起傳翰所提出要遠離金髮女孩的警告，決定到超商去瞧瞧。

超商玻璃門開啟的音效在深夜特別明顯，但不如改裝車那樣惹人反感，卻是意外地令人安心。培雅在騎樓觀望，發現上班的不是傳翰，而是一個滿臉倦容的中年大叔，在超商工作有多疲累又有多煩悶完全表現在這個大叔身上，令培雅看了都感到害怕。

駐足一會之後，培雅慢慢踱步離開。

她得承認，會回到這裡的部份原因是傳翰很特別，雖然友善但是古怪，讓她倍感好奇。她想知道傳翰脫口而出的「獅子」指的是什麼？她確定不是聽錯，因為專心上課養成的習慣，讓她不會漏聽別人說的話，傳翰的刻意掩飾更令她想一探究竟。

那個人到底在隱藏什麼？培雅思索著，兜了一大圈回到二姑姑家，大門的保全在打盹，培雅幾近無聲地進出。現在的生活令她必須小心翼翼，連神經質的二姑姑都能瞞過，這個粗心的保全更是小菜一碟。

培雅溜進門後，回頭對保全扮了鬼臉，算是回敬他每次過度的獻殷勤。

客廳的燈全亮著，因為二姑姑擔心會有小偷，所以全天候都是大燈全開。說不定二姑姑口中的小偷根本就是指培雅，二姑姑的弦外之音太多，很難不作聯想。

培雅回到房間，換下外出服後鑽入被窩，設定好手機的鬧鐘準備入睡。一天結束了，脫離二姑姑家的日子又減少一天。

希望這個倒數可以加快些，培雅想著，慢慢陷入夢鄉。

××××

幾個小時之後，培雅被震動的鬧鈴吵醒。幸虧還年輕，從短暫的睡眠醒來不至於太疲累。她更換制服，趕在時間前搭上首班公車。學校的日子大同小異，自從上次被帶到廁所圍毆之後，鬼妹似乎以為得勝了，這幾天沒有特別過份的舉動，但是酸言酸語仍少不了。培雅裝作沒聽見，默默忍耐。

下課鐘響時，培雅獨自離開教室，一如往常形單影隻。她始終是孤獨一人，班上沒有同學願意與她為伍，只怕被牽連。

培雅經過學務處跟教務處，最後在一樓某處的辦公室外停下，牆邊掛牌以標楷體註明「輔導處」。說來諷刺，西棟大樓的廁所是校園裡最危險的地帶，可是輔導處跟它位於同一棟樓，差別只在樓層不同。

培雅站定後敲門：「報告。」

幾個埋頭處理文件的老師抬頭看了看，又低頭繼續專注在手頭工作，他們已經習慣培雅在這裡進出，知道她為什麼來這裡。

打過招呼的培雅直接走向最角落的小房間，脫掉皮鞋後入內。裡面擺有兩張扶手椅，角落堆著手工縫製的抱枕，那是輔導處辦活動時由學生縫製的。她打開窗戶跟吊扇讓空氣流通，稍微調整扶手椅的位子。她從裙子口袋拿出小鏡子，謹慎地將頭髮跟衣服整理好，然後坐直身子，安分等待。

門終於敲響，培雅緊張望向門口。隨著門打開，一位漂亮女人走進。

「姚醫生！」培雅點頭致意，像個十足的好學生。

姚醫生淡淡一笑，解開毛織外套擱在椅子扶手上，酒紅色的漆皮手提包跟一個牛皮紙盒就近放在椅子邊。姚醫生雙腿併攏斜放，手掌交疊放在膝蓋上，纖長的手指正好壓著裙擺。

「你今天看起來有點累？」姚醫生關心地問。

果然被姚醫生發現了，培雅心想，擠出僵硬微笑。在姚醫生這樣美麗的女性面前讓她很緊張，姚醫生總是帶著優雅淡然的微笑。第一次見到她時，培雅可是震驚了好一會，這跟預想的醫生形象完全不同。在培雅的想像之中，本來以為會是個戴著眼鏡又嚴肅的阿姨，但姚醫生不僅年輕，還像是個女明星。如果說姚醫生拍過電影，恐怕培雅也會深信不疑。

與姚醫生的會面是班導師安排的，據說是輔導處與校外的青少年身心門診醫生合作，定期與學生進行談話，於是班導便推介歷經喪父之痛的培雅，希望可以開導她。

雖然被二姑姑視為眼中釘，培雅其實是在大多數的長輩面前都可以輕鬆獲得好印象的女孩，又是成績不錯的學生。再加上導師的遊說，於是培雅獲得定期到輔導處與姚醫生進行談話的機會，還可以光明正大不必上課。

培雅當然很高興可以短暫離開教室，畢竟那是個處處與她為敵的不友善空間。

「最近過得怎麼樣？」姚醫生問，語氣就像姊姊在關心妹妹似地親密，卻又不會過份逼近。

培雅稍稍猶豫，在姚醫生那清澈得足以一次又一次將她看穿的眼神之中，培雅說起這幾天的際遇：「我趁半夜偷偷溜出去。嗯……不是臨時起意的，好像一直就想要這樣，然後終於有機會……」

姚醫生認真聆聽，不急著打斷。

「第一次夜遊讓我好開心，好像把生活裡的不愉快一口氣都忘掉了。好久沒有這種、這種不再任人擺布的感覺。以前我都沒這樣想過，也沒想過要在晚上偷跑出去。我變得好不一樣，這樣作會不會很叛逆？」培雅難掩不安，像放縱過後猛然警醒的孩子。

「人是會變的，這就是成長的過程。」姚醫生報以溫暖的笑容，讓培雅都要融化了。「我不會覺得你叛逆，你不是想藉由夜遊來破壞什麼或證明什麼。你要的很單純，只是想喘口氣。可是別跑到太偏僻的地方，還要隨時注意安全，至少這點可不可答應我呢？」

「好，我一直都很小心。」培雅應完話就開始心虛。事實上，她似乎有些得意忘形，而疏忽要特別注意周遭可能的危險。

「那些同學最近怎麼樣，還是會找你麻煩嗎？」姚醫生問。

培雅沉默，出於信任所以她曾向姚醫生提及鬼妹的作為。

「如果你不放心讓老師那邊處理，也許可以由我這裡提供協助。」姚醫生建議。

「不，不要。」培雅馬上反對。

姚醫生伸出手，輕握住培雅的上臂。「這裡的瘀青還沒痊癒吧？」

提到瘀青，培雅的舊傷似乎開始隱隱作痛，之前都能忽略不理會的，可是一旦被提及，它們的存在就越是難以抹消。幸好姚醫生的手心很暖，暖得令她安心。「我想要再試試看，還不想認輸。」

姚醫生鼓舞地回應：「我相信你一定可以處理得很好。可是不要太逞強，有時候退後拉遠一些，說不定可以看到更多。」

培雅再交待了一些近況，在談話間偶爾撥開耳邊的頭髮，觸碰到臉頰時總覺得特別熱，不禁擔心該不會一直在臉紅吧？偶爾望向牆上的時鐘，指針毫不留情地往前推進，離下課已經不足十分鐘的時間。這代表要跟姚醫生說再見，還得回到教室。

「剩下的時間剛好足夠吃蛋糕。」姚醫生拎起牛皮紙盒，打開後是塊圓形的起司蛋糕，光是散發的香氣就讓培雅知道這個蛋糕很不簡單。姚醫生拿著白色塑膠刀將蛋糕切開，盛了一塊放上紙盤，然後遞給培雅。

培雅用塑膠叉將起司蛋糕再切下一小塊，然後滿懷期待放進嘴裡。隨後，她不可置信地瞪大眼睛，蛋糕一入口就在舌尖上融化，濃郁的起司味充盈口腔，甚至連呼出的空氣都有起司的味道，很甜很香。

「很好吃吧？」姚醫生問。

培雅搗蒜似用力點頭，「這是在哪裡買的？」

「這不是買的。」

培雅訝異地問：「這是醫生你做的？」

「也不是，是我過去負責的一個個案親手製作的。他在甜點方面很有天份，不管是什麼都可以輕鬆駕馭。我還沒見過有什麼食譜可以難得倒他的。」姚醫生的語氣有些驕傲又有些溺愛，像在談論心愛的寵物似的，但培雅察覺不到這部份，只以為姚醫生跟個案的關係真好。

「好厲害，這個蛋糕真的好厲害！」培雅連連稱讚，發自內心認為就算是一百個也能全部吃得下。

「下次我會再帶蛋糕過來。如果有機會，說不定還能讓你跟他見見，或許你們可以聊得來。不介意的話整份蛋糕都給你吧？其實我常吃，所以也不會覺得那麼驚喜了。」姚醫生露出略顯苦惱的笑容，將整盒蛋糕遞給培雅。

培雅小心接過後放在膝上。「我可能來不及在下節課開始前吃完。」

「不要緊，我幫你跟外面的老師說一聲，可以讓你多待一節課。可惜我要先走了，下次同一時間再見？」姚醫生披起毛織外套，「你是個聰明的孩子，這不是稱讚的客套話。不要太勉強自己，慢慢調適就可以了。」

「好，我會努力的。」培雅像是個認真回應老師點名的學生。

「那麼培雅，下次再見囉。」姚醫生揮揮手，翩然離去。

××××

黑暗。

這是金髮女孩唯一可以看見的。

她聽不到聲音也不知道時間的流逝，雙手雙腳被困的她只能像條蟲般無助蠕動。劇烈的宿醉頭痛難以跟恐懼抗衡，她很害怕，不知道將會被如何對待。平常跟她一起鬼混的那群人不是什麼善類，大多是地方的流氓，時常誇耀自己的暴行，所以她知道喝醉的女孩落在歹徒手裡會是什麼下場。

可是這個歹徒不一樣，他有另外的打算。至少就金髮女孩的不祥預感，應該不單單是強暴她這樣簡單。何況直到現在為止，她除了被毆打之外還沒遭到侵犯。

這個超商店員到底想幹嘛？各種恐怖的想像接連不斷，金髮女孩不禁顫抖，恨自己為什麼要喝得爛醉，為什麼不乾脆就讓人把她送到住家樓下，這樣歹徒就無機可趁了。

好後悔。好後悔。好後悔……金髮女孩突然發現腳踝被抓住，整個人隨即被拖行，與地面摩擦的背部很痛，似乎還破皮。她發覺地面由乾轉濕，好冷、好噁心。

纏住眼睛的膠布被粗暴扯動，黏住的眼皮似乎也要被扯下。膠布撕下之後，沒有預期的強光刺眼。這裡是個陰暗的小室，一顆微弱發亮的燈泡孤零零吊在角落的天花板。

嚇壞的金髮女孩眼珠子亂轉，著急想分辨這是什麼地方。四周的磁磚牆是容易顯髒的淺藍，在覆蓋滿滿的水垢之後更是噁心，莫名的髒汙從磁磚與磁磚的隙縫滲出。其中一面牆釘著五個生鏽的鐵環，緊密地鑲嵌在牆內，鐵環還掛有手銬跟鐵鍊。

金髮女孩希望是她猜錯了，那不是真的要將人固定在牆上用的……可是，那個將她綁架的超商店員很快地擊碎這個脆弱的幻想。經過無效的抵抗，金髮女孩呈大字形被固定在牆上，脖子、手腕與腳踝分別被銬上手銬或讓鐵鍊綁住。

她連想搖頭求饒的機會都沒有，纏著頸部的過緊鐵鍊甚至令她難以呼吸。

超商店員慢條斯理地戴起橡膠手套，他赤裸著身體，黑色的胸毛從胸口筆直延伸至下腹，至於更下方……金髮女孩無法置信，因為沒有陰莖，只有一團無法形容的肉塊，似乎是被截斷後又癒合的傷。

店員察覺到金髮女孩在看什麼，突然發狠一巴掌打在她臉上，金髮女孩幾乎失去半邊聽覺。然後店員又打、又打、又打……

金髮女孩痛苦又無力地垂下頭，眼淚不住滴落在骯髒的地板上。但這沒有換來憐憫，輕飄飄的裙擺被掀起，然後是內褲的扯下。突來的痛楚令她以為要被撕裂。店員的手指像堅硬的生鐵侵入體內，粗魯地撐開下體，掏挖著、突刺著。她被堵住的嘴發不出哀鳴，只有悶在嘴裡的嗚嗚聲不斷。

店員猛然抽出手指，然後湊到她眼前，只見橡膠手套沾滿櫻桃色的鮮血。金髮女孩無助地哭，無法想像會被折磨到什麼地步。

她的惡夢才正要開始。

七、看見卻又當沒看見

晚上九點半，夜間部的今日課程終於結束。傳翰打了呵欠，把講義跟原子筆塞進背包。一天的生活才要正式開始。

傳翰正要離開教室時，突然被同學喚住：「要不要一起去夜唱？」其他人跟著邀請：「來嘛，一起來玩啊！」

「對不起，我得打工。」傳翰苦笑道歉，「下次，下次有機會一定跟你們去。」

「你之前也這樣說，每次都約不到。乾脆請假啦！明天是禮拜六，難得我們剛好都有空。」同學開玩笑地抗議。

「我也很想休假，可是大夜班人手很吃緊。這次對不起，下次請你們喝飲料。」

傳翰道歉後匆匆離開。

一陣寒意入骨的冷風颼來，打起寒顫的傳翰把綠色軍裝外套的拉鍊拉至頸部，頂著寒風前往停車場，在雜亂停放的車陣中找到他的黑色新勁戰。他摘下粗框眼鏡，妥善放進外套胸前的口袋。少了眼鏡的遮蔽，再也藏不住眼裡凶光，隨便一瞥都會令人膽寒。

現在的傳翰跟在超商時的好好先生模樣完全判若兩人。

他戴上與機車同色的黑色全罩安全帽，將面罩完全拉下，再次藏住凶狠的眼神。他發動機車，毫不受阻地騎出迷宮陣般的停車場。在紅燈前傳翰確認現在時間，距離打工還有一段空檔。

「來回好像有一點趕。獅子，你覺得呢？」傳翰自言自語起來，聲音悶在安全帽裡，只有他聽得見。

「可以，就來賭一賭。我會準時達陣。」傳翰催動油門，在紅燈轉綠的同時衝出，如加速撲抓獵物的野獸。兩側的街燈與車輛如箭一般飛速消逝。

明明前天還略顯炎熱，但驟降的溫度就跟馬路上突發的險象一樣難以預料，在傳翰即將穿越十字路口時，一輛闖紅燈的計程車突然加速橫越，眼看傳翰即將攔腰撞上，但他鎮定地藉著慣性壓車過彎，一道黑色的胎痕就此印在柏油路上，目睹這幕的路人驚呼連連，司機嚇得急踩煞車。

結束精彩演出的傳翰冷靜得像什麼都沒發生過，油門再催。司機只能瞪著遠去的車尾燈怒罵。

半小時後，傳翰抵達漁人碼頭。這裡風勢更強，岸邊燈光映照在河面，融入隨風晃盪的波紋，化作夜景。

傳翰脫下安全帽，頭髮隨風撩動。風聲很大，可是哪怕他的聲音再小都不用怕獅子聽不到。「這不算數。如果不是那臺計程車，我也不用多繞路。獅子，你都有看見的。」

看似與獅子爭執的傳翰突然什麼也不說了，沉默眺望黑色的河水。直到預定好的返程時間才重新戴回安全帽，再次跨上機車。

××××××

傳翰在十一點前抵達打工的超商，機車就近停在超商外的騎樓。脫下的安全帽暫時掛在後照鏡上，他戴好眼鏡，幾次深呼吸，將外放的戾氣收斂回來，簡直像轉換成另一個人。本質當然還是不變，多虧眼鏡的修飾作用，令他看來特別溫和有禮。誰也察覺不到傳翰那股無法言喻的疲憊氣息，在身邊漸漸凝成無形的陰影，就連他自己也沒發覺。

整理完畢之後，傳翰踏進超商。雖然接近深夜，但櫃檯前莫名地大排長龍，獨自結帳的同事阿哲一時難以消化這樣的隊伍。

傳翰迅速走入員工休息室打卡，套上制服後出來幫忙。

「您好，這邊可以為您結帳！」傳翰示意排隊的顧客往前，帶著熟練的笑容接過遞來的商品後刷條碼、收錢找零，然後再為下一個客人結帳。如此反覆幾次，終於將櫃檯前排隊的顧客清空。

「交班前的大爆炸。」阿哲大大嘆口氣，開始清點收銀檯的現鈔並留下必要的找零金，同時跟傳翰簡單交待今日當班的注意事項。

趁著沒有客人的空檔，傳翰從飲料櫃拿了兩瓶寶特瓶飲料，結帳後一瓶拿給阿哲。「辛苦了。」

「這麼客氣，又讓你請客了。」阿哲轉開瓶蓋，插入吸管，發出滋滋聲吸了幾口。「對了，後來你還有在看嗎？」

「什麼？」

「當然是暗網啊。」

「稍微看過。你怎麼會找到那種東西？」

「都是巧合，因緣際會囉。很驚人吧？尤其是傑克會的網站，一開始我以為影片都是造假的，可是越看越覺得根本都是真的。暗網全是這種內容啊，綁架啊虐殺啊，還有狩獵活人的。這些人真的把抓到的人給活生生開膛，難怪叫傑克會。你知道開膛手傑克吧？那個很有名的殺人魔，居然有人會崇拜這種傢伙，真的太奇怪了。」阿哲無法諒解地搖頭。

「是有一點。」傳翰放下突然顯得無味的飲料，打開收銀機，隨手撥弄裡頭零錢，發出鏘鏘聲響。

阿哲將一疊鈔票裝入牛皮紙袋，註明金額跟日期。「你是不是不喜歡這個話題？抱歉，可是看到這些你不會覺得、覺得我們好像活在巨大的謊言裡面嗎？習以為常的和平跟安全什麼的都是假的，搞不好現在地球的某個地方正有某個人被綁架，搞不好更倒楣地落入傑克會的手裡，之後會被切開肚子，拍成影片上傳到暗網。說不定剛好還發生在台灣咧。」

「也不是不可能。您好！」傳翰暫時打住，先為客人結帳要緊。那是個看起來相當疲累的上班族女性，她拿了一盒牛奶跟奶酥麵包。

「牛奶需要加熱嗎？」傳翰問，見客人點頭便將紙盒撕開一個小口，放入微波爐。微波完畢取出時，不忘先稍微搖晃讓受熱的牛奶均勻分散。

客人離開後，阿哲稱讚道：「你真是個用心為客人服務的好人，也是個好同事。這是第幾次讓你請飲料了？可是總覺得你好像……太溫柔了一點？你對所有人都這麼好嗎？」

「我也不知道，會讓你反感嗎？」傳翰問。

「當然不會啊，有免費的飲料喝怎麼會不高興？可是常被請有點不好意思。下次換我請啦……那個女的想幹嘛？」阿哲問，傳翰同時看向店外，發現站在外頭的是培雅。培雅拘謹地對傳翰輕輕揮手。

「是你認識的人？」阿哲吹起口哨，雖然他比傳翰還年長幾歲，卻沒有相對的穩重。

「見過幾次。」

「真好，都可以遇到這麼可愛的女孩子。我上班的時候只有煩人的大嬸跟沒水準的阿伯。不說了，我先下班，不當你們的電燈泡。掰！」阿哲故意開玩笑，在傳翰解釋之前溜進辦公室打卡，然後抓著外套匆匆離開，連制服都沒換下。

傳翰離開櫃檯，到外頭找培雅。自動門一開啟，內外的溫差令傳翰立刻起了雞皮疙瘩。

「你又夜遊了……你是不是在發抖？」傳翰關心地問，原本就纖瘦的培雅只穿著禦寒作用有限的愛迪達風衣外套，更顯得單薄。

培雅瑟縮著肩膀，雙手插在口袋裡。「沒想到晚上會變這麼冷……」

「你可以直接進來的，不用在外面吹冷風。快進來。」傳翰趕緊領著培雅入內，要她在座位區待著。「等我一下。」

傳翰挑了紙盒裝的摩卡咖啡，放進微波爐裡加熱，特地加長微波時間好讓摩卡足夠溫熱。溫罐機裡的罐裝飲料通常受熱比較均勻，不會有微波的飲料冷熱不均的問題，但今天溫度驟降，溫罐機裡面只放著少少幾罐，夠熱的飲料早就被搶購一空。

「很燙喔，小心。」傳翰將開口冒著熱氣的摩卡放在培雅面前。培雅雙手捧著，溫暖發冷的指尖，嘴唇慢慢湊近開口，小心翼翼啜了一口。摩卡咖啡的暖流順著喉嚨蔓延開來，讓受寒的她得到舒緩。

「下次別在外面等了，超商出入又沒有限制，就跟廣告一樣當自己家也可以，反正很多客人都這樣。」傳翰指了指鄰近桌面的飲料罐，還有不知道哪來的外食便當盒，幾粒沾著醬汁的飯粒很不客氣地散落在便當盒周圍。

「好，謝謝……」培雅盯著摩卡，不敢看向傳翰。

她之所以又來到這裡，一方面是因為太冷但又不想回家，另一個原因是想弄清楚傳翰這個人。這裡不是學校，不會被孤立也不會被霸凌，所以她大膽許多，可是傳翰實在太體貼，讓培雅對意圖刺探他的隱私感到歉疚。

培雅一時間不知道該說些什麼才好，只能一口一口啜著摩卡。天冷的深夜沒有客人光臨，傳翰也樂得輕鬆，清理完桌面的垃圾之後，乾脆在座位區坐著。就在培雅的正對面。

沉默。傳翰不急著說話，培雅則焦慮著不知道該說什麼。

「你啊。」「那個……」兩人幾乎是同時開口，又同時閉嘴，在尷尬的沉默之中等待對方繼續說話。

最後還是心虛的培雅先開口。「怎麼了？」

「你在學校裡被欺負對吧。」傳翰盯著她，口氣相當嚴肅，說的是肯定句而非疑問句。

這番發言完全命中培雅的痛處。她心有不甘地反問：「很明顯嗎？我看起來是一副任人欺負的樣子嗎？」

「不是。但你很不快樂，這我分辨得出來。有被打過嗎？」

培雅咬著下唇，猶豫之後終於點頭，隨即又氣惱為什麼這樣誠實？她實在不願意自己的處境落得如此屈辱。

「老師知道？」

越被追問，培雅的眉頭皺得越緊。這是報應嗎？想刺探傳翰祕密的她被反過來挖掘，對方還專挖最不堪的那一面。

培雅搖頭，「我沒跟老師提過。」

「同學都看見了，但是假裝沒看見，假裝什麼事都沒發生。」傳翰的語調沒有起伏，卻一次又一次重擊培雅的內心，說中那些她最在意最難受的部份。連她都沒預料到會有這樣難受的情緒，淚水已經在眼眶裡打轉。周遭冷眼旁觀或噤若寒蟬不敢出聲的同學對培雅而言，一直都是另一種傷害。

培雅別過頭，看著玻璃窗外，難忍地哽咽著。「我又不是一直被打，我有反擊啊！以前都沒想過會跟人起衝突甚至還打人，可是現在都……我不得不還手，我才不會笨笨地挨打……我沒有跟老師說是不想讓老師覺得我是問題很多的學生。我想要自己解決……你是不是也覺得我很傻很好欺負？」

「沒有，真的沒有。」傳翰否認。

「那你為什麼要一直問、一直問？跟你又沒關係！」培雅知道現在說的都是幼稚氣話，但就是無法收止爆發的情緒。

「我知道跟我沒關係。」

「那你問這些幹嘛？說什麼風涼話！」培雅不敢相信會聽到這樣不負責任的回應，明明都是他先挑起的啊！抑制不住的滾燙淚水爬滿培雅的臉龐。

「對不起，因為我需要確認……」傳翰遞出面紙，培雅賭氣地當沒看到，直接用手抹過紅腫的雙眼，拭去眼淚。傳翰便將面紙推到她的面前。

「有什麼好確認的？你想幹嘛？」培雅吸著鼻子，忽然驚覺傳翰的神情變得很哀傷，死去的父親也未曾如此憐憫地注視過她。

「我想幫你。」

八、那個女生的靠山，這個男生的援手

「為什麼你要幫我？」

完全出乎培雅的意料之外，尤其是在歷經這麼多同學的冷眼旁觀之後，她不敢相信這個只有幾次短暫相處的人竟然願意插手。

但是，在她的疑惑得到解答之前，喧鬧的音樂打斷兩人的談話。培雅跟傳翰不約而同看向店外，一臺綠色的改裝車停在那，玻璃窗完全阻隔不了那誇張的音量，連玻璃都跟著重低音振動起來。隨著車門打開，音樂頓時加重好幾分貝。

年輕的一男一女先後下了車，瘦高的男人是韓系潮男的打扮，甚至還畫了眼影。至於女的，培雅真希望是自己眼花，沒想到會是那處處找她麻煩的鬼妹。

鬼妹的打扮跟在學校時不同，雖然是偏冷的天氣卻穿著超短熱褲，上半身則是黑袖子的白色棒球外套，她反戴棒球帽，塗著紅色唇蜜，假睫毛當然也少不了。因為化妝的緣故，整個人看上去成熟不少，但在培雅眼裡依然是那個囂張跋扈的小太妹。

為什麼她會出現在這裡？這裡離學校有好一段路程。若不是培雅轉學的緣故，根本不可能讀那麼遠的國中。夜遊對於培雅來說是擺脫一切惱人事物的解脫方法，不幸撞見鬼妹是不是代表她的唯一解脫也即將被破壞？

隨著鬼妹跟那男的走進店裡，培雅立刻拉起連帽外套的帽子，並用手撐著臉以免被認出來。這樣的異狀當然令人起疑，傳翰低聲詢問：「是認識的人嗎？」

培雅輕輕點頭。

「欺負你的是誰？」傳翰問。

「女的……」培雅小聲回答，心想果然是迴避得太刻意了。

「店員咧？人咧、人咧！」男的在櫃檯前大聲嚷嚷，鬼妹跟著叫囂：「客人上門了還不快出來！小心客訴你喔！」

「歡迎光臨。」絲毫不被激怒的傳翰平淡地喊著話術，快步趕向櫃檯，「你好，需要什麼服務嗎？」他說著，直到發現面前的男人很眼熟，而對方也是發現熟人的相同反應。

「哎呀哎呀……哎呀哎呀！」那男的誇張地叫了幾聲：「太巧了吧，這麼久沒你的消息，原來是躲到這裡。好久不見了，兄弟！」男的上前熱情抱住傳翰，用力拍著他的肩膀。「哎呀，肌肉還是一樣有力喔！」

「阿鬼？」傳翰澀聲叫著。

「語氣好見外，這麼多年沒見結果這樣冷淡啊？你該不會早就忘了我這個兄弟？對了，我現在不叫阿鬼，很久沒人這樣叫了。現在都叫我鬼哥了。」阿鬼退後一步，囂張舉起雙臂，像進場迎接眾人歡呼的冠軍。一旁的鬼妹配合地發出歡呼聲，露出崇拜的迷妹眼神。

「原來你還沒脫離？」傳翰嘆氣。

「脫離？又不是多麼糟糕的地方！有很多可愛的弟弟妹妹需要我啊，總得有人出來帶領這些不諳世事的迷途小羔羊，不能讓他們繼續迷路。我把他們當家人看待，我們可是個快樂的大家庭咧。來介紹給你認識，這是我的乾妹。鬼妹，這是翰哥，快叫人！」

「翰哥！」鬼妹極其乖巧地點頭，比進公司面試的求職新鮮人還要謙虛。鬼哥捏了她的臉蛋，換來一聲嬌嗔：「討厭啦，會痛。」

「真可愛。」鬼哥在鬼妹額頭吻了一下，然後轉過頭繼續跟傳翰說話：「好了，該談正事了。你有沒有見過一個金頭髮的女生？常常喝醉，我聽她說常來這邊，可惜我懶得陪她買酒，不然早就跟你相認了，相見恨晚啊。」

鬼哥又用力拍了傳翰的肩膀，「有印象嗎？這女的應該很好認吧？喔對，她都穿得很辣，好像恨不得讓人直接上她。鬼妹，你看過她去夜店怎麼穿的嗎？裙子比你的熱褲還短喔！」鬼哥說著邊抓住鬼妹的短褲，作勢要拉起來。

「這種說法不太好，你也不應該這樣對待你乾妹。」傳翰勸著。

「喔，對對對，抱歉，你真是紳士。所以言歸正傳，見過她沒有？」

「她是常客，我有印象。可是最近沒出現。」

鬼哥用力一拍額頭。「太可惜了。那女的也太會給人添麻煩。你知道，這幾天大家都在問我那女的跑哪裡去了？我怎麼會知道？偏偏我是最後一個見過她的人，大家都看到她上了我的車，之後人就消失了，憑空蒸發！」鬼哥毫不客氣地拿起櫃檯前的袋裝口香糖，撕開封口抓了幾顆塞進嘴裡。

他歪頭盯著傳翰，像在打量某種古代化石。「你變了，怎麼會這麼嚴肅？看到多年的好朋友、好兄弟一點都不開心嗎？想想以前我們有多瘋狂，從這間學校打到另一間學校，後來在路上那些俗辣看到我們兩個都會怕，能躲多遠就躲多遠，哈！虧那種雜魚敢自稱老大，還不是被我玩得不要不要的。」

傳翰搖頭。「我們那時候都太幼稚了，現在可以跟你好好站在這裡都是幸運。」

「你到底怎麼了？不要說你的不告而別搞失蹤是因為洗心革面、想當聖人？別這樣，兄弟，我瞭解你，我們是同一類的人，只有在那種放縱的瘋狂裡才會真正自在。聽著，我需要你，我最近弄到一門很棒的生意，低風險高報酬，比內線交易還賺。我們一起聯手發大財，然後當老大！」

「我要打工，還有考試要準備。」傳翰毫不猶豫地婉拒。

「不、不、不，兄弟，你說的打工是指超商大夜班？別鬧了，這一點前途都沒有，在這邊被客人當狗使喚你甘願嗎？別誤會，我很佩服幹超商的，每天都要遇到一堆智障奧客，還不能動手教訓這些神經病，有夠猛！是我早就把那些白痴打得跟狗一樣乖，連叫都不敢叫。還是你也動手打過客人了？就像過去教訓那些不懂事的白痴一樣？」鬼哥咧嘴，猙獰的笑臉跟眼影透著令人不舒服的邪氣。

「我永遠都記得你一挑五的那次，雖然你斷了肋骨，可是那五個白痴全部重傷住院。那一次嚇死我，你打人的時候真的夠狠！」鬼哥興奮地豎起大拇指，「你再多考慮看看，這門生意真的很不錯。留個電話隨時聯絡，還有，如果有那女的消息就通知我。」

××××

趁著三人在聊天，培雅從座位區轉移到貨架之間，躲在那偷聽他們的談話。原來傳翰以前過得很「精彩」，難以想像溫柔客氣的他會跟鬼哥這種人廝混，聽起來還曾是同甘共苦過的好兄弟……

她悄悄探頭，再次打量鬼哥，明白為什麼鬼妹會死心踏地跟著他。鬼哥不單像個韓國潮男還有雙丹鳳眼，比學校那些渾身汗臭、只會把英雄聯盟又拿了幾顆人頭掛在嘴邊的男同學更具魅力。但是鬼哥有股完全不掩飾的邪氣，讓培雅知道他絕非善類，卻也因為這樣的特質更容易吸引鬼妹這類小流氓。

培雅慢慢蹲下，把自己隱藏在貨架後面，暗自希望鬼哥趕快帶著鬼妹離開，不要繼續破壞她喘息的空間。隔著貨架，她聽見鬼妹的撒嬌：「我想喝飲料。」

「想喝什麼自己挑，順便幫我拿果菜汁。」鬼哥大方回答。隨後培雅聽見逼近的腳步聲，緊接而來是那慣有的囂張喝斥：「你這個臭三八為什麼在這裡？你偷聽我們說話？」

培雅抬頭，面前是雙手插腰的鬼妹。因為從下往上的角度看去，她發現那假睫毛的長度比想像的還要誇張。

「不、不關你的事。」蹲在地上的培雅窘迫地回應。鬼妹聽了大怒，上前揪住培雅的領子，兩人就地拉扯起來。

「太久沒被教訓就忘記什麼叫痛了嗎？」怒罵的鬼妹舉手就要打培雅，卻驚覺手腕被人牢牢握住，緊如鐵鉗。她回頭，發現是面露凶光的傳翰，嚇得倒抽一口涼氣，他與剛才沉穩溫和的模樣判若兩人。「翰、翰哥……很痛……」

「抱歉。」傳翰鬆手，同時垂下目光。

雖然是瞬間的事，培雅也目睹傳翰突然展現的凶狠，似乎在印證鬼哥剛才所說的確真有那麼一回事。傳翰實際上究竟是什麼樣的人？該不會那些體貼全是偽裝吧？

傳翰轉換得很快，再次說話時又是培雅印象中的溫和店員了。他溫聲勸著：「有話可以好好說，不需要動手。」

湊上來的鬼哥興奮拍手，「你的反應還是天殺得快，還以為從良的你會生鏽咧。可是這個小女生躲著偷聽我們說話，總是要有些表示吧？」他露出不懷好意的笑容，有了靠山的鬼妹因此再次得意起來。

傳翰不動聲色擋在兩人之間，恰好護住培雅。「她是我朋友，聽說跟你乾妹有點過節。可以當幫我一個忙，一筆勾銷嗎？」

「可是她打過我耶。」鬼妹故作委屈向鬼哥訴苦。

「明明就是你先找我麻煩，我到底哪裡惹你了？」培雅聽見這惡人先告狀，氣得從傳翰身後探頭反駁。

鬼哥拍拍鬼妹的頭，就像在安撫寵物。「好啦好啦，大家都有錯好不好。你啊，就當賣個面子給我的老朋友，不要再鬧人家啦。」他湊到鬼妹的耳邊，低聲說：「聽話，我會給你獎勵。」

鬼妹立刻安分閉嘴，親暱摟住鬼哥的腰，像貪戀尤加利樹的無尾熊。鬼哥兩手一攤，別有用意地望著傳翰：「現在解決啦，你要的忙我幫了。之後我的忙是不是就該輪到你幫了？」

「我會留意那女生的下落。」傳翰明白鬼哥意有所指，但故意岔題，惹得鬼哥哈哈大笑：「別裝傻，你知道我在說什麼。算了，今天先這樣，有機會我會再來的。下一次不要再裝傻了，真的不好玩。」

鬼哥臨走前好像突然想到某事般回頭，對著送他離開的傳翰眨眨眼。「對了，我剛剛忘記稱讚了。你的小女友還蠻可愛的，真有眼光啊好兄弟。」

「別鬧了。她只是國中生而已，別亂說。」傳翰澄清。一旁的培雅臉漲得通紅，說不出話。

鬼哥蠻不在乎捏著鬼妹的柔嫩大腿，手還不安分地滑向兩腿之間。「我旁邊這個也是啊，哈哈！」

傳翰嘆氣，開始覺得頭痛。隨著兩人離開，那臺囂張醒目的綠色改裝車又發出震耳的音樂，改裝過的引擎不斷怒吼，幾乎可以吵醒整條街。在改裝車遠去，一切終於安靜下來之後，傳翰默默拿著櫃檯前的袋裝口香糖刷過條碼，從自己的皮夾掏錢。因為鬼哥剛才吃過的那包不僅沒有結帳，還被順手帶走。

「你跟剛才那個……鬼哥？你跟他真的是好朋友？」培雅忍不住將雙手抱在胸前。她有一點害怕傳翰。

「好久以前的事了。你怕我？」傳翰再次看穿。

培雅心虛地放下雙手，眼神飄向別處。「沒、沒有啊……哎，你剛剛真的好可怕，怎麼了？」她怯生生問，但是說完馬上後悔，這好像是個白目問題。

幸好傳翰沒有生氣，可是看起來突然很疲倦，好像長期沒有睡好、又或是被什麼糾纏不放又擺脫不掉似的，是那樣無奈而深沉的疲憊。連培雅都跟著難受起來，也許傳翰有著什麼苦衷。

「剛剛你聽到了，阿鬼說的都沒錯，我以前真的很亂來。不過現在不會了，我只是個在超商兼職、只想順利畢業的夜校生。」

「那獅子呢？你上次說的獅子是什麼？」培雅追問，終究是在課業方面養成的問到底習慣。

傳翰斷然否認：「沒有什麼獅子，你真的聽錯了。不然就是我口誤。」

「可是……」

「別問了。」傳翰頓了頓，「很晚了，你都在外面遊蕩到天亮才回家？」

我真是個笨蛋，他在趕人了，培雅暗罵自己的蠢，果然不該隨便刺探。也許那就像被霸凌之於培雅，同樣也是傳翰不願意面對的部份。「對不起，我不會再問了。今天謝謝你。」她倉促奪門而出，但被傳翰叫住。

「是我太凶了，抱歉。你不要想太多。」傳翰道歉後接著說：「如果那女的再找你麻煩，就跟我說。」

這讓培雅有點感動，也更自責那出於好奇的自私。我絕對不要再多問了，她心想，然後忐忑地問：「我以後還可以再來嗎？」

「啊？」傳翰倒是愣住了。

「你剛剛生氣了吧？真的很對不起。」

「啊，喔。這什麼傻話，當然可以隨時過來啊。」傳翰笑了。雖然很淡，可是讓培雅也跟著放心微笑。

九、獅子獅子告訴我

鬼哥隨著放到最大音量的電音舞曲搖頭晃腦，緊踩油門不放，時速從八十逐漸攀升至一百。他的心情很好，非常的好。本來只是打聽女醉鬼的下落，沒想到意外跟多年未見的老朋友重逢，令他忍不住懷念那段時光，這就是年少輕狂吧？不過，鬼哥現在依然瘋狂。

可惜傳翰變了，完全換了個人似的。不認識傳翰的人還以為他沉穩內斂，但鬼哥曾經跟他一起打遍街頭巷尾，沒有人比鬼哥更認識過去的傳翰。傳翰的沉穩是假，在鬼哥的眼裡，現在的他太懦弱，完全欠缺過去的狠勁，就像失去利爪的猛獅。

最好笑的是居然甘願待在超商那種鬼地方，誰能想像得到一個當年人見人怕、不管是校內校外的小混混見到都要恭敬退開的恐怖傢伙，現在變成向每位客人鞠躬哈腰的客氣店員？

傳翰的轉變不是沒有預兆，從他有意疏遠開始，鬼哥就知道不對勁了。沒想到傳翰作得夠絕，竟然完全斷了聯繫，這幾年鬼哥還以為這人死了。

不過就是玩出人命嘛，有必要這麼在意嗎？鬼哥心想，露出冷笑。

「為什麼一定要那個翰哥加入？」鬼妹只能用吼的說話，因為音樂實在太大聲。

問這什麼蠢問題？鬼哥的冷笑不止，在鬼妹看來卻是酷帥有型。鬼哥問：「你看過有人一打五全贏，還讓對方都住院嗎？」

「沒有啊，可是我們又不是只要打架！反正我們人多，不差他一個。」鬼妹不以為然地說。鬼哥從她的話裡感覺到淡淡的醋意。

「我的小妹妹，你太天真啦！」鬼哥哈哈一笑，單手抓著方向盤，另一手恣意撫摸鬼妹白如豆腐的大腿。

鬼妹躲也不躲，任憑鬼哥的手胡來。「那你解釋給我聽呀！」

「很簡單，我需要一個夠狠的人來辦事。人多是一回事，重要的是有可以用的，現在生意到手了，就缺一個辦事讓我放心的。你看起來還是不相信？那是因為你運氣好沒有親眼看過傳翰出手，現在回想起來我都還會怕咧！根本是單方面的屠殺，對方都跟紙糊的一樣破爛，被傳翰打得連不要不要都叫不出來。而且啊，以前我們還是好兄弟的時候……」

「以前？現在不是了嗎？」鬼妹打岔，發現話中有話。

「啊啊，當然還是，好兄弟是一輩子的！就像你永遠都是我的好妹妹。」鬼哥哈哈大笑，用力掐了掐她的大腿。

「我不要只當妹妹，我要當你的女人！」鬼妹大膽告白，不過鬼哥早就知道這蠢女孩的心意。

鬼哥放鬆油門，減速後在路邊停車，然後從口袋拿出一小包白色藥丸，抓了一粒放在鬼妹的眼前晃啊晃。鬼妹像搶奪飼料的錦鯉，張嘴就想吞。不過鬼哥飛快抽回手，令她只有咬空的份。

「為什麼不給我？」

「因為你不乖。」鬼哥作勢要吞掉藥丸，急得鬼妹緊緊攬住他的脖子，整個人都貼了上來。

「我一直都很乖，以後也都會乖乖聽話。給我、給我啦……」鬼妹嘟著嘴哀求，距離近得假睫毛都要刺到鬼哥臉頰。

鬼哥揚起一邊嘴角，露出壞壞的笑容。「想當個乖孩子的你，無論什麼都願意作嗎？」

「願意，我一定會比翰哥還讓你放心！」鬼妹用力點頭，盯著夾在鬼哥指間的白色藥丸不放。

「那你幫我辦一件事，這非常重要。」鬼哥貼近鬼妹的耳朵交待他的計畫。鬼妹聽著慢慢睜大眼睛，有些遲疑。

「為什麼要這樣？」

鬼哥霸道地撐開鬼妹的嘴巴，把手指連同藥丸伸入，直抵喉嚨。鬼妹雖然很難受但完全不敢掙扎，完全任由鬼哥擺布，只從喉間發出劇烈的喘息。「當然是因為要強迫那傢伙幫我辦事啊。」

鬼哥抽出被唾液沾濕的手指。入口的藥丸已經滑進食道，鬼妹用力地吞嚥，露出燦爛的滿足笑容。接著鬼哥將整袋藥丸塞進她的棒球外套口袋裡，引來一陣驚喜的歡呼。

鬼哥立刻提醒：「這袋給你。可是一顆都不准吃，把它餵給你的同學。」

「一顆都不可以嗎？」鬼妹按著鼓鼓的口袋，很是失望。

「不能。你的獎勵我要親自發給你，記得用這些小東西讓同學乖乖聽你的話，懂嗎？如果搞砸了，懲罰絕對少不了。」

「好。」鬼妹乖巧點頭，眼神逐漸變得迷濛，還吃吃傻笑。於是鬼哥知道藥效發作了，他自傲地想著，他有的是各種手段，要人死心踏地追隨他、為他辦事實在太簡單了。難度大概跟去巷口超商買煙差不多，輕鬆寫意。

鬼哥再次踩下油門，車子在夜深的無人街頭呼嘯而過。

× × × × ×

陰暗的員工休息室永遠殘留一股淡淡的汗味，過期的文宣跟下架的商品被隨便扔在角落，逐漸布滿灰塵，仔細一看會發現那早在三年前就已經過期。

換下制服的傳翰站在置物櫃前，將制服妥善折好，塞進櫃子。這裡只有他一人，現在已過了早上七點，大夜班的他已經下班了。後續接班的同事目前被困在櫃檯忙碌地結帳，不會有人突然闖入，所以傳翰的自言自語脫口而出，不用像在人前時壓抑在心。

「獅子，你怎麼看？」傳翰的聲音很苦澀。

擺脫他，不能再有牽扯。獅子的建議。

「阿鬼不會善罷甘休，他絕對會再出現。可是你說得對，我不想跟他有接觸，因為都過去了，都算了。」

沒有，從來沒有過去，你很清楚不會就這樣算了。獅子總是一針見血。

「那我該怎麼辦？」傳翰瞇起眼睛，頭抵著堅硬的鐵製置物櫃。等不到獅子的回應，傳翰痛苦地按著太陽穴，像在舒緩頭痛。他突然發出低吼，慢慢扭曲的臉孔猙獰可怕。他抓起鑰匙，推開休息室的門。櫃檯前擠著等待結帳的顧客，同事無暇注意大步離開的傳翰。

傳翰跨上機車，發動之後飛速駛出巷口，穿梭在車陣中。被擾動的片段一一浮現出來：在那名母親的哭嚎聲中，冥紙在烈火裡燃燒成灰燼，沒扔進火裡的冥紙則隨風淒涼地散落。靈堂中央掛著黑白遺照，死者的視線緊追不放，無言責難著。

面無表情的死者親友、憤怒的死者親友、拭淚的死者親友……一張又一張陌生的敵意臉孔追來猛對著他叫囂，拳頭緊接在後揮來，他下意識擋開。雖然他的拳頭握得死緊，卻失去慣有的反擊念頭。

混亂之間他的衣領被揪住，那位母親抓住他，布滿血絲的雙眼盡是悲愴的恨意。那母親質問著，但他聽不懂，完全無法解讀。所有的語言變成鑽腦的噪音，嗡嗡嗡……嗡嗡嗡……

傳翰回神，驚險閃過即將撞上的公車。

冷靜，你需要冷靜。獅子提醒，但是傳翰聽不進去，加速超越前方公車。**我知道你很後悔，可是這樣是在玩命。**獅子又說。

「玩命又怎麼樣？」

很蠢，而且毫無意義。你選中那個女孩，不是嗎？獅子問。所以還不是時候，至少不是現在。

是有這一回事，但是選中又如何？傳翰認為此刻急需發洩，把所有多餘的、不必要的混亂念頭全部排除，否則就算有獅子在也支撐不了多久。他一路狂飆，但是沒有定下任何目的地，單純是藉由這樣的速度讓自己麻痺，可是那些擺脫不掉的仍如附骨之蛆，早就融於血肉。他是無法擺脫的，只有每日不斷壓抑的狂性逐漸膨脹，並因為懊悔而扭曲，直到他這名為「人」的個體終於崩解。

「我該怎麼辦？」傳翰求助。

那個女孩會是你的解脫。獅子聽起來同樣痛苦，飽受折磨的從來不是只有傳翰一個，因為獅子與他密不可分，共享一切。

××××

天亮了，可是在陰暗的浴室毫無分別。被囚禁多日的金髮女孩憔悴不堪，完全沒有進食，連被施予的水分也是少得可憐。她的喉嚨乾渴欲裂，在偶爾的短暫睡眠中，除了惡夢之外就是夢見跳進水池裡痛快暢飲。直到因為渾身劇痛驚醒，被迫面對現實與夢境之間的落差。

好渴，好想喝水。

孤獨懸吊的燈泡忽明忽滅，她索性閉起眼睛，這是目前少數可以由她掌握的部分。她的手腕腳踝頸部都纏繞著鐵鍊，將她如標本般困在牆上，從最初的疼痛到發麻再到此刻的幾乎毫無知覺……肉體似乎不存在了，只有強烈的恐懼在提醒她依然是活著的。

偶爾她會希望能夠一死了之尋個痛快，可惜連自盡都成了奢侈的念頭。

突然的開門聲嚇得她發出小小驚呼，害怕地盯著門口，那模樣就像受虐的犬隻。門被緩慢打開一道縫隙，光線透了進來，背光出現的人影是她恐懼的來源——那名綁架她的超商店員。

店員赤裸著身體，她極力撇開視線避免與之對視。伴隨著菸臭味，店員靠了上來，硬是將臉湊到她的面前。她轉開眼珠子，只能不斷迴避。

「看我，為什麼不看我？」店員的嗓音嘶啞得像條蛇，然後突然失控大聲咆哮：「看我、看我！」

她嚇得只能照辦，噙滿淚水的眼睛轉向店員，可是仍偏著頭，看來就像斜眼瞪著。她出自本能地害怕這個男人……如果沒有陰莖仍可以算是男人的話。

「覺得我很噁心、很噁心？」店員抓起蓮蓬頭，將出水量轉到最大，往她身上噴著冷水。她掙扎，試圖尖叫，可是嘴巴被膠布纏著，聲音全都悶在嘴裡。嘴唇周邊破皮累累，那是膠布被反覆撕扯下來的結果。

冷水衝著臉不斷噴來，她無法睜眼，濕透的頭髮蓋住臉頰。店員將蓮蓬頭湊進她的鼻子，水便灌進鼻子裡，嗆得她難受。

店員扔掉蓮蓬頭，踩著濕漉的地板離開，一分鐘之內再次返回。她透過溼透的頭髮縫隙看見店員抓著一把水果刀，接著領口被店員扯住，黑色的緊身洋裝被劃開一刀，又被店員抓住左右扯開，從領口一直裂至肚臍處。

店員舉起刀，銳利的刀身不僅足以割開衣服，要殺死她也不成問題。她緊盯著店員，害怕接下來會發生的事情……可是又產生一種緩刑錯覺，以為店員會突然好心手下留情。

店員另一手按著她的上腹，像在摸索下刀的位置。她想哀求，甚至願意發誓為店員作任何事，只要願意留她活口就行……彷彿回應著她的奢望似地，店員僵立不動，水果刀舉在半空遲遲沒有揮下。

猶豫的店員將刀扔掉後便離開了。她知道雖僥倖逃過一劫，但是店員總有一天會下手的。朋友跟家人都應該要發現她不見了吧？開始有人在找她了吧？不可能永遠不聞不問吧？一定要想辦法活下去，撐到得救的那一天……她暗自祈禱。

店員的身影再度遮住門外的光線，背光的他格外駭人。她不懂為什麼店員迅速返回，直到看見店員手裡抓著的東西，不安的預感快速膨脹，血液似乎隨之凍結。那是一把裁縫用剪刀，鋒利程度是普通剪刀遠遠不及的。

喘著氣的店員死死瞪來，眼睛透出瘋子般的興奮光芒。她的右手掌被店員粗暴扳開，食指被緊緊抓住。

「我還是下不了手，切開肚子的難度太高了，我還沒有作好準備……」店員喘著氣，不知道是出於緊張還是興奮，「不要亂動，我只剪掉一根手指就好，剩下的手指改天再剪。」店員張開剪刀，固定在她那被抓起的食指根部。

「嗚嗯！嗚！」她的大叫還是徒勞無功，全都變成嗯嗯哼哼的悶響。

「不要亂動！只剪一根而已！」店員在她耳邊咆哮，嚇得她噴出眼淚。

店員直接動手，握緊剪刀的握柄。鋒刃輕易地剪開皮膚，然後在指骨的部份受阻。但店員用力一握，換來清脆的喀擦聲，斷指應聲摔在骯髒的地板，殷紅鮮血從血肉模糊的斷口流出，順著積水流進排水孔。

她發瘋般抽搐，排山倒海的劇痛不斷撞向腦袋。冰冷的臉頰毫無血色。

店員扔掉剪刀離開，留下一室昏暗。放棄殘喘的燈泡終於熄滅。

十、怪物在不斷不斷的懊悔裡誕生

幸虧有傳翰介入，這幾日鬼妹相當安分，培雅久違地迎回平靜的校園生活。自從鬼妹沒繼續找碴後，周圍的同學逐漸敢跟培雅交談，與先前將她視為瘟疫、避之唯恐不及的態度截然不同。

可是培雅沒有因此交上好友，眾人曾經的冷眼旁觀令她耿耿於懷，只是採取必要而不傷和氣的客套性回應。她沒想到還是得披上另一種偽裝。

在減去學校方面的負擔，最主要困擾著她的就屬二姑姑跟姑丈。二姑姑的神經質是枚不定時炸彈，若不是培雅心細，盡可能避開二姑姑的所有引爆點，再加上心性堅強，否則早被逼瘋。除此之外，她還要小心提防姑丈可能的不軌意圖。

培雅的生活型態已然改變，回家後便是睡覺，然後趕在午夜前醒來。接著就是自由的外出時刻。她越來越熟練，出入簡直如幽靈般無聲無息。

保全一如往常仰頭打呼，睡得不省人事，也許是這個社區居民作息使然，晚上十一點過後就鮮少有人出入，保全因此跟著鬆懈。保全毫無警覺心可言的睡姿讓培雅有股衝動，想拿麥克筆在那滿是粉刺的臉上塗鴉。但是很快即打消念頭，反省這種想要惡作劇的心情真不知道是從哪來的。

她帶上門後離開社區，在這種時間只有少數店家仍在營業。經過路邊的雞排攤時，突然決定帶點東西去探班。

攤位擺出各種食材任客人挑選，過去培雅鮮少吃鹹酥雞更不曾買過，所以此刻像發現新世界般好奇地東翻西揀，一邊揣測傳翰喜歡吃些什麼。她從最保險的甜不辣開始夾起，然後是米血糕、芋頭粿、四季豆……不知不覺裝了滿滿一盤。

這樣會不會太多？培雅端著略沉的盤子考慮著，不過男生的胃口通常比較大，應該不要緊？

「這些就好嗎？甜不辣要不要切？」老闆是個年過四十的微胖大叔，見培雅點頭後手起刀落，甜不辣被分切數塊，接著被切開的米血糕扔進鐵盆裡沾粉，跟其他處理好的食材一起豪邁扔下油鍋，立刻激烈冒泡，誘人的香味越加濃烈。

「要辣嗎？」老闆架式十足地拿著濾網，把炸物撈起後瀝油。

「一點點就好。」雖然培雅說是這樣說，但老闆灑起辣椒粉相當大氣，彷彿不用錢似地。

眼看紅色的粉末大量灑在冒著熱煙的炸物上，培雅暗暗心驚，看起來很辣啊！

「剛好兩百元！」老闆遞來裝袋的炸物，培雅付錢接過，暗自希望傳翰對辣的接受度夠高。

拎著鹹酥雞走著時，整條巷子都瀰漫著香味。培雅終於明白，難怪鹹酥雞被認為是邪惡的食物，實在香得令人髮指。不知道等等傳翰看到會是什麼反應？總是吃超商的微波食物應該對身體不太好吧，不過吃鹹酥雞好像也沒健康到哪裡去……

在她猜測傳翰的反應時，前方有腳步聲接近，迎面走來的是個瘦高的年輕男人。她注意到對方不斷瞧著自己，立刻警覺地靠往路旁，但那男人突然向她走來，硬是攔路，培雅被迫停下。

培雅緊盯男人，防備可能的突然舉動並開始退後。深夜果然會有奇怪的人，她想起傳翰的警告。

「這麼巧？你要去找傳翰？」那人一副跟培雅很熟絡的樣子。她狐疑地打量對方，這人看起來不超過三十歲，比傳翰年長，可是只令人感覺輕浮。難道跟什麼鬼哥是一夥的？培雅因此戒心更重，決定只要情況不對，馬上拔腿跑走。

那人困擾地攤手：「不要這麼緊張，我是傳翰的同事。之前你來找他的時候應該有看過幾次吧？還是你只顧著注意他，其他人都放不進眼裡？」

這種調侃讓培雅很不舒服，跟學校那些吊兒郎當的痞子同學完全沒有不同。

「沒關係，剛好讓我自我介紹。我叫阿哲，下次不要再無視我了！」阿哲帶著推銷員似的笑容伸出手。

培雅當然沒有要握手的意願，阿哲的手僵在半空，終於自討無趣插回口袋，然後吹起口哨，煩躁地抓亂頭髮。培雅不願意多停留，直接繞過阿哲身邊，只想儘快離開，但擔心激怒阿哲，所以沒有當場就跑。

「真好啊，真羨慕傳翰有這麼可愛的女朋友！」阿哲大喊，整條巷子都聽得見。

在亂說什麼、我才不是……培雅加快腳步，拐進巷口轉角後立刻跑起來，不時回頭確認阿哲沒有尾隨。這個人好噁心，僅是短短的幾分鐘就令培雅反感入骨。

越接近那深夜依然燈火通明的超商，培雅越感到安心。

她偷偷在騎樓張望，傳翰背對著門，正在整理櫃檯後的香煙。才剛受氣的培雅突然有個點子，她蹲下來，偷偷觸發自動門。在開門音效的叮咚聲之後，果然聽見傳翰大喊歡迎光臨。

躲在外面的培雅摀嘴偷笑，有一點得意。雖然平常戴著過多偽裝，不肯輕易示弱，但她畢竟仍是個十五歲的孩子，當然還是有玩心。

自動門關上後，培雅再次調皮地觸發。這樣反覆幾次，傳翰不再喊歡迎光臨了。她看不到裡面的動靜，擔心該不會惹怒傳翰了吧？也許現在應該先離開，等等再回來假裝完全不知情？搞不好傳翰還會跟她說這件事，以為是鬧鬼呢。

有了主意之後，培雅維持蹲踞的姿勢慢慢退開，結果在不經意的抬頭間，看到將臉貼在玻璃窗的傳翰，嚇得坐倒在地，手拎的整袋炸物掉出幾塊米血糕。

傳翰扳著一張臉，讓培雅感到事情不妙，似乎真的玩得太過頭了。她撐地站起，匆匆走進超商，心虛道歉：「對不起，你生氣了嗎？」

可是傳翰很冷淡，也沒有回話。

培雅心急解釋：「我只是想開玩笑，沒有惡意……不要不說話啦……」眼看傳翰面無表情，甚至看都不看自己，培雅急著抓住他的衣服下擺，「對不起啦……」

培雅這樣委屈的模樣，終於讓故作生氣的傳翰憋不住，當場笑了出來，培雅才發現是被反整回來了。「你騙我！還以為你真的生氣了！」她不甘心地鬆手，臉頰困窘發紅，剛才那麼擔心真的有夠傻。

傳翰止住笑。「誰叫你害我以為是鬧鬼、還是有奇怪的神經病在找麻煩？大半夜的，一個人遇到這種真的會怕。」

心思敏感的培雅不免以為有弦外之音，「你是不是在偷罵我是鬼還是神經病？」

「什麼？才沒有。現在這種時間，自動門自己打開又沒看到人影，當然會以為鬧鬼。你沒聽過超商界流傳的鬼故事嗎？」

「當然沒聽過，我不要聽，你別說！說了換我生氣噢。」培雅遮住耳朵，迅速退開。小女孩還是怕鬼的。那袋香噴噴的鹹酥雞就這樣在她手裡晃啊晃的，很是誘人。

傳翰舉起雙手，狀似投降。「不說就是了。你現在才吃宵夜？」

「本來是想跟你一起吃的。算了，還是我自己吃好了。」培雅沒好氣地說，逕自到座位區坐下，故意看著傳翰然後叉了塊甜不辣塞進嘴裡，露出一副很好吃的樣子。

傳翰抓了兩瓶冷泡茶坐到一邊，默不作聲看著培雅，她又賭氣吞了一塊糯米腸。

「看什麼，你想吃嗎？」

「會胖哦。」傳翰的提醒很故意，惹得培雅不甘心地反擊：「你才要小心呢，每天都吃一堆報廢食物，一定是你先變肥！」

說完之後兩人互相瞪著對方，誰都不肯示弱。直到不知道是誰的嘴角先抽搐笑出聲，這才一齊捧腹大笑。

「拿去啦！」笑得整張臉都發紅的培雅撕開紙袋，把竹籤拿給傳翰，傳翰則遞給她冷泡茶。店內與街上無人，彷彿全世界只剩下並肩而坐的兩人。超商的廣播放著千篇一律只會愛來愛去的芭樂歌，傳翰乾脆關掉。

「這樣更安靜了。」傳翰說。

培雅點頭，現在這樣真的很好，各自沉默地咀嚼食物，卻不感到尷尬。

「你看起來開心多了。」「你好像比較沒那麼慌張了？」兩人同時開口，也許是巧合、也可能是默契。

傳翰的眼神示意培雅先說話，「對啊，謝謝你。鬼妹……就是上次那個女生，現在沒有找我麻煩了，我在學校的狀況就好很多。」
「那你為什麼還要在半夜跑出來？」傳翰問。
這直接戳中培雅的另一個痛處，她沒跟傳翰提過二姑姑的事情，那也是深深扎在心頭的銳刺，可是還不打算跟傳翰說，因為傳翰是個好人，已經幫過她了。這種家務事旁人想插手也沒辦法，她也不想再麻煩傳翰。
「就、就養成習慣了，不小心又偷溜出來。」培雅說謊。
「這樣啊。」傳翰又了甜不辣跟蔥末，「沒事還是別半夜亂跑，真的很危險。這種時間出沒的都是一些怪人，你要注意安全。對了……沒有說你是怪人的意思。」
「好。」培雅頓了頓，馬上想到阿哲，夜深之後真的就是另一個世界了，那些原本安分潛藏的異類都迫不及待地出沒。幾經猶豫，她決定還是先不提阿哲的事，反正她只要多加注意不要再有接觸就好。
現在另外有其他事情令培雅更在意，是個好奇寶寶的她沒有搞清楚就渾身不自在，趁著跟傳翰的交情越來越好，她大膽提問：「你以前真的打過人？」
傳翰放下竹籤，攤開手掌，翻面讓培雅看清手背，指節處有厚繭跟癒合的舊疤。
「嗯，打過。以前我跟阿鬼常常混在一起，我們都覺得可以當老大，跟人起衝突是家常便飯。他說我天生就是打架的料，他說的可能沒錯，不管是校內還是校外，只要是打架我都沒輸過。現在覺得當時根本是瘋了……」

「好難想像……因為你人很好啊。」

「我從來沒這樣覺得。」傳翰嘆氣，突然變得很疲倦。「聽著……答應我一件事。將來……不，應該說現在的你就會開始遇到各種複雜的情況，可是答應我，不要做會讓自己後悔的事情。絕對不要。」

培雅可以理解傳翰的顧慮，「真的會這麼嚴重嗎？」

「當時的我覺得無所謂，直到很久之後，後悔也來不及了。」傳翰抓著冷泡茶，來回轉動瓶蓋。「抱歉，氣氛變得很沉重。」

「不會啊，我之前在學校的時候，那種氣氛才真的難受。」培雅自嘲，臨時想到似地拿出手機。「要不要……加個Line好友？雖然你常常都在，但我怕哪天想帶宵夜過來的時候你卻剛好沒班，這樣至少可以先聯絡。」

「被人要求加Line還是我人生第一次。」傳翰跟著開起玩笑。

培雅很配合地調侃：「那還不謝謝我？」

傳翰雙手合十，彷彿虔誠拜佛。「真是太感謝了。桌布那個小孩是你弟弟？」

「對呀。」

「好特別，很少看到有年輕人放家人照的。」

提及弟弟，培雅一陣苦澀。因為雙親離婚的關係，所以弟弟特別黏她，過去幾乎是形影不離。「因為一些原因，我跟弟弟分別借住在親戚家。我們感情很好，想起來會有點捨不得。他那邊的親戚管得滿嚴的，連智慧型手機都不能用，我跟他聯絡的機會變得好少。」

「男孩子的保鮮期很短，從國中開始就會加速劣化，一直到老都改不掉幼稚的毛病。要好好珍惜他還小的時候。」作為一個過來人、同時還是現在進行式的傳翰最清楚這點。

培雅煞有其事地點頭，裝模作樣開起玩笑。「真的，如果變成像你這樣幼稚的大學生就不好了。」

「出去，現在。」傳翰又故意扳起臉來，裝出生氣的樣子。

這次培雅學乖了，不再心慌，而是跟傳翰繼續鬥嘴。超商幾坪大的空間滿溢著兩人的笑聲，這真的是培雅近來少有的快樂時光。

十一、溺斃池裡的青蛙

「姊姊，明天就是我生日哦！大姑姑說我可以不用補習，你跟我一起過生日好不好？」電話的另一頭，是弟弟興奮的聲音。

「當然好，你下課之後先回大姑姑家，我再去找你。看你想吃什麼我帶你去。」培雅忍不住笑。相隔好一陣子沒見，弟弟聽起來還是跟以前一樣活潑。

這樣就好，她很擔心父親的死會帶給弟弟太大的影響。這時她才想到竟將父親的事遺忘了，這一定只是暫時性的，那是不可能從生命中抹去的慘劇。尤其，她跟弟弟可是當場遭遇兇手，還被兇手拿刀挾持。可是始終不得其解的是為什麼兇手沒有選擇滅口，更沒有傷害他們？

事發這麼久之後，她逐漸淡忘兇手的樣貌，只記得大致特徵。不僅如此，就連父親的身影也漸漸被稀釋。其實父親跟姐弟倆的關係一直算不上親暱，更像是在扮演一個稱職的父親角色，必要時注意孩子的起居跟生活狀況，其中沒有包含太多太深的感情。所以父親的死雖然令她難過，卻不會太痛苦。

會不會是我太無情太冷血？培雅總是自責，可是父親似乎更在意、也將目光投往別的事物上面。她至今還是不知道那奪去父親原本該付諸在兒女身上感情的是什麼？演變到此時此刻，現在的生活終於逐步抹殺關於父親那淡薄的記憶。

「還有禮物，我也要禮物！」弟弟比以前更加用力撒嬌，畢竟在大姑姑那裡沒有人可以這樣耍賴。

「早就準備好了，你要乖乖聽大姑姑的話，不然我會把禮物收回去哦。」培雅的口氣完全就是在哄小孩。

「我一直都很乖啊，大姑姑安排很多補習我都有認真上課，考試也都考九十分以上。」弟弟連珠砲般說著，似乎很急著領取獎勵。

培雅配合地稱讚：「好棒哦！那你先想好明天要吃什麼，然後乖乖等我。」

「好！」弟弟大聲回答，突然神祕兮兮壓低聲音：「姊姊，你在那邊過得好不好？二姑姑好可怕，動不動就會亂發脾氣，還好我不是住她那裡。你有沒有常常被罵？」

「沒有啊，當然沒有。我很好，在新學校也交很多朋友。」培雅的聲音在笑，眼神卻是死的。

掛掉電話之後，培雅握著微微發熱的手機，忍不住疲憊地嘆息。明天因為要找弟弟所以會晚歸，得先報告給二姑姑知道才行，這是寄居在這裡的潛規則之一。但是她真不想面對二姑姑，完全不願意看到那副尖酸刻薄的嘴臉。但是跟惹得二姑姑發飆的後果兩相權衡之後，培雅還是認命打開房門。

二姑姑不在客廳。培雅放輕聲音呼喚，結果是姑丈從書房中聞聲走出，他還穿著襯衫與西裝褲，大概是剛下班。「你姑姑去聚餐了，找她什麼事？」

「明天我要幫弟弟過生日，所以會晚回來，想跟她說一聲。」培雅不自覺地壓緊制服裙擺。姑丈那過度濃烈的笑意令她緊張。

「這樣啊，我再幫你轉達。需不需要我去載你，從學校過去找弟弟很不方便吧？氣象說明天可能會下雨，坐車才不會淋濕。」姑丈熱情提議。

我不要單獨坐你的車，培雅很是抗拒，連帶讓面對長輩時的客氣笑臉跟著僵了。姑丈在培雅來得及避開之前直接湊上來，手背貼在培雅的額頭上。培雅身子一僵，裙擺抓得更緊。「怎、怎麼了？」

「你的臉色很難看，我擔心會不會發燒了。」姑丈順勢撥開培雅的頭髮，往耳朵摸去。培雅觸電般退開，惶恐地瞪著姑丈。姑丈輕挑笑著問：「怎麼突然這麼慌張？

我是關心你呀。」

培雅二話不說馬上返回房間。「培雅？培雅！」身後的姑丈連聲呼喚，只令培雅越加心慌。

她用力關起房門並上鎖，避難似蜷縮在書桌旁。被姑丈撫摸過的觸感仍噁心地殘留不去，她連抽數張衛生紙，不斷擦拭被碰觸過的部份，直到皮膚發紅發痛，渾身因為羞恥而發燙，甚至要氣哭出來。

剛才面對姑丈時，她有一種自己彷彿是無從反抗的兔子似的危機感，真的好危險。尤其現在跟姑丈單獨在家，更是加倍放大這份恐懼。

培雅摸索出手機，開啟Line然後點選傳翰。想不到該鍵入什麼訊息的她只能選擇貼圖。她最喜愛的卡娜赫拉的兔兔與小雞貼圖以往都很療癒人心，可是此刻完全無用。

她盯著螢幕好一會，傳翰始終未讀。也許正在上課吧？培雅猜測，但還是忍不住奢望可以得到一些回音，讓她知道自己並不是真的孤立無援。

「嗨。」傳翰終於回訊。

培雅思索一會，手指快速鍵入：「今天可以去找你嗎？」

「今天沒有班，要準備期中考。偶爾還是得補救一下成績。」傳翰回覆，還傳了張道歉表情的貼圖。

「原來你會在乎成績。」培雅開玩笑回應，送出訊息後卻還是難掩失落，無力地從蜷縮改為側躺。看著傳翰丟了個暴怒表情的貼圖，讓培雅低聲吃吃笑。

與傳翰的閒聊之間，外頭傳來玄關的開門聲，多半是姑姑回來了。培雅決定不管發生什麼事都要裝睡，就算二姑姑跑來敲門也一樣。

抓著如救命稻草的手機，雖然只是短短的文字來回交流，至少培雅明白她不是孤單一人，還是有地方可逃。

××××

隔天。

盼到放學鐘響，培雅快速收拾好書包，拎著裝有要給弟弟禮物的紙袋準備離開。但是安分多日的鬼妹冷不防攔住她，另外兩個女跟班則負責堵門。

「老地方，到西棟廁所。」鬼妹雙手抱胸，口氣是前所未有的霸道。

「不要。」培雅冷冷回應。

「什麼不要，叫你去就去！」鬼妹抓住培雅手臂，刺進肉裡的指甲令培雅吃痛。

她厭煩地拍掉鬼妹的手，接著撞過鬼妹肩膀就往門口走去。守著後門的女跟班馬上擋住，培雅也不客氣，一把推開那女跟班。吃驚的女跟班叫出聲來：「欸！」

培雅不願意多作糾纏，決定趕緊前往校門，至少那裡有老師守著，鬼妹有所忌諱不敢亂來。加上離開校門之後她要脫身越是方便。有了對策，培雅立刻拔足狂奔，一路穿梭過走廊的人潮。

可是她發現事情不對勁，除去鬼妹跟原本的跟班，居然有別班的人加入追逐，是在西棟廁所見過的混混紫髮男。原來鬼妹早就計畫好了，不是跟過去一樣臨時起意。

培雅大感不妙，越發加快速度，在即將踩下通往一樓的階梯時，驚見幾個混混衝來，培雅立刻回頭，在二樓狂奔。但更棘手的是通往學務處或老師辦公室的走廊同樣有鬼妹的人馬把守，一看到培雅出現就馬上追趕。

周遭的同學好奇又訝異地看著這場追逐戰，完全是看戲的觀眾，沒有一人伸出援手也無人通知師長。

培雅狼狽逃竄，因為心知鬼妹刻意要將她逼向人煙稀少的西棟大樓去，所以拚命往反方向逃。絕對不能被逮到，她不知道突然發狠的鬼妹在打什麼主意，更重要的是得幫弟弟過生日，必須儘快脫身。

她終於順利逃到一樓，但距離校門太遠，而且鬼妹一夥的人馬依然窮追不捨。培雅被迫逃往別處，卻逐步被逼往偏僻的死角。

最後──

「再跑啊，你他媽很會跑，再跑啊！」鬼妹再次攔在培雅面前，兩人都是氣喘吁吁，額頭跟頸間布滿細密的汗水，制服也微微透出汗漬。

被追捕的培雅最後被逼到圍牆邊，對外的視線被游泳池館擋住，是比西棟廁所更加不妙的死角。無處可逃的培雅被團團包圍，十幾雙不友善的眼神盯來，除非培雅生出翅膀，否則哪裡也逃不了。

「沒地方躲了齁。怕什麼，又沒有要對你怎麼樣。才怪，哈哈，就是要弄你才恪人的啊！」從後方慢慢接近的金髮男囂張地嘲笑。

培雅來回張望，包圍她的超過十人，都是校內有名的小混混。鬼妹怎麼可以動員這麼多人？到底有什麼企圖？

「現在咧？在這裡解決？」汗流浹背的紫髮男拉著制服領口搧風，從口袋掏出香煙，然後向旁邊的同伴詢問：「有沒有打火機，借一下。」

鬼妹瞥了一旁的游泳池館，「等一下再抽啦，先抓她進去。」隨著鬼妹發令，那紫髮男配合地收起煙，跟其他人圍上前制伏培雅。

「放開、不要碰我！」培雅的左右手臂分別被人給抓住，裝著禮物的紙袋在掙扎中不慎脫手，被鬼妹當足球踢得老遠。

「你最好乖乖聽話喔，不要以為有鬼哥的朋友罩你就跩起來。你聽好，就是鬼哥叫我來對付你的。」鬼妹揪著培雅的頭髮，領著一夥跟班進入游泳池館。

放學後的游泳池空無一人，連負責管理的體育老師也不見蹤影，早就知道這點的鬼妹才決定挑這裡辦事。加上位於室內，即使有人經過，只要不進來就不會發現。

泳池散發著漂白水的潮濕味道，偏冷的溫度就像培雅發寒的後頸。鬼妹一直帶著眾人走到泳池邊才鬆手，然後命令：「脫掉她的衣服。你們聽不懂嗎？我叫你們扒光這個臭三八。脫啊！」

在培雅心驚的同時，身穿的制服被女跟班扯住，鈕扣接連被解開。

「走開！」培雅慌張得無暇多想，一腳踹出，踢中那解她鈕扣的女跟班。對方皺眉痛呼，生氣大罵：「很痛欸，你踢什麼踢！你們都幫忙啦，把她按倒，腳也要抓著。」

「看什麼，快幫忙啊！」鬼妹衝著餘下幾個站在旁邊看戲的混混男生大叫，他們乖乖配合。眾人一擁而上將培雅壓在濕漉的地板上。

培雅的雙手雙腳被人牢牢按著，只能痛苦叫著：「不要！」

她的痛苦完全沒有換來同情，整排制服鈕扣已經被解開，露出胸罩跟白皙的腹部。這時她又聽見鬼妹下令：「繼續啊，全部都要脫掉。剛剛我說過讓她全裸！」

「你穿白色的喔，好純潔。」金髮男笑嘻嘻伸手，探向培雅身穿的學生款胸罩。她屈辱地閉眼，淚水隨之滑落，燙得幾乎要灼傷臉頰。貼身的胸罩被金髮男用蠻力亂扯一通，就是沒有被脫下。一個女跟班看不下去，沒好氣提醒：「笨死了，要從後面解開啦。」

「早點說好不好，我又沒穿過！」金髮男說完，培雅隨即感到一股重量壓了上來。她害怕地睜眼，發現金髮男滿是青春痘的臉近在眼前，忍不住驚呼。他居然整個人趴上來！

培雅失聲哭喊：「你走開、走開！」

「什麼啦，還害羞喔。你臉貼這麼近是不是要我親你？」金髮男無恥地嘻嘻哈哈，還配上故裝無辜的嘴臉，手上的動作不停，分別抓住培雅背後的胸罩釦子，變成環抱住她的猥褻姿勢。

金髮男不斷摸索，像有蟲子在培雅的背脊蠕動，痛哭的她被淚水模糊了視線，無論如何激烈扭動都無法掙脫。飽受拉扯的胸罩終於被解下，隨著單薄的制服往兩邊敞開，培雅的胸部完全裸露出來。可是她的惡夢沒有就此結束，接著是裙子遭殃。

「你看，我就說內褲也是白的。」負責壓住腳踝的紫髮男直呼，還能若無其事發表感想：「欸，她身材很不錯欸，夠大，腿也長。」

培雅拚死貼緊大腿，那裡絕對不能失守。但她一個人又如何能夠抵抗這幫暴徒？最後下腹一陣空蕩蕩的冰涼，最後的防線亦是崩解——現在的培雅一絲不掛，赤裸如白羊。

鬼妹拾起被扔得亂七八糟的衣物，當著培雅的面一一扔進泳池，制服、內衣還有長襪如紙屑般漂浮在水面。她拿出手機對準培雅，「把她按好不要亂動，這樣拍得才清楚。」說完接連按下手機，閃光燈閃了又閃。

「好了，可以了。過來領獎賞。」鬼妹不耐煩地從口袋掏出一袋藥丸，眾人興奮著圍繞上去，從她手裡接過藥丸，迫不及待丟進嘴裡。鬼妹也跟著吞了一顆。

培雅蜷著身體，盡可能將私密處完全遮掩住。為什麼鬼妹總是針對她、千方百計要找她麻煩？屈辱跟憤恨交融，一股莫名難辨的混亂情緒逐漸萌生，培雅覺得好難受、好痛苦。

鬼妹睥睨的眼神猶如看著骯髒的蟲子。培雅毫不避讓地回瞪，直到鬼妹突然失控，將她推進泳池。十一月的池水寒冷侵骨，培雅倒抽一大口氣，被灌入嘴裡的水嗆著，雙手雙腳亂踢亂揮，濺起陣陣水花。

岸邊的鬼妹一夥放肆嘲笑：「醜死了，好像青蛙！」

培雅好不容易穩住身體，不住地瑟瑟發抖。她的臉龐死白得可怕，同樣無血色的嘴唇顫抖不停。

「你在碎念什麼？不高興可以大聲說啊。」鬼妹蹲在泳池邊，對著培雅吐口水。

培雅控制著逐漸失去知覺的身體，一步一步接近鬼妹。有恃無恐的鬼妹避也不避。培雅抓到足夠的距離後隨即向前撲，迅速抓住鬼妹雙腿，將粗心大意的她拉入泳池。

完全沒預料到培雅會如此反擊的鬼妹掙扎將頭伸出水面，慌張求救。培雅從後抓住鬼妹雙肩，與她拉扯著。鬼妹費盡一番力氣後好不容易掙脫，轉身反擊，用力掐住培雅脖子，緊壓喉嚨不放。

培雅又搥又打，就是無法讓鬼妹鬆手，開始缺氧的她力氣漸失。鬼妹則因為剛才吞的藥丸開始發揮作用而變得異常亢奮，竟將培雅整個人壓入水中。「張培雅，你裝什麼資優生，成績好了不起、長得漂亮很了不起嗎？」

浸在水中的培雅被水嗆著，口鼻冒出無數氣泡。不斷亂拍雙手，像溺水的人急於抓住浮木，可是不管怎麼抓都是撲空，只剩窒息的恐懼。

最後培雅的意識在痛苦中逐漸模糊，激烈掙扎的水聲消失了、鬼妹的叫囂也消失了，什麼都聽不見，四肢的感覺沒了，視線如熄滅的燭火瞬間轉暗……

十二、製造業的記者發問，地方的校長表示

好冷，好痛苦。視線所及全是霧般迷濛的水底，大大小小的氣泡不斷溢出，混亂

地上浮。好痛苦，鼻腔好痛，吸入的盡是水而非空氣。

現在的她需要氧氣、很多很多的氧氣。張開嘴巴結果灌入的同樣是水，用力一吸水便吞入喉嚨，嗆到了，好痛苦……

無論是空氣或得救的可能都抓不到。沒辦法離開水中，被什麼給壓住而無法脫身，揮動手臂的力氣沒有了，周圍逐漸轉黑，氣泡不再飄過眼前……

培雅虛弱地睜開眼睛，卻是在陌生的地方，認不得眼前天花板的模樣。她試圖出聲呼喚，才發現口鼻戴著透明綠的給氧面罩。現在連挪動手指都很吃力，右手食指被什麼東西輕輕夾住。她艱難地望去，原來是血氧計。她又慢慢閉上眼睛……

再次醒來時，正好與床邊的護士對上眼。護士發現她醒來，便低頭在培雅耳邊說些什麼，可是培雅的意識還很混亂，好像被遺留在泳池那裡沒有被帶回，護士說的話全部變成難解的噪音。

護士離開又返回，這次醫生跟著過來。醫生作了些檢查，然後叮嚀了些什麼，依然恍惚的培雅同樣無法理解。她仍躺在病床上，感覺周圍陸續有人來去，可是眼珠連轉動的意願都沒有，一直漠然盯著眼前空氣。

現在的培雅什麼都無法想，腦袋罷工般停止運作。過了好一段時間，也許是一小時、也可能是一整天，培雅逐漸回憶起昏迷前發生的事情。她被鬼妹強壓進水中，差點溺死。

隨著回想，培雅記起那溺水前缺氧的恐懼感，不禁深深地吸進一大口氣。給氧面罩送出的氧氣濃度相當高，因此頭腦越來越清醒，培雅終於意會到她是在鬼門關前走一遭，她很可能會就那樣窒息而死。

可是培雅不憤怒，連憤怒的力氣都沒有。浮現在心頭的是一種很冷的情緒，比她險些溺斃其中的游泳池更冷。

她不知道自己在醒來前昏迷多久，但是當天又在醫院度過一晚，隔天一早姑丈便出現在醫院，領著她配合醫生作最後的檢查並辦妥出院手續，這段過程培雅的記憶很模糊，只當個傀儡任憑擺布。

姑丈一路上都摟著她的肩膀，那景象在外人看起來就像父親疼愛孩子的舉動，可惜事實根本不是如此。培雅沒有表現出反感的態度，現在她的臉放棄呈現表情，像肌肉全都失憶。甚至，連被姑丈那過於親密摟著的感覺都顯得很淡薄，似乎連觸覺都跟著麻木。

她坐進汽車前座，姑丈熱情地為她繫好安全帶，過程中多餘的肢體碰觸當然少不了，反正培雅沒有掙扎，大膽行動的姑丈當然可以得逞。

車子開出停車場後，從擋風玻璃透進的陽光讓培雅反射性閉上眼，實在太亮了。習慣光線之後她慢慢睜開，今天是個晴朗得令人感到過份的好天氣，天空呈現無瑕純淨的藍，不帶一點雲。晴朗的陽光讓視野中的所有物體變得更加鮮明。

培雅看著卻無動於衷，甚至覺得礙眼。

回到姑姑家，一進門就發現在客廳看電視的二姑姑。退休的她總是有用不完的時間可以浪費。二姑姑皺眉，嘴角跟著一歪，這是要開始碎念的前置表情。

「你在學校搞什麼？我花那個錢幫你付學費不是讓你隨便浪費的。學生就該有學生的樣子，你應該認真唸書，不是跑去游泳池玩水！你看，連新聞都報出來了。」二姑姑拿著遙控，手指連按轉台鍵，電視畫面不斷跳轉，直到二姑姑找到要讓培雅看的報導。「你看，這是校長對不對？記者都去採訪了。」

培雅遲緩地看向電視，畫面中那戴著金框眼鏡的禿頭中年男人的確是校長沒錯。

校長說得頭頭是道：「那個張姓女學生，她可能是因為國三的課業壓力比較大，所以一時興起跑去泳池玩，結果不小心溺水。幸好這個女學生的同學在旁邊看到了，趕緊把她救起來然後通知校方，所以我們才能在第一時間叫救護車。」

什麼玩水？培雅聽不懂。

記者繼續追問：「學生跑進泳池怎麼會沒有老師發現甚至制止呢？校方在這部份是不是有管理疏忽？」

「當然不是！關於這部份是這樣子的……」校長馬上否認，「泳池非開放期間都是關閉的，這點都有嚴格檢查。這次是因為學生擅自闖入，那時候當然沒有老師在。我認為啊，這都是因為現在的小孩子抗壓性比我們以前還要低很多，遇到一點點挫折就受不了，才會有這樣的行為。這部份學校會再請老師多加注意，避免再發生同樣的事情。」

到底在說什麼？培雅越加不能理解，她不是因為貪玩才跑去游泳池的，而是被鬼妹一夥人強押進去的，為什麼校長會是這樣的說法？

二姑姑直指著培雅鼻子，連珠炮般開罵：「你看看，現在丟臉丟到上新聞了！張培雅，你要搞清楚，我讓你上學不是要你去惹事生非的。如果你真的不想念，那就乾脆休學！如果不是因為你是霖青的女兒，我早就把你趕出去了，省得在這邊丟人現眼！」

「不是這樣。」在培雅自身察覺之前竟然先脫口而出，過去她不曾為自己辯解，原來此刻連壓抑的力氣都沒有了。「我是被班上的混混押進去，被她推進水裡。」

二姑姑把遙控往沙發一摔，「你招惹同學幹什麼？人家一定不會沒事就找你麻煩。還說混混，你那是學校不是監獄，哪會有什麼混混？你以為我三歲小孩子很好騙？我現在嚴正警告你，只要再有一次讓我知道你在學校亂來，你就滾出去，去求你大姑姑收留你！」

「好了啦，培雅剛出院，不要這樣刺激她。」姑丈抓準機會跳出來打圓場，他先安撫二姑姑，然後轉頭對培雅笑著說：「你先進去休息，這幾天先請假好好休養。」

「請什麼假？課程進度落後怎麼辦？霖青是師大畢業、高中又是念建中的，她一定要考到北一女才行，不然會讓霖青丟臉。」二姑姑只有在這種時候才會插手干預，不然平時對培雅在校情況都是不聞不問。

培雅真的累了，不想再看也不願再聽。現在的她幾乎成了具空殼。無視二姑姑的叫喊跟姑丈虛偽的關心，她躲進房裡。一碰到床就無力地趴倒，臉陷進枕頭。失去的情感還沒有回來，取而代之是一股無法言喻的平靜，是自暴自棄放棄一切後換來的不在乎。

雖然瀕死的體驗很可怕，她卻覺得或許那時死了更好。

××××

「考慮得怎麼樣？這麼多天應該夠讓你改變主意吧？」鬼哥大喇喇地翹著二郎腿，對著遠在櫃檯的傳翰喊話。

「考慮什麼？」傳翰明知故問，但他不想直接進入關於「生意」的話題。他一邊注意鬼哥，邊用手機鍵入訊息，提醒培雅今晚不要過來。出於保護培雅的心態，他不願意培雅再接觸到鬼哥。可是培雅這幾天都沒有讀取訊息，人也沒出現，讓傳翰相當掛心。

「再裝就不像了。」鬼哥喝了幾口啤酒，打了個嗝。「聽著，我好不容易牽上線，是國外的客戶。你的工作內容很單純，就類似送貨而已。」

鬼哥越是強調很簡單，傳翰就知道內情越是不單純。從關鍵字「送貨」跟「國外」可以猜測是走私一類的勾當，最糟糕的搞不好是運送毒品。傳翰反問：「這麼好賺，你為什麼不留著自己發財？」

「當然因為你是我的好兄弟所以優先找你，交給別人我也不放心，如果出意外搞砸整筆生意，我會吃不完兜著走！拜託，不要承認你願意平凡度過一輩子，現在當個任客人使喚的店員、出社會找個月薪只有兩萬二還要被扣勞健保的低薪工作？我們都是幹大事的人，你記得以前那些日子嗎？我們是特別的，生來就是要當老大。」

「你有去上香嗎？」傳翰的聲音蒼老了幾歲。

鬼哥瞪大眼，嘴巴大大張開，浮誇地表現出驚訝的模樣。「我有聽錯嗎？你剛剛說的是上香？給死人拜拜的那個上香？」

傳翰點頭，雖然早在提問前就知道答案，但還是想親耳聽鬼哥的回答。果然不出所料，鬼哥完全不放在心上。那可是當初他們兩人一起造的孽，註定一輩子背著的業障，也是傳翰下定決心與鬼哥斷絕聯繫、就此不告而別的原因。

「有什麼好拜的？又不是我害的，怪他太笨，笨蛋才會自尋死路。」鬼哥說得輕蔑，毫不掩飾鄙視的態度。

「就是我們害的，是我跟你逼死他。」

鬼哥不耐煩地捏著耳垂，玩弄骷髏造型的耳環。「你現在是要開釋什麼大道理嗎？拜託你還是省著別說，不然我真的會吐，太噁心了。你如果真的這麼虧欠，乾脆在他媽面前以死謝罪不是最好？可是你沒有啊，你還活得好好的，找了安穩的打工還有學校可念。我就說人都是自私的，可是漂亮話都很會講，讓我真的很幹很煩。劉傳翰，你是嗑了藥啊？我不記得我有拿給你吃過啊！」

鬼哥用力放下啤酒，走到外頭。傳翰以為他要離開了。但在外頭吹著風的鬼哥叼著煙，口齒不清地問：「抽嗎？」

「你忘記我不抽煙。」

「人會變的嘛，就像你現在變成這副鳥樣。」鬼哥試著點火，但風讓一切都不順利，嘗試幾次才點著。他用力吸進一大口，吐出陣陣隨風飄散的煙霧。「如果我去上香，你就會幫我的忙？」

傳翰斷然搖頭。「我不會幫你，找別人吧。」

「幹。」鬼哥往地上怒扔煙蒂，「我好聲好氣講這麼多，你他媽真的一句話都聽不進去，一點忙都不肯幫？」

「找別人吧。」

「好、好、好。」鬼哥急躁地拿出手機，手指快速在螢幕上滑動著。他盯著手機瞧了一會之後轉看向傳翰。然後打消主意似地把手機塞回口袋。「跟你講，這件事讓你辦最適合，就是非你不可。我還會再來的。」鬼哥鑽進停在巷裡的改裝車，急駛離開。

傳翰一屁股坐在地上，應付鬼哥令他不斷想起那些往事，因此心力交瘁。他們從一開始就錯了，為什麼當初會不明白直到慘劇發生才驚醒。傳翰按著太陽穴，吐出一陣又一陣的濁氣。「獅子，我打算辭職，不能一直讓他找上門。」

辭職沒用，他見過培雅，會透過培雅找上你。獅子敏銳地點出關鍵。

「培雅這幾天都沒有消息，我很擔心。雖然鬼哥勸過他底下的小妹不要再騷擾培雅，但是他突然反悔也不是不可能。」

畢竟是個出爾反爾成性的垃圾。獅子總是能說出傳翰真正的感想，毫不掩飾。

「獅子。」

你說。獅子一向是個極富耐心的好聽眾。

「我真的很後悔。」傳翰一拳搥地，手背滿是暴起的青筋。就是這雙手，這雙好鬥成性的拳頭跟幼稚的自己促成那些慘劇。

至少現在的你不會隨意傷害人了。無法挽回，至少從別處彌補。獅子給予建議，傳翰心照不宣地知道在指培雅，那真的是個令人心疼的女孩。傳翰其實已識破她的謊，知道困擾她的不單是學校的部份，一定還有其他原因。

「我要幫她。」傳翰的聲音很苦澀。

你要幫她。獅子當然贊同。

傳翰慢慢整理好情緒，裝成若無其事繼續值班。大夜班的時間流逝得緩慢，傳翰因此有足夠時間思考，然後反覆自責再收拾情緒，就像沒有終點的苦行。他傷害別人，同樣換得滿身的傷，最後變成一個過份客氣而擔心他人的贖罪者。

天色以肉眼難辨的速度轉換，等到發現時已經天亮了。晨曦輕灑，日與夜再次交替。意料之外的訪客突然來到。

傳翰困惑又訝異地望著玻璃門外，那纖弱得似乎禁不起風吹的女孩同樣望著他。為什麼幾天沒見，培雅變得這麼憔悴？

傳翰快步向她走近，心急地問：「你怎麼了？發生什麼事？」

培雅的眼神似乎無法聚焦，直到與傳翰的視線相交才終於真正對準。傳翰從來沒見過有人這樣看他，那是求救的眼神。傳翰想都不想，脫口就問：「告訴我，我可以為你作什麼？」

培雅的嘴唇蠕動著，似乎忘記如何說話，她微微張開嘴巴，終於發出聲音。

「可不可以去你那裡？」

××××

「抱歉，有點亂。」傳翰動手收拾小套房，把喝剩的寶特瓶罐全部丟入垃圾袋，再將隨意扔著的衣服收進衣櫃。他打開窗讓屋內的空氣流通。培雅默不作聲站在門邊，直到傳翰拉來椅子要她坐著休息。

「對不起。」培雅突然道歉。

傳翰停下手邊動作，不解地問：「為什麼這樣說？」

「給你添麻煩，對不起。」培雅望著傳翰的眼神很退縮，完全是個受驚過度的孩子，聲音微微哽咽。

「一點也不麻煩，真的不會。」

「謝謝……我好累，想要休息一下。」培雅疲倦地說。於是傳翰將床單拉平，抖順棉被。培雅脫掉黑色高筒帆布鞋跟薄外套，坐在床上，用手支撐著吃力躺下。側躺的她望著窗外，除了純粹的藍之外，什麼都沒有。

傳翰為她蓋好棉被，就近在床邊坐下。兩人看著窗，誰都沒說話，直到傳翰轉頭看見培雅正無聲哭泣，淚水不斷從眼角滑落。他伸出手，發現竟在顫抖，腦海突然閃過那曾經將人揍得倒地的過往記憶。於是他停止，讓手就這麼僵在半空。他深深吸氣，然後嘆息，終於下定決心將手輕放在培雅頭上，憐惜地觸碰她。

「你安心休息，我會一直在這裡。這裡不會有人傷害你。」

「謝謝。」培雅的聲音很小很輕，像飄落的塵埃。「你的床……有汗味……」

困窘的傳翰趕緊提議：「你要不要先起來，我換一下新的床單跟枕頭套，很快就好。」

「其實我不在意。」培雅闔上眼，「謝謝你又救了我。」

在傳翰的看顧中，培雅慢慢睡去，毫無防備的睡臉猶如洋娃娃。一個殘破不堪、再也禁不起傷害的洋娃娃。

睡著的培雅沒聽見傳翰說話，只有獅子知道——

「得救的，其實是我。」

十三、還需要更多更多的練習

店員站在那扇祕密之門前，門後關著被他擄來的獵物。

說是獵物，他更喜歡用「俘虜」這詞來形容。門後的空間原本是浴室，依照店員的需求改裝，除去基本的淋浴功能，還多了將人固定在牆面的刑具。被綁來的女孩原本是受到這樣的處置，但某天店員突然改變心意，將她解下。畢竟固定著動也不動的話，根本不知道是死是活。

她千萬不能死，要綁架人不如想像的容易，店員偷偷觀察並跟蹤許久，終於擬定計畫。不過，在他決定實行之前，那突來的衝動令他提前動手。

那一晚，店員一如往常躲在暗處窺視，目睹金髮女孩從音樂吵人的改裝車爬出來，車裡的人對她毛手毛腳，可是金髮女孩若無其事地與之嬉鬧。

事後店員回想，這應該就是引爆點，他忍受不了女孩瘋瘋癲癲。他對女性擁有某種程度的想像，就如維納斯般的完美形象。可是這女孩除了性別正確之外，沒有任何一處符合店員對女性的期望。這其實不重要也無關痛癢，無論店員對女性抱持任何期待，他都不能跟女性有親密交往。

下體一陣沒來由的疼痛。店員不自主地伸手確認，他明白這並非真正的疼痛，而是類似幻肢錯亂。他的陰莖早就沒了，只剩短短一截，是個僅提供排尿功能的肉塊。

「真的很醜。」店員拉開褲襠，審視藏在陰影中那殘缺不全的陰莖。連他自己都覺得不堪入目，隱隱作噁。沒有任何一個正常的女性可以接受這點，這根本是天大的笑話。

我的褲襠藏著笑話！店員憤憤不平想著，為什麼他會遭遇那樣的事情、失去男性最重要的器官？這不公平，這個世界總是對他充滿惡意。憤恨中他又看見那閉闔的寒光，竟會扎眼。他幾乎要跪地打滾，就像那時候按著鼠蹊處，在嘩啦噴灑的血中崩潰哭喊。為什麼要這樣對我？為什麼！

店員從褲子裡抽出手，轉開門把，浴室比前幾天還要明亮，因為他終於甘願更換新的燈泡。倒在滿是汙漬的磁磚地的女孩清楚入眼。

女孩的殘破洋裝早被店員扒下，裸露出年輕但飽受折磨的胴體。曾經搶眼的金色頭髮現在黯淡得像乾枯稻草。女孩雙手抱在胸前，深怕被發現似地藏住手掌，就像擔心店員要從她那邊奪去什麼似的。

隨著店員走近，女孩艱難地抬頭。頸部活動的幅度相當小，她正發著高燒，沒有多餘的力氣作多餘的動作。可是出自本能的恐懼，仍令她下意識抬頭，確認這對她有如夢魘的訪客。

店員帶來超商賣剩的三明治跟一瓶礦泉水，這是慣例的餵食。他不能讓女孩死去，至少不是現在。他隨意扔下三明治跟礦泉水，拿起蓮蓬頭轉到最大的出水量，對著女孩一陣猛噴。女孩緩慢蜷縮，彷彿在子宮內的胎兒，儘管狹小的囚房絕對不如羊水那樣令人安心。

店員關掉蓮蓬頭，蹲到女孩面前，粗魯地抓住她的手。女孩的掙扎比螞蟻還要無力，完全任憑擺布。只見被抓出的手掌胡亂纏著一圈又一圈的紅色繃帶，紅得很不均勻，因為全是血滲出繃帶所導致。可是最怪異的並非是紅色繃帶，而是女孩的手掌。

一根手指都沒有。

店員抓著女孩的右手，草率地解開纏繞的繃帶，手指跟掌部的連接處血肉模糊，流著黃綠色的膿。店員煞有其事端詳，那傷口越看越像他褲襠裡的玩笑，於是他笑了，「哈哈。」

神智模糊的女孩回應他似地低聲呻吟。店員點點頭，「餓了啊？」

他扯著女孩的頭髮，一把拉起，女孩的臉彷彿塗著極厚的慘白色粉底。店員扳開她的嘴，把火腿三明治硬塞進去。女孩沒有咀嚼，任憑三明治塞滿嘴巴。

「吃啊，快吃。想餓死沒這麼容易。」店員一手掐著女孩臉頰，另一手把三明治不斷往口腔裡推送。女孩的喉間發出斷斷續續的呻吟，店員才想到這樣只會讓她噎死，只好用手指把三明治掏挖出來。

「算了，人一個禮拜不吃不會死。」店員改變主意，扭開礦泉水直往女孩的嘴裡灌。如此粗暴的方式當然只會令人嗆著，女孩無法克制地嘔吐，吐得店員滿手都是。

店員瞪著沾附在手背的火腿跟麵包碎屑，壓抑怒氣緩慢站起，隨後冷不防往女孩身上猛踹。失控的他不知道節制，忘記地板滿是積水，一個打滑，整個人重重摔倒在地上。

他抱著疼痛的後腦杓，聽見女孩虛弱的笑聲，氣得怒吼，狼狽爬起急衝出浴室，帶著仔細磨利的菜刀返回。店員粗暴地翻過女孩身體，跨坐在她身上，對準赤裸的胸口高舉菜刀。

只要砍下去、往下劃開，就能切開女孩的肚子！店員在腦海中反覆想像過這些步驟無數次，可是遲遲無法下刀。為什麼傑克會那些人可以如此輕鬆寫意，將人活活開膛就像在麥當勞點餐似輕鬆，可以自由不羈在狂亂綻放的猩紅中狂歡。

為什麼，偏偏他辦不到？

女孩微微咧開嘴角，露出森白的牙，藏不住嘲諷的笑意。店員憤怒地對著空中亂揮刀，歇斯底里大喊：「去死！去死！去死！」可是一刀都沒有傷及女孩。

我一定是還沒有準備好，還不是時候，我要再多練習一下。我一定可以、一定沒問題……店員劇烈喘氣，胸口起伏不斷。他發覺握著菜刀的指尖發麻，也許是感染上刀身的冰冷。

莫名的顫慄逐漸寒入骨髓，突然的靈感迸發出來。店員沒來由吃吃傻笑，撥開女孩雜亂的頭髮。藏在髮後的耳朵是如此鮮明搶眼，像七彩繽紛的糖果般誘惑著店員。

「我要練習、更多更多的練習……」店員揪住那無辜的耳朵，刀尖抵住耳根與臉頰的交界，在無法克制的獰笑裡，他終於動刀。女孩的痛叫短促又無力。連日以來不斷飽受折磨，令她連掙扎都疲弱不堪。

店員拿起滴血的耳朵，讚嘆切割面的平整。菜刀鏘噹落地，被店員扔掉。他雙手捧著耳朵，慢慢舉向天花板，逆著燈光抬頭看去時，瞬間竟有捧著聖物的錯覺，令他幾乎落淚。那盤根錯節的瘋狂在這莊嚴的時刻得到昇華，一股平靜的暖流竄入全身。

他感覺到不存在的陰莖昂然勃起。

店員閉上眼睛，發出滿足的嘆息。

這感受是如此美妙，屆時將女孩的肚子剖開，一定是加倍又加倍的快感！店員下腹一陣無法克制的顫抖，熱流激烈地傾瀉。他手伸入褲襠，觸摸到滿滿的黏滑液體。

他抽回手，不可思議地端詳掌心。接著伸出舌頭，慢慢、慢慢舔著。

××××

培雅醒來有段時間了。

她躺在床上什麼都不想，放空望著傳翰的後腦杓。這個大男孩一直守在身邊，背倚著床打起瞌睡。傳翰的枕頭很軟，被子暖暖的。房間很安靜，靜得可以聽清楚傳翰平穩的呼吸聲。

可惜難得的平靜時刻只持續到培雅拿出手機為止，她還以為眼花了，居然顯示著五十幾通的未接電話，全部都是二姑姑打來的。培雅倍感煩躁，正想轉成飛航模式斷絕一切來電時，畫面突然停頓，隨後轉換成二姑姑的來電顯示。

培雅猶豫幾秒後，還是選擇接聽。

「你跑到哪裡去了？學校打來說你沒去上課！你就非得一直惹事才甘願是不是？我告訴你啊……」二姑姑的音量之大，令培雅首當其衝的耳朵開始發疼。她只好將手機拿遠，但還是斷斷續續傳來二姑姑的叨念。不願再聽的培雅直接掛斷，立刻把手機轉成飛航模式。

「家裡打來的？」二姑姑實在太吵，連傳翰也跟著醒來。

培雅點頭，「對不起，吵醒你了。」

「不會，小事情。」傳翰伸了懶腰，舒展僵硬的身體。「你不跟家人交待嗎？他們會擔心吧？」

「那不是我的家人。」培雅當然不會承認，她與二姑姑之間頂多算是房客與房東的關係。

雖然二姑姑始終隱瞞不說，但培雅了然在心，父親餘下的財產早被幾個姑姑瓜分光，這也是培雅絲毫不認為對二姑姑有所虧欠的緣故。培雅早就將那些被奪去的、原本該屬於姐弟倆的錢當成房租。

「弟弟是我現在唯一的親人。」培雅又說。望著手機桌布的姐弟合照，她想起說好要替弟弟過生日的，可是全都泡湯了，連禮物也不知所蹤。

彷彿水壩潰堤，再也藏不住重重心事的培雅對傳翰說起這些日子的遭遇，毫無保留全部傾訴。從跟弟弟暑假參加營隊後返家，驚見闖入的歹徒還有被殺死的父親、以及被迫與弟弟分別寄居在親戚家，如何忍受二姑姑的神經質還有姑丈別有用意的接觸……每天都過得小心翼翼，連在自己的房間都不能安心。

傳翰聽著，儘管面無表情，卻不會讓培雅不自在。她感受得到傳翰很認真看待她的一切。從初遇直到現在，這個大男孩從來不吝嗇對她伸出援手，讓她知道這個世界上還是有容身之處。名為「安心」的感受曾經失去，卻因為傳翰又再次尋回。

現在，此時此刻，培雅待在傳翰身邊很自在，很有安全感，卻也因此歉疚。

「如果我讓你覺得麻煩的話，可不可以不要瞞我？要讓我知道……」培雅很擔心，像害怕會失去寶貴玩具似的孩子。她當然不會把傳翰當成玩具，而是極其珍貴的朋友，同時也是現在唯一的朋友了。

「我一定會說的，你不用煩惱。你完全沒有對我造成困擾。我只是擔心你對家人還有學校不好交代。」傳翰拍拍褲子站起，「喔，天啊，腳好麻……」

「對不起。」培雅雙手合十道歉，「都是我佔了你的床。」

「你啊，」傳翰若有所思望來，「不用這麼小心翼翼，這些對我來說真的都是小事。男生本來就該睡地板啊，總不能讓你睡吧？我覺得好餓，你呢？你的臉色很糟糕。走吧，去吃午餐。」

「好。」培雅下了床，穿起鞋子。在她綁著鞋帶時，傳翰突然問：「那個兇手被逮捕了嗎？」

「應該沒有，我沒有聽說。只有剛開始的時候新聞有報導，後來就沒了消息。」培雅回答。

「這樣很危險。」傳翰的口氣突然變凶，讓培雅嚇了一跳。「萬一他又找上你呢？」

不是沒有這樣的可能，在事發之後的幾個月裡，培雅時常被惡夢驚醒。夢裡她又回到舊家的客廳，父親動也不動倒在血泊裡，兇手背對著她，慢慢轉過頭來……然後她便醒來，嚇出一身冷汗。雖然夢境如此駭人，但培雅不曾想過兇手會回頭再找她跟弟弟。現在經由傳翰提醒，培雅終於明白她有多天真、多缺乏警戒心。

「作個約定。以後如果你半夜要偷溜過來，一定要先通知我，我會計算時間，如果時間內你沒有出現，我就去找你，找不到我會立刻報警。相對地，如果那天我沒有班，你就乖乖不要出門。」傳翰嚴肅表示。

培雅雖然恨不得每晚都能逃離那如囚籠的二姑姑家，但這是傳翰的好意，當然還是答應了。建立共同的默契之後，培雅隨著傳翰下樓。在樓梯間時正好跟鄰居巧遇，是個拎著菜籃的大嬸。

大嬸眉開眼笑，大聲呼喚傳翰：「交女朋友了喔！很漂亮捏！」那歡樂的程度簡直像兒子要結婚似的。培雅確定這音量可以讓整棟的住戶都聽見。

「不是啦，阿姨你誤會了。」傳翰淡定澄清，這是在超商工作培養出的從容，畢竟每天都得面對各路妖魔鬼怪的來襲，阿姨這種調侃根本連小菜一碟都稱不上。培雅卻是臉頰發燙，羞紅著臉躲到傳翰背後。

「再裝就不像了啦，阿姨活到這個歲數齁，怎麼會看不出來？好啦，阿姨先上去，不打擾你們約會！」阿姨友善地對培雅揮揮手，哼著歌上樓。

傳翰細心提醒：「你不要在意，她就無聊愛開玩笑。吃麥味登可以嗎？這附近沒什麼好吃的。」

「都好。」培雅不自禁摸著臉，有點熱，心想該不會是臉紅了吧？

雖然是十一月，但溫度舒爽得恰到好處，像是溫柔的春天。培雅跟傳翰並肩走在人行道，陽光透過行道樹的枝葉隙縫灑落，在路面投下一個個光點。微涼的風輕輕撥動培雅的長髮，她邊放慢腳步邊將頭髮束起。傳翰不時回頭，培雅好奇地問：「怎麼了？」

「第一次看你綁馬尾。」

「偶爾會綁，很奇怪嗎？」

傳翰抓抓臉頰，「不會啊，滿不錯的。」

「你覺得頭髮放下來跟綁馬尾哪個好？」培雅脫口問，頓時覺得尷尬。天啊我怎麼會問這個，好奇怪！她在心裡無聲吶喊，真想找地洞鑽下去。

「馬尾。」傳翰幾乎是秒答。

原來是喜歡馬尾。培雅記著，解下髮圈，這次特別用心重新綁好。「這樣呢？還可以吧？」

「可以。」傳翰點頭。

培雅不是很有信心。「真的嗎？不用特別附和我噢。」

「真的，只要是馬尾都好。」

「什麼啊，這麼不挑！我很認真重新綁的……」培雅抗議。

「沒有啦，真的很不錯……」傳翰又是抓抓臉頰，「不是不挑。」

兩人就這樣半開玩笑為了馬尾開始爭辯，抓著那不起眼卻十足飽滿的平淡幸福。

十四、天使允諾的應許之地

夜晚，淡水堤岸。

培雅與傳翰吹著風，眺望黑色的平靜河面。是傳翰提議要來這裡的，說是散心的好地方。少去日間的遊客，熱鬧擁擠的淡水變得截然不同。培雅坐在岸邊，腳輕輕擺晃。她思考著不可能持續逃家又逃學，該面對的人與事終究得面對，不可以一再依賴傳翰，她製造的麻煩已經夠多了。

或許是太珍惜這段關係的緣故，所以更害怕失去，哪怕只是多一點任性。考慮到傳翰跟鬼哥的交情，培雅沒有提及鬼妹率人施加在她身上的暴行，擔心會讓居中的傳翰為難，只藉口說是跟家中有爭吵，所以才會憤而逃家。

「我常來這裡。」傳翰開口，「常常來，想到就來。煩躁的時候、生氣的時候、混亂的時候、不知道如何是好的時候都會來這裡。還會趁著半夜路上沒什麼車，挑戰可以多快到達。」

「飆車很危險。」培雅當然擔心。

「我知道，可是有時候越知道危險越想嘗試。改不了的壞毛病。」

「不行，不要再這樣。」培雅懇求，就怕傳翰哪天不慎發生意外。

「我盡量。你今晚要怎麼辦？繼續待我那或是回家？不用擔心給我添麻煩，小事而已。」

「我打算回家。我知道沒辦法一直逃的，我也不是膽小鬼。」培雅握緊拳頭。我不是膽小鬼。她心想。

再次坐上傳翰的機車，後座的培雅拉著傳翰衣角，這在不知不覺間變成習慣，安心得令人難以戒除。他們在深夜的時候回到二姑姑家社區的巷口，培雅跳下機車，脫掉安全帽還給傳翰。

「有事隨時聯絡我。」傳翰說，「我在這裡看你進去再離開。」

「謝謝你。」培雅揮手，不時回頭。一個調皮的念頭突然萌生，她故意說：「下次我會綁馬尾去探班！」

傳翰困窘地抓抓臉頰，看起來似乎有些開心。培雅腳步不自覺輕盈起來，又對傳翰揮揮手才進入社區。

門口的保全一如往常打著瞌睡，培雅無聲進入，回到二姑姑家。客廳的燈光多得像要照亮所有灰塵似地沒有必要，培雅發現這裡真是無法令人懷念的地方，不管是裝潢擺設也好或是人也罷。她在玄關待了幾分鐘，確定二姑姑入睡才墊著腳尖，慢慢走向房間。

××××

培雅依著習慣在早晨六點多醒來，趕搭首班公車。車上載著少少的乘客與滿滿的睡意。培雅頭倚著窗，望著未明的天色，悄然滋生的擔憂令她思索著在學校會有什麼等待著她。

到站後培雅下車，融入上學的人潮進入校門。教室的氣氛在她進入的瞬間變了，閒聊的同學全部停止交談。有人像要確認什麼似地直盯著她、有些裝不經意偷瞄。

在短暫的寂靜之後，同學之間的竊竊私語像夜裡的蟲鳴接連冒出。

培雅裝作不在意，回到久違的座位。位子跟之前一樣沒有變化，桌面還是留著前屆學生亂畫的立可白塗鴉。在醫院昏迷幾日之後，教室加倍陌生，培雅那股格格不入的違和感更是強烈——她不應該在這裡。

早自習的鐘聲響起，同學沒有回到座位的打算，待在所屬的小團體之間聊天嘻笑，這是班級常態。培雅複習起英文單字跟片語，但無論怎麼反覆背誦，卻一個字都無法進入腦袋。腦袋好像築了道牆，不讓有用的資訊進入。

教室再次安靜，心思無法集中在課本的培雅也察覺到異狀。不用她抬頭查看，讓同學噤聲的主角自動找上門。鬼妹囂張地在培雅前面座位翹腳坐下，近期的鬼妹似乎已成為學生間的老大，越發不可一世。另外還有兩名的嘍囉分別擋在培雅兩側，斷去她的退路。

「懶得跟你廢話，我直接講重點。不管老師還是誰問了什麼，就說你是自己不小心掉進游泳池溺水的，知不知道？」鬼妹命令。

居然有臉說這種話？培雅瞪著鬼妹，複雜的情緒連帶令心跳加劇。不是因為害怕，而是憤怒。這股憤怒積累太久，既深沉又複雜，包含著銳利刺人的恨意，終致扭曲。從出生至今，她還不曾恨過任何一個人，即使是殺害父親的兇手、或是侵吞父親財產又處處刁難的二姑姑也沒有讓她產生憎恨的情緒。

鬼妹是培雅第一個發自內心憎恨的對象，她甚至偏激地想，如果能讓鬼妹永遠消失在世界上，就算要同歸於盡也沒關係。那天發生的事已經造成永久的傷害，這輩子都無法抹消，她被迫要背負那些傷殘喘著活下去。

但是鬼妹更令人髮指的不只如此，只見她慢條斯理拿出手機，手指在螢幕滑動，然後轉過手機讓培雅看清楚。「如果你不配合，我就把這些照片傳出去，讓你沒辦法生存。」

培雅的臉刷地慘白，鬼妹掌握在手中的是那天強拍的裸照。

「我還要註明你的名字跟家裡地址，讓全世界都認識你。如果貼在臉書不知道會有多少人按讚？」鬼妹露出吃定培雅的得意笑容，率著嘍囉離開教室。

培雅僵在座位上，陷入混亂久久無法思考。她極力不去回想剛才的照片，可是辦不到，腦海不斷浮出赤裸的自己被壓在地上的情景。她用盡全力掙扎，卻無法與之對抗，更遑論反擊。她恨鬼妹，也恨如此無力只能任由擺布的自己。在報復鬼妹之前，培雅已經先被恨意這把雙面刃血淋淋地劃開了。

「你有沒有看到，剛剛那個是不是……」鄰近的同學交頭接耳，越來越多聲音傳到培雅耳中。「那是裸照吧？好慘喔……」「如果是我應該會自殺吧，丟臉死了。」「不要講了啦，被聽到怎麼辦？鬼妹搞不好會以為我們偷偷告密……」「現在不能惹到鬼妹，連別班也都聽她的！」

無數耳語變成惱人的蜂鳴，培雅捂著耳朵緊盯課本，試圖斷開與外在的聯繫。那白紙黑字對比強烈得幾乎烙進眼中，可是連字母都無法辨認，已成難解的符號。遮耳的效果並不理想，還是隱隱約約聽見有人叫她。

不要叫我，我不想聽、我聽不見……培雅的思緒如沸騰冒泡的滾水，激烈而混亂。直到旁邊的同學拍著她肩膀並指向門口，才發現班導師正在向她招手。

培雅強自壓抑情緒，但是走起路來腳步虛浮，彷彿身體失去重心。導師把她拉到教室外詢問：「張培雅，你身體狀況比較好了嗎？」

培雅點頭，發現班導師似乎不是真的關心她的身體狀況。果然，班導師壓低聲音繼續說：「你跟我到辦公室，關於溺水那件事情，老師想跟你好好聊聊。不要擔心，不是要責罵你，只是想了解怎麼會發生這樣的事故。」

正好第一堂課的老師也出現，班導師先打過招呼：「她要跟我去辦公室，這節課暫時缺席。」

「她就是溺水的那個？」那老師顯得厭煩，很不能諒解地打量培雅，然後煩躁擺手，踱步走進鬧哄哄的教室。

一路上培雅放棄思考，思緒空白跟隨在老師後頭。辦公室只有寥寥幾個老師，其他都在上課。班導師領著培雅到沙發區坐下，語重心長地說：「老師知道國三要面臨會考，你又是對自己的成績有要求的學生，壓力一定會比較大。想起來也很過意不去，念師大的時候，你爸爸是我的直屬學長，我受他不少照顧，可是老師實在太忙了，沒有辦法一直關心你，這次你出事也算是老師失職……」

培雅慢慢分辨出老師藏在話中所沒有明講的關鍵。死去的父親從事教職，所以培雅自小常與各種老師接觸，與父親參加聚會時常觀察老師之間的互動，也從父親那邊得知老師在處理事情時會採用的準則，早就對這類生物的特性有所掌握。

她明白，現在班導師還沒提及真正的重點，全是要讓培雅信任他的場面話。

「可是這次鬧到上新聞真的很不妥，對學校的影響很不好……你要有心理準備，之後搞不好會有記者來找你，你就拒絕不要讓他們訪問好不好？啊，還是你住院的時候已經有記者去找過了？老師真的太忙，連去探望的機會都沒有。怎麼樣？有記者找過你了嗎？」導師殷切地追問，前傾的身體幾乎要貼到培雅的臉上。

我住院的時候，一個訪客都沒有，培雅想起來了，這還是護士覺得她太可憐忍不住偷偷透漏的。

「我一直昏迷，記者想採訪也沒辦法。」培雅的口氣無法克制地冷漠。

老師鬆了一口氣，整個人往後靠向椅背。「那太好了！記者都很惡劣，幸好沒去騷擾你。之後如果有記者來找你，千萬什麼都不要說，也不要理他們。啊……校長來了！」老師趕緊站起，對踏進辦公室的校長點頭致意。

來的不單是校長，還有跟在後頭宛如保鑣的生教組長。校長與接受訪問出現在新聞時的和藹模樣判若兩人，現在面無表情，甚至有些冷酷。校長無視班導師的恭敬招呼，厲聲質問培雅：「你知不知道這次事件鬧得很大？教育部都來函關切了，這對學校造成多大的影響你瞭不瞭解？」

校長說話時，身後的生教組長頭抬得老高，雙手抱胸刻意繃緊壯碩的三頭肌，極具威嚇的意味。

「救護車在放學時間開進學校，很多來接孩子的家長都看在眼裡。現在不只是教育部，家長會也在質問是不是我們校方管理失職？你年紀小貪玩可以理解，但這次的風波不是記過就可以了事的。組長，先記她兩支大過，然後罰三個月的勞動服務，你全程盯著她，好好進行生活再教育。」

「沒問題！」生教組長重重點頭。

「我不是自願去泳池，我也沒有玩水。」培雅的聲音因羞憤而發顫，臉龐氣得煞白。

「還狡辯！救護車都來了，難道你要說你溺水也是假的？」生教組長喝斥。

培雅強忍著不讓淚水奪眶而出，她不要示弱，絕對不在這些人的面前落淚。「是同學強押我進去的，我轉學過來之後一直被她們欺負，不信你看。」被逼急的培雅拉起袖子，露出大片瘀青，決定不管鬼妹的要脅，要將真相全部抖出。

「你為什麼都沒有說，現在才講呢？」導師著急詢問，「是誰欺負你？」

培雅報出鬼妹還有那幾名嘍囉的姓名，導師的語調刻意拉高，質疑培雅的說法。「她在班上人緣很好，同學都喜歡她啊。你溺水的時候還是她打一一九救你的。培雅，我知道你成績好頭腦也好，可是這種時候……還拖同學下水不太好吧？」

「同學，你不要以為撒這種謊可以騙過老師，這種小聰明我看得太多了。」生教組長不屑地冷哼。

「我身上還有其他的傷口，都是被她們打的，不信你們可以檢查！」培雅心急著就要拉開另一邊的袖子，那裡有鬼妹留下的一道道抓痕，已結成暗紅色的痂。這些傷痕怎麼可能會是假的？都是她一再退讓一再隱忍的證據。

「荒唐，不知悔改！」校長怒聲斥責，向班導師命令：「這個學生你要好好管教，不要再鬧出事情了，知道沒有？」

「班上同學都有看見，可以一個一個問，同學都知道！」如眾矢之的被圍攻的培雅不甘被誤會，也不肯讓真相被扭曲。可是校長無視她激烈的解釋，轉頭便走。生教組長跟在校長屁股後頭，離開辦公室前不忘回頭提醒：「放學準時到學務處找我報到。敢讓我去找你試試看啊。」

培雅痛苦地捂著臉，不敢相信師長們真的採取這種態度應對。如今事情不但沒有轉機，反而讓培雅感到更加孤立，甚至還產生校內的所有人都要與她為敵的不安。

「你一定是因為剛康復，所以情緒容易激動。你放心，我會再找時間處理。今天剛好那個姚醫生會來對不對？我跟你一起去輔導處，順便跟她交代你的狀況。」班導師又露出關心培雅的體貼模樣，就像有個切換自如的開關。

培雅聽不進去虛情假意的安慰，也不屑再聽。不等班導師，逕自前往輔導處。緊追在後的班導師一路尾隨，並特地叮嚀：「你跟醫生多聊一些，讓她好好開導你。不要再說同學霸凌你，這傳出去不好聽。」

培雅一聲不吭，說什麼都是虛耗力氣。原來沒人願意相信她。尤其是師長們更不肯相信，還用力將方向導成是培雅抹黑同學。因為這消息再傳出只會讓校方覺得棘手，令情況越漸惡化，原來學生溺水竟是被霸凌導致，絕對會引起另一波風暴。

聞聲而來的嗜血記者會大肆報導並加油添醋，培雅甚至能預料她被強拍的裸照如果被鬼妹惡意流出，多半又會被一些毫無職業道德的記者另起新的報導，直到人盡皆知，令全天下都知道她張培雅如此悲慘、任人蹂躪如卑賤禽畜。

「你其實都知道，對不對？」培雅問，捕捉到班導師的表情短暫凝結，知道套話成功了。

是的，班導師早就知道她一直被鬼妹欺負，卻都沒有阻止，就這樣任憑她在班上孤立無援。

「老師有這麼多學生要顧，還有一堆學校交代的事項要處理，不可能班上每件事情都知道，你有事應該早點報告給老師才對啊！培雅，你要體諒老師我啊，這個工作不是你看起來那麼輕鬆，不是講課就好，背後還有很多事情要顧及，還有家長那邊也要應付……真的忙到焦頭爛額……」

「你把寶可夢都抓齊了嗎？一直盯著股票漲跌很辛苦吧？」培雅冷冷戳破老師的漫天藉口。她又不是沒有進出過辦公室，怎麼會不知道班導師真正在忙什麼？

班導師故作委屈的嘴臉瞬間僵硬，嘴唇不自然抽動幾下，氣得破口大罵：「你不要仗著老師對你客氣就無理取鬧！我原本還想替你向校長求情的，現在我覺得就算了，你就乖乖接受三個月的愛校服務！」

輔導處的其他老師都被驚動，紛紛抬頭看來。班導師不再多說，氣得拔腿就走。培雅連門都不敲，直接進入輔導處，在其他老師們好奇的注視之下，走進與姚醫生固定會面的小房間。姚醫生已經到了。

「那個老師的肺活量真好，我在這裡都聽得見。」姚醫生打趣地說，隨後溫聲關心：「你經歷了很糟的事，沒錯吧？」

培雅在一邊的椅子坐下，沉默點頭。在姚醫生的詢問之下，培雅透漏鬼妹的所作所為，還有剛才跟校長還有班導師的爭執。

「真的糟透了。我可以帶你去驗傷，只要你願意，也能請律師協助你。這些事情非常惡劣，不應該被掩蓋。」姚醫生提議。

「這樣會讓鬼妹付出相對應的代價嗎？」現在的培雅一心只想採取行動，將過去吞忍的屈辱全數奉還。

姚醫生露出一抹淡淡的苦笑。「你們還未成年，甚至不滿十六歲，不需要負擔完全刑責……我想，會與你承受的痛苦完全不成比例。最多就是給對方警惕，讓她們不要再欺凌你。」

「那我不要。」培雅立刻反對，「這不公平，為什麼會這樣？」

「這很諷刺，但是培雅，我們是活在一個對加害人友善卻漠視受害者的環境。從來都是為加害人求情的居多，受害者卻彷彿不曾存在。」

培雅知道姚醫生說的沒錯。她的遭遇全被同學看在眼裡，但每個人都漠視不理。班導師也是盡替鬼妹說話，甚至反過來責備培雅，好像被霸凌的學生才是病毒，是破壞班級安寧的兇手。

「可是培雅，這也是你的優勢。你們的條件是相同的。」姚醫生提點。培雅稍一思索後立刻明白。姚醫生讚賞地微笑，「沒錯，你很敏銳，一定發現了。角色對調之後，你可以扮演加害人。你會更容易被原諒，你不是針對無辜的人，你的遭遇足夠令人同情。你從加害人的身份為自己發聲，讓人知道你忍受多少惡行才會憤而反擊。」

這個提議非常誘人，一心沉浸在報復念頭的培雅幾乎要開始擬定計畫。可是她想起弟弟，如果弟弟知道了該怎麼辦？會不會害他被牽連？

「不過，這些都是建立在事蹟敗露的前提上。如果沒被發現，又是另一回事了。」姚醫生接續所說的簡直像毒品般難以抗拒。培雅訝異望著姚醫生，期待從她口中知道更多、更多。

姚醫生溫柔握住她的手。姚醫生的掌心柔軟又溫暖，自從轉學過來，培雅還未曾接觸過如此富有溫度的人。她難以直視姚醫生的凝望，因為她太美，美得像天使般要發出光芒。

「如果你願意相信我，我會盡一切可能協助你。所有折磨你的都會就此消失。」

這簡直是前往應許之地般的邀請，培雅不禁害怕可以就這樣答應嗎？姚醫生的人這麼好、這麼善良……

真的，可以嗎？

十五、斷牙與血沫的課程開放報名中

傳翰準時來到板橋某處的KTV，赴鬼哥的約。

他熟知鬼哥的為人，沒達目的不會善罷甘休。即使不願意再有所糾葛，但這是個攤牌講明的好機會。經歷那段荒唐的日子，傳翰得到的只有空虛跟無盡的懊悔，現在好不容易得來的平凡更顯珍貴。那股歉疚感根深蒂固無法抽離，總在每個不經意的瞬間突然湧上，令傳翰一再自責，但至少他回頭了，不似鬼哥越陷越深。

傳翰向櫃檯的服務生問清楚包廂的位置，順著服務生的指引來到門口。途中還側身讓路給幾個囂張跋扈的小流氓。傳翰現在不想惹事，換作是過去的他絕對不會讓道。若不是回到以前時常流連的場所，他不會更深刻明白自身的轉變有多麼不同。

包廂中隱約傳出音樂還有歌聲，傳翰握住門把。

作個了斷吧。獅子說。

當然，傳翰心想。今天就結束這些狗屁倒灶的爛事。

傳翰推開門，正唱著五月天的歌的男孩因為吃驚而閉嘴，中斷五音不全的惱人歌喉。包廂除了鬼哥之外，還有打過照面的鬼妹跟幾個陌生的少年少女。他們打扮入時卻完全藏不住稚氣。傳翰猜測這些人最多只會是高中生，大概也沒有一個是成年的。

真像幼稚園保母。獅子很是不屑。

傳翰同意獅子的看法，但不會因為對方年紀小而大意。他也經歷過這個年紀，知道這些小鬼現在天不怕地不怕，在人多勢眾的場合更自以為是主宰一切的王，做事不經大腦思考也不計後果，直到出事之前都會橫衝直撞，也因為這樣所以特別容易操弄。依據傳翰對鬼哥的瞭解，之所以特地吸收這些小鬼一定是要當棄子使用，這些自以為是天選之人的少年少女隨時會被扔出來當替死鬼。

坐在沙發正中間的鬼哥張開雙臂，熱情招呼：「好兄弟，你終於來啦！來，這邊坐！」坐在鬼哥右邊的女孩立刻往旁邊讓開，挪了位子給傳翰。至於賴在鬼哥左側不動的則是正在補妝的鬼妹。今天的她反戴棒球帽，穿著短T跟牛仔熱褲。那頂棒球帽跟鬼哥戴的款式一模一樣，很有宣示主權的味道。

傳翰在眾人的注視中沉默就座。獅子謹慎提醒：「先考慮如果等等一言不合，該動手或是先撤？」

傳翰明白獅子的考量，當面拒絕鬼哥等於不給他面子，難保他不會為了在這些小鬼面前立威不惜翻臉。但是傳翰也不認為鬼哥膽敢真的動手，除非鬼哥佩槍在身，不然傳翰不認為他可以造成任何威脅。至於這些瘦皮猴似的小鬼，傳翰確定獅子很樂意為他們好好上一課。

鬼哥從滿桌的金牌台啤中抽出兩瓶，拔掉瓶蓋，將其中一瓶硬塞到傳翰手裡。「不廢話，來，先乾杯！」

傳翰瞄著瓶口，隱約可見裡頭泡沫。鬼哥主動將手中的啤酒瓶與傳翰的相碰，發出清脆的聲響。「喝啊，你不會連酒也戒了吧？我先乾，沒喝乾淨的再罰三瓶！」鬼哥說完仰頭豪飲，眼神示意傳翰趕快跟著乾杯。

傳翰先依了他。熟悉的苦味入喉，傳翰不免回想當年常跟鬼哥流連撞球間或KTV，那時候喝酒是家常便飯，直到他下定決心脫離鬼哥跟昔日的狐群狗黨。

鬼哥抹掉嘴邊的啤酒泡沫。「痛快，好幾年沒跟你這樣喝了！哈哈。給你介紹，這些都是我的好弟弟好妹妹。你們叫人啊，這是翰哥！」

周遭的小鬼都聽話大喊：「翰哥！」「翰哥好！」「翰哥好帥！」

傳翰卻是無動於衷，仍扳著一張臉。

鬼哥掃興地搔頭，抱怨著：「別對我可愛的弟弟妹妹們這麼冷淡嘛。知道你喜歡年輕幼齒的，來，小熙坐過來陪翰哥！」鬼哥對剛才讓位給傳翰的女孩招手。

伴著廉價的香水氣味，一個柔軟的身體隨即挨了上來。那女孩乖巧地貼近傳翰，主動摟著他的手臂，還有意無意拉著傳翰的手去摩擦那柔軟的胸。鬼哥驕傲地介紹：「小熙是她學校裡最可愛的女生，怎麼樣，很正吧！」

傳翰皺眉，撥開小熙的手。「別這樣。」

受驚的小熙委屈地看向鬼哥，鬼哥的手越過傳翰，捏了捏小熙的臉蛋，哄小孩般安慰：「別哭別哭，你真的超可愛啦，可是人家翰哥有喜歡的女孩子了，真是專情的好男人。我說傳翰啊，那個叫培雅的女孩子真的就這麼好、這麼吸引你？」

「你誤會了，我跟她沒什麼。」傳翰澄清，對於鬼哥刻意提及培雅很是反感。

「是喔？可是我看她真的滿漂亮的啦，冰山美人型的，腿也長，皮膚又白，再長大一點應該不得了。我自己看著都有點受不了啦，心癢癢的。如果你不要，我就追她了喔？」鬼哥的無賴發言惹來傳翰的冷冷瞪視，他趕緊改口：「開玩笑、開玩笑啦，還不是為了要刺激你。你看，明明就很在意人家，再裝就不像了。」

鬼哥抓起薯條在蕃茄醬的碟子裡攪了又攪，將沾著大坨蕃茄醬的薯條送進嘴裡，手指在店家提供的濕紙巾抹了抹，才從口袋掏出手機。「不就還好你真的很在意，不然我家鬼妹不就白忙一場？」鬼哥轉過手機，讓傳翰看見他準備的驚喜。

混帳東西！傳翰臉色乍變，凶光畢露。

坐在他旁邊的小熙嚇得驚呼，被火灼傷似地驚惶退開。其餘小鬼接連站起，還挽起袖子，隨時準備一擁而上，衝突態勢一觸即發。鬼妹倒是淡定，繼續補她的妝。

傳翰緊握的拳頭迸出粗壯青筋。他沒預料到鬼哥竟然不擇手段到這種地步，竟然強拍培雅的裸照。這才明白培雅如此憔悴的原因。鬼哥果然還是他所認識的那個人，陰險無恥，比蛇還要狠毒。

「你們幹什麼？乖乖坐好，不要衝動。」鬼哥有恃無恐，懶洋洋地安撫小鬼們。那些小鬼才慢慢退回原位，但全都緊盯傳翰不放。

鬼哥晃了晃手機，手指往螢幕一滑，讓傳翰看見下一張照片。「我先提醒你，就算把我揍到內臟破裂、搶到手機刪除檔案也沒用。只要我有個萬一，就算是一點點的小破皮也好，我的人會把這些裸照都散發出去，很快全台灣好色的男人都會下載到你那個小女友的裸照了，很棒吧！不過啊，男人沒有一個不好色的，所以……嘿嘿！」

鬼哥戲謔地吐出舌頭，露出的舌環隨之顫動。「我知道這些弟弟妹妹們就算一起上也沒辦法壓制你，還會被你打到吐血。因為我又沒得失憶症，怎麼會不知道你動手有多狠？更不可能一點保命的手段都沒有，就傻傻拿這東西給你看。」

鬼哥用指節敲敲手機螢幕，畫面裡被好幾人壓住手腳的培雅令傳翰心痛得極欲咆哮，恨不得將鬼哥當肉塊狠揍。

「全部都是為了你的生意吧？」傳翰猙獰怒瞪，直指鬼哥的企圖。

「沒錯！如果一開始你答應不就好了？可愛的小培雅就不用這麼悲慘啦。」鬼哥咧嘴，配著參考韓國男星所畫的眼影更顯邪氣。「放心，我跟你保證，只要你好好合作，這些照片絕對不會外流。況且我們是好兄弟，賺到的錢也有你的份，一塊錢都不會少。」

「到底是什麼生意？如果會殃及無辜的人，我絕對不幹。」傳翰嚴正聲明。

聽到傳翰終於鬆口，鬼哥笑得更是開心。「當然不會，我不想讓你又來問我有沒有去上香這種奇怪的問題。你有汽車駕照嗎？如果沒有也沒關係，會開車就可以。會嗎？」

「有駕照，沒車。」

「這樣就夠了，車子我會提供。你只需要把車子開到指定地點，等人來收貨就可以了。很簡單的一份差事，屌打你在超商的鳥工作。」

「是毒品？」

「那種東西留在台灣更有賺頭，這個鳥地方對毒品的渴求是你無法想像的，因為大家胸無大志只想追求小確幸嘛。貨物是要走私到國外去的，可是我不能告訴你送的是什麼東西，就把自己當成寄送情趣用品的宅急便人員，然後對方是不希望被人知道亂買跳蛋跟謎片的龜毛買家好了。不用我提醒你也知道要低調吧？只要保密就不會出事。忘記說，事情曝光我一樣會把裸照外流。這樣達成共識了嗎？」

鬼哥伸出手。傳翰沒有要回握的意思，逕自開了一瓶新的啤酒，猛灌了幾口。鬼哥自討沒趣抽回手，改成偷捏鬼妹大腿，惹得正在塗睫毛膏的鬼妹嬌呼連連：「討厭耶，害我畫歪了！」

「哪有關係，塗錯也很可愛啊！」

「你剛剛不是才說小熙是最漂亮的嗎？」鬼妹吃醋。

「那是說在她的學校啦，是在學校裡啦。」鬼哥油嘴滑舌地辯解。

「鬼哥！哪有這樣的啦！」小熙很委屈。

這些打打鬧鬧完全沒有被傳翰聽進耳裡，他抓著酒瓶陷入沉思。我以為可以保護培雅，結果是連累她……獅子，我又幹了蠢事。現在該怎麼辦，把這些人全部撂倒，然後逼問阿鬼還有誰留著檔案？可是如果有個萬一，檔案一流出就無法即時收回。不，或許我還是先假裝配合？

只能這樣了。獅子回答。不能再讓培雅受傷害。

「你要賺到多少才肯收手？」傳翰問。

鬼哥暫時停止調戲鬼妹跟小熙，若有所思地想了想，又嘖嘖幾聲。「沒有人會嫌錢少的，畢竟這是錢啊，錢！只要還有賺頭我就不會停止。不過你問得好，不可能永遠強迫你辦事。這樣吧，一千萬，只要你替我送貨，等賺到一千萬我就把檔案全部刪除。如果你想自己留一份裸照也是可以先傳給你。」

傳翰毫不廢話。「就一千萬。現在就送？」

鬼哥搖搖手指，「不要心急，時間決定好會再通知你。合作愉快，好兄弟。」鬼哥拿起啤酒，對傳翰一敬，仰頭灌了幾口。

「等你電話。」傳翰在怒火失控前離席，重重摔上包廂門，幾個路過的小流氓被摔門聲嚇到，定神後一個個圍上來，開始叫囂。正好是剛才傳翰進入包廂之前遇到的幾個囂張小流氓。

「很嗆秋喔，吃炸藥？」那面色蠟黃的小流氓穿著窄管褲，雙腿細如竹竿，手臂同樣沒多少肌肉。另一個小流氓歪著嘴，腳站三七步，一副「你在瞪什麼東西」的嘴臉打量傳翰，跟著嗆聲：「摔什麼門啦？你老大是誰敢在這裡囂張？」

獅子。傳翰呼喚，那股久違的、強硬地棄之不理的「東西」又回來了。

幫他們上課。獅子咆哮，傳翰幾乎要跟著怒吼。

這些小流氓看在傳翰的眼中，蠢得就像當年的自己，需要被狠狠教訓。傳翰迅速出手，抓住距離最近的小流氓，發狠拉扯那遮住半邊臉的過長瀏海，同時傳翰的右膝猛然抬起，小流氓的鼻樑直接撞在他的膝蓋上，當場慘叫。隨著傳翰鬆手，長瀏海小流氓跟著倒地，抱著噴鼻血的鼻子打滾。

「幹你娘咧！」另外兩個小流氓齊聲大罵，口氣非常凶狠，不過身體倒是很誠實地一再後退。

傳翰猶如撲抓獵物的瘋獸衝前，抓住其中一個小流氓的領口，拳頭直往他下巴猛揍。挨揍的小流氓接連噴出鼻血跟斷牙，嘴邊紅了一圈。最後傳翰施以肘擊，閃電似地擊碎小流氓的顴骨，那張又痞又醜的臉孔怪異凹陷著，更是難看得令人髮指。

「換你。」傳翰破皮的手指滲血。有他的、也有剛才兩個小流氓的。

最後一個小流氓眼看同伴被接連揍倒，仗著人數優勢而生的氣勢蕩然無存，發白的嘴唇瑟瑟發抖，像懦弱的小綿羊，扶著一邊的牆壁，腳軟地退後。

「先生、先生！快點住手，我要報警了喔！」傳翰的背後傳來服務生的勸阻。傳翰回頭一瞪，殺人的目光嚇得服務生閉嘴，慌張舉起雙手。

「不要礙事。」傳翰說著猝然揮拳。天真得以為被解救的小流氓傻站不動，硬生生被傳翰灌倒。

「救命！媽媽！」小流氓像個小女孩尖叫。傳翰一腳往那滿是粉刺的醜臉踹落，小流氓頭狠狠撞著大理石地板，撞出結實的沉悶聲響。

「不……」小流氓哀求，傳翰又踹。

「要……」小流氓的求饒當然沒用，此時不懂憐憫為何物的傳翰狂狠連踹，直到小流氓再也叫不出聲，只能像丟在路邊等待被收走的可燃性垃圾動也不動。

包廂的客人聽到騷動，接連開門探頭查看，其中也有小流氓的同夥，但無人膽敢出來幫忙，全都怯弱地躲在門後窺視。跟著出現的鬼哥不僅帶上鬼妹，還端著薯條跟啤酒出來，一副就是要看戲的打算。發現是傳翰揍人，鬼哥忍不住把薯條跟啤酒塞到鬼妹懷裡，空出雙手用力鼓掌。

「大師兄回來了喔！傳翰你他媽回神了嘛，這樣才對。看到沒有，翰哥揍人就是這麼凶、這麼狠！」鬼哥回頭對包廂裡的小鬼們炫耀。

傳翰無視眾人，大步離去。那凶狠的姿態令人生畏，像隨時會揮爪的掠食猛獸般恐怖。嚇壞的服務生不敢攔阻，眼看傳翰走來，馬上退到櫃檯後方，就連傳翰走遠之後仍慌張得忘記報警。

迎著街道冷風，傳翰甩掉血跡。雖然手指破皮紅腫，但絲毫不感到疼痛。心智被怒意跟瘋狂盤據的當下，傳翰只剩破壞的念頭，尤其是久違地嚐回可以予取予求、任意宰割的快感之後，甚至發自本能要渴求更多。這正是當年他無法自拔的原因。

傳翰重重吐出大口濁氣，快感正在急速消退。理智回歸之後，就像當年的幡然醒悟，愧疚感開始滋生。

「我到底……做了什麼？」換了個人似的傳翰顫聲自問。可是沒有人回答他，獅子亦是無語。

全世界只剩傳翰一人，在陌生的街口獨自懊悔。

十六、知道之後不要怪我

直到不見傳輸人影，幾個小流氓的同伴才有膽子走出包廂，在那之前都像躲避砲火的難民，緊挨著掩蔽物不放。

他們手忙腳亂扶起傷重倒地的幾個小流氓，在極度驚嚇的影響之下，沒人考慮到該報警或叫救護車，只是一心慶幸沒受到波及。服務生更不想插手惹事，領取的時薪跟可能承擔的風險不成比例。

鬼哥擠過門口看熱鬧的小鬼們，摟著鬼妹回到包廂。少了其他人的打擾，肆無忌憚的鬼妹環抱鬼哥的脖子，開始索吻。結果鬼哥伸手捏緊她的上下兩瓣嘴唇。鬼妹無辜地眨眨眼，溫順如小羊，沒有在學校時的跋扈氣燄。畢竟，她之所以能夠肆無忌憚，就是仗著有鬼哥撐腰。

鬼哥從懷裡拿出小袋藥丸，挑了一顆咬在門牙之間，同時放開鬼妹的嘴唇。鬼妹明白他的意思，嘴唇主動貼上，含住那粒藥丸。鬼哥舌頭一推，藥丸與舌尖順勢送入鬼妹嘴裡，舌與舌如相互吸引的磁鐵貼緊，不斷交纏。鬼妹的喉頭一陣鼓動，吞下藥丸。

激烈的深吻令鬼妹缺氧，她無力地推著鬼哥的身體，但鬼哥霸道地緊摟不放。鬼妹費盡一番力氣才從他的懷裡掙脫，臉頰漲得通紅，不住喘氣。

鬼妹癱軟倚靠著鬼哥，氣若游絲地問：「那個生意就選培雅好不好？」

「這樣的話，選你不是也一樣？」鬼哥抹掉嘴唇的唾液，頗具興致地觀賞鬼妹慌張的臉蛋，伸指彈了她的額頭，「你傻啦？如果動到培雅，還能拿什麼來要脅傳翰辦事？那是最有力的人質。但我還真沒想過，傳翰居然這麼簡單就被我吃得死死的。人一轉性，真的是連爸媽都會認不出來。」

「可是留著培雅也不好。」鬼妹堅持。

鬼哥抬起鬼妹的下巴，「這麼在意人家？實在太明顯了喔，你在忌妒。」

「就憑那個臭三八？我才不會忌妒她。」鬼妹不屑地否認，「這你自己最清楚。可是我想到了一個很有趣的點子。那個培雅有沒有兄弟姊妹？」

鬼妹想了想，「好像有……還聽說沒跟父母住在一起。」

鬼哥眼睛一亮，透著狡黠的惡意。「太棒了，順利的話我會擁有更多的人質。

好不容易才牽上線的生意，當然要狠狠賺一筆才行。聽著，你帶幾個人去幫我辦這件事……」他湊近鬼妹耳邊，透漏計畫。

「那直接讓我帶人去送貨也可以，為什麼一定要找翰哥？」鬼妹質疑，提及傳翰時的語氣多了幾分敬畏。

在她目睹傳翰單方面的屠殺秀之後，不禁慶幸當時在超商遇見培雅沒有動手打人，否則下場可能比外面那幾個小流氓還要悽慘。她實在不明白，培雅到底有什麼魅力，可以這樣吸引傳翰？

「你傻傻的，連這個都猜不出來，虧你跟我這麼久。」鬼哥挑選一瓶微冰的啤酒，將瓶口湊到鬼妹嘴邊。

鬼妹乖巧地張嘴，讓他餵著啤酒。藥力逐漸發揮，加上酒量原本就差，鬼妹的身體開始輕擺，臉頰的紅暈更重。在連靈魂似乎也失去重量的輕飄飄快感裡，吃吃傻笑的她伸手解開鬼哥的拉鍊。

×　×　×　×　×

愛校服務第三天。

所謂的愛校服務，其實全看生教組長的心情指派，昨天是撿拾操場的落葉、前天則是放學時站在校門罰站。生教組長毫不留情，在不斷經過的同學面前訓斥培雅。當時，培雅盯著遠方，完全不把生教組長還有來去的學生納入眼裡。她越是表現得無動於衷，生教組長越是激動，從最初的訓話變成喝斥，最後是癲狂大罵，還沒讓培雅反省，卻先嚇著其他學生。

至於今天，培雅被分配打掃學務處。她拿起骯髒得已經變成灰色的抹布，從處室一角開始擦拭積著厚灰的窗臺。

「要一塵不染，所謂的一塵不染就是一粒灰塵都沒有。什麼叫一粒灰塵都沒有？就是我手摸過去什麼都不會沾到，手指還是一樣乾淨。這樣了解嗎？」說得口沫橫飛的生教組長嘴巴很忙，手也沒閒著，正往杯子裡添著剛泡好的龍井茶。

鄰座的老師嗑著瓜子，兩人坐在舒適的沙發上，就著筆電看NBA球賽重播。比起在校長面前安分如忠犬的表現，現在的生教組長沒有顧忌，連珠砲般說個不停。

「昨天跟妳家人聯絡，還以為接電話的是你媽媽，結果是姑姑。寄住在親戚家應該乖乖聽話，不要惹事生非。還好你姑姑是明事理的人，要我多督促你，這個我當然很樂意，在學校這麼多年，我不知道已經讓多少學生改過向善。你的班導師說你當面頂撞他，這樣真的不對。我們做人做事……」

培雅全當耳邊風，聽過就算了。比起被鬼妹欺負的種種，這些無意義的廢話根本不痛不癢。畢竟會認同二姑姑的人，說的話完全沒有參考價值。雖然培雅依照指示擦拭玻璃，但不代表認錯，而是施捨般陪著生教組長演戲，演一齣滿足他作威作福虛榮心的戲碼。

生教組長說個不停，一旁的老師贊同連連，不斷感慨：「現在的學生真的很難帶，也不能打。以前哪有學生敢對老師大小聲的？都被修理到不敢吭聲，尊師重道已經沒有人在乎了。」

「你姑姑說你爸爸是當老師的，可是看你這個樣子，就知道你爸爸一定也不會教學生。」生教組長大肆批評，不忘喝茶潤喉，補充流失的口水。

手機突然震動，培雅沒有接聽的空檔。但打電話的人不死心，一撥再撥。她抓準生教組長茶喝太多、突然尿急跑廁所的時機蹲下，藉著辦公桌的掩蔽查看。來電的是二姑姑。

多半是打來確認行蹤的，培雅煩躁地想。明明已經提前報備過了，近期都得留校進行愛校服務，為什麼二姑姑要這樣反覆找麻煩？只因為控制慾作祟的緣故？培雅重重呼出一口煩悶的氣，放棄似地按下接聽。但是她的猜測失準，二姑姑根本不是為了確認行蹤打來。

「你把你弟弟帶去哪？人是不是在你那裡？」二姑姑的尖銳嗓音鑽得培雅耳疼。

「沒有啊。他不見了？」培雅大感不對勁。弟弟雖然愛玩，卻不是會沒告知就任意亂跑的孩子。

「就是不見所以才問你啊，大姑姑到處找都找不到。中午放學應該直接到家，結果現在還沒看到人。你發誓真的沒有把弟弟帶走？」二姑姑完全已經認定是培雅私自帶走弟弟。

「我發誓。」培雅按捺住脾氣跟焦慮。「學校附近都找過了嗎？有沒有問過弟弟的同學了？」

「你問我我哪知道？人又不是我在顧的！你們兩個小孩子真的很會搞怪，非讓我們不得安寧才甘願嗎？我跟大姑姑供你們吃住，還供你們上學，從頭到尾沒有要求任何回報，結果你們呢？光是講你就好了，溺水上新聞、頂撞老師……喂？張培雅，你到底有沒有在聽我說話？」

真是令人打從心底生厭的女人。培雅掛斷電話，結果二姑姑馬上回撥，可想而知她現在一定氣炸了。

不過培雅不在乎，也不打算繼續與二姑姑瞎耗，直接把號碼轉入拒接名單，接著從通訊錄找到大姑姑家的電話。現在最重要的就是弄清楚弟弟的下落。可是響鈴許久都沒人接聽。培雅猜測是大姑姑全家動員尋找弟弟的緣故。至於弟弟則因為大姑姑認為「小孩子只要乖乖唸書就好，用什麼手機」而被限制，所以根本沒有手機在身。

「誰准你偷懶的？還偷玩手機？」

培雅抬頭。上完廁所的生教組長不僅回到學務處，還朝著她走來。

「你是不是企圖偷偷錄影，然後寄給記者爆料？這種事情我見多了，敢亂投訴試試看，信不信再補你一支大過，直接讓你退學？」生教組長自以為掌握生殺大權，總愛以此威嚇學生。先前溺水鬧上新聞，校長對於校譽受損相當震怒，直接記培雅兩支大過，就連鬼妹那些鬧事成性的混混學生也沒有受過這樣重的懲處。

換作是以前的培雅，一定會百般顧慮，為了不被退學而安分聽話。可是，父親死後的所有際遇，讓她不會再是從前那個天真的女孩。從此刻開始，再也不是。

培雅站起，冷然回應：「我信。信你沒種。」

這一回嘴令生教組長瞠目無語，一時不知道該怎麼指責，沒有預料這個文靜柔弱的女學生膽敢這樣無禮。不僅如此，培雅直接走往門口，似乎要未經允許離開。

「站住，今天的愛校服務還沒結束！」

這麼喜歡愛校，你就自己愛個夠吧。培雅心想，當然沒有乖乖止步的意思。生教組長氣急敗壞衝上來，從後抓住她的手臂。「給我站住，誰准你離開的？」

「信不信我現在大喊救命，說你要強暴我？」培雅看都不看生教組長，而是越過走廊的磁磚圍欄，看向陸續經過樓下廣場、趁著放學時段來運動的阿伯跟阿姨們，這些目擊者的數量綽綽有餘。

「你、你等著，我去找女老師過來！看你喊強暴還算不算數！」生教組長衝回學務處，撥打其他辦公室的分機電話。

培雅當然不會傻到在原處等待。既然省去無謂的糾纏，她抓緊時間快步離校，現在當然是以找到弟弟為最優先。

五點之後，冬季的天色如倉促謝幕般迅速轉黑，這讓培雅越加緊張。她擠進公車，藉由手機使用google地圖，查詢弟弟所有可能的去處。她努力回憶與弟弟之間的對話，發現之間夾雜太多空白，都是因為分別寄住在不同親戚家受到各種限制，沒辦法再如過去親密。這樣的新生活不是重生，而是剝奪。

一個小小的願望突然萌生，培雅希望往後終於自立時，要租間房子接弟弟一起來住。家人還是得在一塊才行，因為血緣濃於水，是不可分割的。而且，弟弟是現在她承認的唯一親人。想著想著，培雅心中無預警跳出那個初識時客氣過頭、熟識後可靠得令她無比心安的身影。

如果再加上傳翰的話……一起生活或許也不錯。培雅忽然驚醒般用力拍拍臉頰，現在可不是胡思亂想的時候。趕快找到弟弟吧，至於獨立生活則是更之後的事，急也急不得。

培雅刷過悠遊卡下車，按照google地圖指引找到弟弟的學校。早已人去樓空的校園大門深鎖，培雅不惜翻牆偷偷進入，繞遍弟弟所屬年級的每間教室，當然一個人影都沒有。她再將目標轉往附近的公園與速食店，然後是書店甚至網咖。每找一處就落空一次，全都搜索未果。雖然是偏冷的天，但四處奔走的培雅額頭不停冒汗。

手機又響。培雅發現是陌生的號碼，她懷疑地接聽，另一頭卻是打死也不會錯認的聲音。

「資優生，在忙什麼呀？」鬼妹話中有話，飽含幸災樂禍的成份。

直覺告訴培雅，鬼妹絕對與弟弟的失蹤有關，否則不會在這個時間點打來。這個小太妹究竟要將她逼到什麼地步才願意罷手？鬼妹的聲音近在耳邊，培雅強忍住摔手機的衝動，反問：「你想說什麼？」

「想不想知道你弟弟在哪？想知道的話就到學校附近的河堤，自己一個人來，聽到沒有？對了，我都忘記了你沒有朋友，當然是一個人。」鬼妹愉悅地嘲笑。

培雅不甘示弱反譏：「那你呢？不帶著跟班就不敢出門？」

「說什麼笑話？我本來就沒打算要帶人過去，就憑你根本不需要。來不來隨便你，反正你弟弟怎麼樣跟我沒關係。」鬼妹掛斷。

竟然連無辜的弟弟都被捲入，認清現況的培雅僵立許久，試圖維持冷靜。原來她懷抱的恨意還能更深，深得令她決定無論付出的代價為何，都要讓鬼妹後悔。她不要再退讓了，不要再放任鬼妹恣意妄為。真的，夠了。

培雅鍵入一串號碼，毫不猶豫地撥出。

×××××

河堤的風勁極強，撩亂了培雅的長髮。她孤身走下階梯，遠處的籃球場上，成群少年追著球跑，不時傳來腳步急煞發出的球鞋摩擦聲。

培雅背離球場，沿路往人跡更少的地方走去。脫離球場照明燈的範圍後只剩堤岸路燈的昏黃光芒，手指在風裡逐漸發冷，臉頰也被吹得僵硬。她將外套領子拉到最頂端，在寒風中耐心等待。

十分鐘之後，鬼妹終於現身。她站在河堤的最高處與培雅對望。這次，鬼妹身邊真的沒有其他跟班，少見的獨自一人。

培雅沒有主動接近，雖然憂心弟弟的安危，但她有足夠的耐心。果然，鬼妹連階梯都不找，自己直接沿著斜坡走下。

「你還真的一個人來，這麼勇敢。」鬼妹的口氣酸溜溜的，完全不掩飾對培雅的輕蔑。

「我弟弟在哪？」

「如果我說其實不知道，只是想把你騙出來，你會不會哭啊？」鬼妹故意露出「這個白痴還真的上當了」的表情。

培雅心急地揪住鬼妹領子，「你說清楚，到底是知不知道？我沒有時間浪費在你身上。」

鬼妹扯開培雅雙手，拉順棒球外套的領口，不懷好意地說：「好啊，我現在就告訴你。知道之後不要怪我。」

十七、將我抹殺

為了「送貨」，鬼哥特別準備一臺黑色的福特汽車，低調不起眼，非常合適。

鬼哥靠著車門，像拍賣商展示商品般拍拍車頂。「東西在後車廂。你到指定地點之後聯絡我，我會給你下一步指示。」

駕駛座上的傳翰握住方向盤，熟悉著手感，握起來不錯，很紮實。接著分別踩下油門跟煞車，確認那感受。這是第一次送貨，有很多部份需要確認，但有個問題是第一優先：「你保證照片還沒有外流？」

鬼哥兩手一攤，「那當然，不然要怎麼繼續跟你合作。放心，說好一千萬就是一千萬，只要你配合，我也不會亂來。」

傳翰不可能不懷疑，因為鬼哥是與善良無緣的生物，誠信也是令人存疑。傳翰只是假意配合，一有機會就要採取行動。他有預感，這筆生意既然有賺到一千萬的可能，鬼哥一定會想要更多，繼續拿照片作要脅也在預料之中。

「我送的東西是什麼？毒品還是槍？」

鬼哥搖搖手指，「你看過《玩命快遞》這部電影沒有？學學人家傑森史塔森，好好遵守規則。不要過問送什麼，只有使命必達，準時把東西送到。客戶很龜毛的，不能有一點意外。東西我貼了封條，在客戶驗貨之前都不要去動，不然被砍價事小，這條線斷了就虧慘了。導航設定好了嗎？」

傳翰轉動鑰匙，發動汽車有如從冬眠甦醒的熊，引擎發出低吼。他在導航的觸控面板輸入地點，可想而知那裡一定杳無人跡又相當隱蔽。

「準備好就出發吧，等你聯絡。上吧，傑森史塔森！」鬼哥用無聊的玩笑話送別。傳翰面無表情按下控制鈕，車窗慢慢升起。

他踏下油門，黑色福特汽車從停車場出發，速度感不錯，也很順暢。等待紅燈時，傳翰瞥見搭在方向盤上的手，有股「怎麼會有這種東西？」的錯覺，可是錯不了，這真的是他自己的手，指節有剛癒合不久的結痂。那暗紅色的傷提醒傳翰，上次是如何失控痛毆小流氓。

多久沒有這樣打過人了？時間單位或許是以年來計算吧。

車內密閉安靜的空間容易令人胡思亂想，傳翰過往的記憶被無聲翻攪、擾動。當初與鬼哥結夥是他這輩子犯過最大的錯誤之一，如果不是如此，很多事情都會不同。

也不會有我。獅子說。

「不會有你。」傳翰回應，若從第三人的角度來看，根本是在對擋風玻璃說話。

想擺脫我了？獅子聽起來有點寂寞，但是隨即鼓勵起傳翰。你不可以一直這樣下去，你得把我抹殺，然後走出來。

「我一輩子都不可能辦到。」

綠燈。傳翰踏下油門，完全沒有放鬆，車速逐步飆升，但無論速度再快，都無法將黏附如爛泥的遺憾甩落。

×××××

倒帶。回到傳翰就讀高中的那一年。

這時的傳翰仍穿著校服，帶著高中生特有的玩世不恭。沒有現在配戴的黑框眼鏡，只有無論看什麼都如糞土似的輕蔑眼神。

那是炎熱的夏日，放學後仍有不少學生留下來打球。傳翰跟鬼哥還有幾個學生身在操場邊的司令臺後方，那裡是以傳翰跟鬼哥為首所佔領的地盤。鬼哥的校服沒有扣上，故意露出穿在裡面的便服上衣。這是當時在學生間流行的穿搭。他一手摟著小女友，一手拿著香煙，如看戲的觀眾佔據最好的位置。

一個偏瘦的男孩孤零零佇立在傳翰面前，聳著僵硬的肩膀，垂下的頭緊盯地面，完全不敢與傳翰對視。他的氣質與傳翰還有鬼哥等人的痞氣完全不同，是個文靜的乖寶寶。

傳翰歪著頭打量，喝斥著：「頭抬起來。」

男孩不敢。手指像蚯蚓般絞在一塊。雖然是溫度超過三十度的下午，但他冒著恐懼的冷汗。隨後，男孩痛呼，捧著像被鉛球砸中的肚子跪倒。

「站起來，才一拳而已。」傳翰甩甩手，活動著腕部關節。「我再說一次，站起來。」

倒地的男孩不住發出呻吟，惹得傳翰暴怒。他揪住男孩的後領，拳頭一次又一次往男孩肚子猛揍，揍得男孩哀號。

「記得不要打臉啊。」鬼哥幸災樂禍，愜意地抽口煙。

「嘔噁！」男孩嘴巴大大鼓起，隨後嘔吐。傳翰飛快退開，凶惡瞪著趴地亂嘔的男孩。酸臭味在空氣中瀰漫，惹得眾人掩鼻。

「好髒喔……」鬼哥的小女友嫌惡地別過頭，旁觀的手下毫不留情嘲笑。這種場面是慣見的普通消遣，常有不同的學生被押到這裡，接受傳翰跟鬼哥的「款待」。

鬼哥裝模作樣做出搧風的手勢，又捏住鼻子。「喂，處理一下啊！想害我們窒息嗎？」

跪地的男孩虛弱地抹掉嘴邊穢物，求饒般望著傳翰。那懦弱如豬崽的模樣只令傳翰越加暴躁，直接將男孩踹倒，接著一腳踩住他的臉。男孩的鼻尖離嘔吐物近得不足一公分的距離。

「吃乾淨。敢再吐出來試試看。」傳翰施以暴力脅迫。男孩的臉痛苦扭曲著，眼角滲淚。

男孩當然不可能把嘔吐物吞回肚裡。傳翰抓住他的頭，將臉朝下強壓進整灘嘔吐物。男孩雙手掙扎地亂抓，發出嗯嗯唔唔的痛苦叫聲。

「然後咬緊了牙關，等待更多的等待……」突然的音樂來自鬼哥的口袋，是那時當紅的樂團五月天的歌。鍾愛五月天的鬼哥當然設定成手機鈴聲。

「喂？什麼？報哥以為我們要動他女朋友所以嗆要談判？你們在網咖被打？」鬼哥大聲嚷著，「什麼跟什麼，我們眼睛沒瞎，怎麼可能看上他的女人？好啦好啦，半小時之後會到，你們先擋著。」

鬼哥掛掉電話，對周圍幾個手下使了眼色。「出事了，走啦。傳翰，好了啦，你還真的要逼他全部吃掉喔？等他吃完天都黑了。不要老是欺負人家，要好好善待金主才對。」

傳翰哼了一聲，終於鬆手。男孩屈辱地抬起頭，臉跟頭髮沾著濕答答的穢物。

鬼哥蹲在男孩旁邊，假惺惺拍著他的肩膀。「沒事沒事，快站起來。跟你說，我們都是很講道理的，只要你乖乖按時繳錢就好啦。你看，事情弄到這樣是不是很不好看？等等記得洗乾淨，有人問就說自己不小心吐出來又跌倒沾到，懂嗎？」

眼看男孩泣不成聲，連回答都沒有。鬼哥又拍拍他的肩，這次力道刻意加重幾分。「不懂也沒關係，我家傳翰會教到你明白為止。」

一提到傳翰，男孩渾身發抖，彷彿受虐狗兒。

鬼哥得意地笑了笑，很是滿意。他在小女友臉頰親了一口作吻別，然後對眾人號令：「走啦，去好好問候一下報哥。傳翰，等等又看你表現了，我就說欺負這種小嫩嫩沒有成就感，可是你好像很愛耶？」

「這樣都不敢反擊，被欺負剛好而已。」傳翰斜眼瞪了跪地啜泣的男孩，就像這種遭遇是男孩應得似的。那種懦弱的模樣，傳翰無論如何就是看不順眼，就是想狠狠找他麻煩。

在之後的談判裡，傳翰仗著這股未消的怒氣逞凶，把對方的老大打到吐血，不過也付出不小代價，畢竟對方的人數硬是多出三倍。若不是傳翰夠狠幹掉對方的老大，硬是殺出一條血路，否則他跟鬼哥一夥能不能安然離開仍是未知數。

負傷的傳翰在那之後索性蹺課，待在家裡養傷，反正也沒人管他。真的很久沒人管他了，他很能打不是偶然，多虧那酷愛格鬥技的老爸，在傳翰還小的時候就帶著他往道館跑，傳翰耳濡目染也懂了幾分。隨著年齡增長，開始可以跟著實際訓練。

傳翰從不偷懶，比任何人都還要認真學習。因為他發現這能讓老爸開心，與其說是父子，兩人更像是親密的兄弟。傳翰在就讀國中前夕已經進步到能與成人對練。道館裡的長輩無一例外稱讚傳翰的天份，老爸也深感驕傲。

可惜，若不是在台灣走體育這條路只有被體育協會作踐對待或讓人沾光的份，傳翰的老爸還會認真考慮栽培傳翰。雖然最後打消念頭，但還是讓傳翰繼續苦練，至少遇到緊急狀況時能有自保的手段。

結果傳翰不僅用以自保，還將這當成欺凌別人的有力本錢。因為沒人管他了。老爸在傳翰國中時出了車禍，肇事的對方耍盡各種無賴手段逃過賠償，甚至當面向傳翰還有哭泣的母親嗆聲。氣不過的傳翰與對方扭打，結果被反告傷害。

歷經波折之後，傳翰的心境變了。母親為了支撐家計忙於工作，傳翰受父親橫死的影響，成績一落千丈，最後考上一間以鬧事出名的私立學校。開學的第一天，桀驁不遜的傳翰就被擺老的學長找麻煩。

沒有多餘的廢話當開場，傳翰揮拳打倒那找錯對象的白痴學長，引起軒然大波。於是「一年級有個很會打的新生」的傳聞就此傳遍全校，部份學長為了立威接連找上門或背地暗算。可是從來沒人得逞。

傳翰在不斷的衝突之中，心態越來越扭曲殘暴，以為可以理所當然對他人施加暴行。後來，同校的鬼哥千方百計拉攏傳翰，一個是以不擇手段的陰狠出名，一個則是用拳頭打出讓人喪膽的名號，兩個人湊在一塊越加不可一世，在同輩之中橫行無阻，甚至打到別的學校去，直到整個學區都知道這兩個狠角色的存在。

傷癒之後，蹺課成癮的傳翰又過了幾天才甘願去學校，但他沒有乖乖進入教室聽課，而是獨自到司令臺後，那是他在學校裡最舒適的位置。

傳翰靠著水泥柱，點了根煙。吸進一口後朝天吐出，望著飄散的煙霧發呆。這種漫無目標的日子不算快活，不過他也不知道還能怎麼辦？走一步算一步，反正船到橋頭要嘛是直要嘛或沉，管它的。

幾個出公差的女學生經過司令臺，發現吞雲吐霧的傳翰。因為與人衝突是家常便飯，傳翰即使不刻意作表情，也都是凶惡得嚇人。她們湊巧與傳翰視線相交，隨即驚慌轉開目光，彷彿他是什麼洪水猛獸。

傳翰不屑地冷笑，把煙蒂彈進水溝蓋。他傳了簡訊給鬼哥，說已經到校了可是悶得慌，要鬼哥下課把那個被打到吐的男孩帶來。結果鬼哥回傳的簡訊只有意義不明的笑臉。

「媽的，這樣回誰看得懂？」傳翰皺眉，再掏根新的煙點燃。

在水溝蓋旁邊散落十根沒順利命中的煙蒂之後，下課鐘也響了。寂靜的操場熱鬧起來，球場滿是揮灑臭汗的學生。傳翰遠遠看著，知道自己跟那些人已非同類。

「消失這麼久，終於甘願來上課啦？」鬼哥來到司令臺，這次沒帶著小女友，跟班們也不在身邊。他一屁股坐在傳翰身邊，大方拿過傳翰手裡的煙盒。

「怎麼一根煙都沒有？你拿著當裝飾品嗎？」鬼哥隨手把煙盒扔掉，從口袋另外拿出全新未拆的煙盒。

「明明自己就有還拿我的？」

「你的煙就是我的煙，我的煙也是你的煙，計較什麼？」鬼哥遞了根給傳翰，兩人各自點火。「你要找的那個小金主不在學校。」

傳翰心裡有底。「躲在家裡不敢來上課？廢物一個。」

「也不是在家。」鬼哥的笑別具深意，似乎在等傳翰猜中謎底。

「不要考驗我的耐性。」傳翰一視同仁語帶威脅，換作是其他學生一定嚇得求饒。

鬼哥識相地點頭，當然不會傻到挑釁傳翰。「人在殯儀館。」話剛說完，傳翰便在他耳邊咆哮：「也不要跟我鬼扯！我最後問你一次，人在哪裡？」

鬼哥微微退開，抓出來得及閃躲的距離。「我雖然外號鬼哥，但我不是那麼愛鬼扯。你沒來的這幾天，剛好小金主也想不開，從家裡頂樓跳下來。死了。」

「你說什麼？」傳翰聽不太懂。什麼叫跳下來、死了？

「死了。小金主自殺成功。」鬼哥說得無關痛癢，就像不小心踩死螞蟻般微不足道。「小金主的爸媽這幾天有來學校，好像從遺書發現兒子都被欺負。聽說指名要找你。我覺得你應該也不會在乎，所以沒通知。」

鬼哥若無其事抽了口煙。「放心啦，拿我們沒轍的，從來沒聽說把人逼到自殺會需要判刑的。不過老師那邊的廢話不會少就是了。你乾脆繼續蹺課，風頭過了再來學校，那時候應該也沒人記得這件事了。」

「哪一間殯儀館？」傳翰問。

鬼哥戲劇性地驚呼：「真的假的你問這個？是要去教訓人家爸媽還是想再惹事？難道想道歉？傳翰，這不像你，你應該是蹺課，不是蹺掉腦袋吧？你去道歉能看嗎？事情傳出去會被笑的耶！」

「哪一間？」傳翰咬牙，額頭跟手臂浮出青筋。善於察覺危險的鬼哥就算瞎了也能看出來，現在的傳翰比任何時候都要危險，當然安分報出地點。

「你不要傻傻過去，會被家屬打死。」鬼哥提醒，傳翰卻像沒聽見似地走了。

傳翰抵達迴盪家屬哭聲的殯儀館，在那裡目睹一輩子都不可能遺忘的畫面。氣急敗壞的家屬衝上來，團團包圍住傳翰，像要將他撕成碎片般拉扯著，悲憤的拳頭一再揮來。傳翰沒有還手，只有挨打。那名雙眼滿是血絲的父親抓了一把冥紙，用力甩在傳翰臉上。混亂中有人抓著傳翰的衣服，那力道雖然微弱，卻令傳翰不自主地望去。

那是一張極度悲傷的母親的臉孔，蒼白如冷霜，雙眼紅腫如血。她發白的嘴唇顫聲哀求：「把我兒子還給我……」

「為什麼要逼我兒子自殺……」

「還給我……」

「啊！」傳翰失去理智咆哮，猛然踩住煞車。在尖銳拖長的輪胎摩擦聲之中，福特在柏油路畫出激烈的煞車痕跡，最終在路肩停下。

回憶中斷。

傳翰瞪大雙眼，狂亂地用頭撞著方向盤，不斷觸發喇叭。「殺了我、殺了我！用我的命來賠！」

「還有殺了你們！殺了我再殺了你們，誰都不能活下來……全部都死……」傳翰悲戚地嘶吼，像做錯事自責的孩子。那人的死鬼哥也有份、其他旁觀的手下也是，他們也都該死，「殺了……你們……」

傳翰往後攤倒，身體沉入椅座，用力而急促地喘氣，像剛從一千公尺深的海底缺氧上浮。每次憶及當時的情景，他便會不受控制。

你自殺也沒有用，事情不會改變。是從心裡出現的獅子聲音。

忘記是從什麼時候，當傳翰發覺時，獅子就已經存在。它不斷與傳翰對話，一次又一次，直到獅子的存在越來越真實，與傳翰再也無法分割。它從日復一日無法減輕、只有不斷累加的罪惡感裡誕生。是傳翰為了避免自身的崩潰，發自本能塑造出的產物。它承接了傳翰無法負擔的愧疚。

「我一輩子都不會原諒自己。」傳翰的聲音虛弱得幾乎聽不見。可是沒關係，獅子都懂，它是這個世界唯一最了解傳翰的——

因為，獅子就是傳翰。

十八、各位來賓，揭曉的是

傳翰從沒料想到，他的恣意妄為竟會造成這樣大的傷害，那段時間簡直著魔般無法自拔，尤其與鬼哥為伍的日子更是不懂收斂。

幾次他與鏡中人對看卻是無比陌生，那凶戾逼人的眼神，彷彿隨時會失控的炸彈。一次又一次的引爆，一次又一次的傷人。恃強凌弱也好、與同類的小混混相殘也罷，都是無盡的惡之輪迴。沒有終點，只有不斷沉淪。

當時，傳翰驚聞惡耗趕到殯儀館，被小金主的親屬粗暴推擠、被憤怒追打，跌跌撞撞進入靈堂，在眾人團團包圍中對著棺木下跪。小金主的遺照雖是黑白，但不減那笑容的燦爛無憂。這是傳翰第一次、也是最後一次看見這樣的笑臉。在學校折磨小金主時，他除了求饒還是求饒，悲哀的模樣比落水狗更加悽慘。

傳翰至此終於醒悟，小金主的爸媽卻再也要不回兒子。

現在，就像冥冥之中有什麼在提醒著傳翰當年幹下的惡行，他躲了這麼久，終究與鬼哥意外重逢。

傳翰深刻明白不能助紂為虐，即使鬼哥早有警告，他仍認為應該事先確認所運送貨物的真面目。不管是槍也好、毒品或任何走私品也罷，至少心裡有個底。

他下車檢查後車廂，裡面僅放著一只大型黑色行李袋。拉鍊以束帶固定住，要打開確認內容物只有破壞一途。據說客戶非常吹毛求疵，如果貿然打開行李袋使得交易告吹，難保不會激怒鬼哥引發後續衝突。傳翰猶豫，現在先罷手可能更為恰當，必須先設法降低鬼哥的戒心。傳翰知道鬼哥並不信任他，只是在找可用的工具。

如果以打架來比喻，現在傳翰的處境就只能單方面挨打，沒有還手餘地。畢竟鬼哥握有可以要脅傳翰的有力籌碼。權衡之後，傳翰決定準時將貨物送到。只要潛伏的時間夠久，一定可以抓住破綻，至少在鬼哥提出更過份的要求之前都安分行事吧。

傳翰想得入神，因此被突然響起的手機嚇著。來電的是鬼哥。

*他會不會在車裡裝監視器？*獅子質疑。傳翰希望鬼哥還不至於猜疑到這種地步，雖然時間點真的過於湊巧。

「怎麼樣，導航應該沒出問題，沒有迷路吧？」另一端的背景聲極為混亂，有人的交談聲，還有收訊不良的雜音。

「沒有。」傳翰不露破綻地回應。幸好這裡安靜無車，不會令鬼哥起疑發現傳翰不在車內。

或許是匆匆一瞥的眼花，行李袋好像在動？傳翰試探性伸手，慢慢按住行李袋。底下傳來的觸感像是厚布，相當柔軟。

「記得準時通知我，不要做多餘的事啊！」鬼哥吩咐。傳翰應了一聲便切掉電話，視線始終鎖著行李袋不放。

行李袋似乎又動了一下。

傳翰閉起眼睛，全副注意力集中在手掌感應所有動靜，無論多微小都不放過。經過幾秒鐘的間隔，他感覺到陣陣顫動。沒有錯，傳翰沒有看錯，行李袋所裝的確是活物。還發現行李袋的一側刻意刺出許多孔洞，用途大概是為了不讓袋中的活物窒息。

他認定絕對是人，依鬼哥沒有道德底線的作風，就算是販賣人口也不足為奇。可是傳翰難免震驚，將人當成貨物販賣這種事，已經超出傳翰的想像，即使是當年最凶惡蠻橫的時候也不曾想過這檔事。

假設依約將貨物送達，行李袋裡的人會落得什麼下場都很難說。男的也許會被摘去器官，畢竟這一直擁有一定的市場，正好讓鬼哥謀財。至於女的，不須多說多半跟性脫不了關係。總之無論是男是女，下場都是凶多吉少，會購買活人的客戶怎麼可能會是慈善好人？

傳翰放走貨物是絕對瞞不過鬼哥的，交易也必定告吹。多疑的鬼哥不可能給予第二次機會，後續的結果會對培雅造成傷害。可是，傳翰無法犧牲無辜的人。

還有第三種選擇，獅子提醒。

沒錯，傳翰明白。既然不能直接反抗鬼哥，也不能讓對方發現貨物被開封過而取消交易，那麼剩下的方法就是……

幹掉他們，獅子沉穩如磐石。傳翰認為也許可行，反正會進行這類交易的傢伙與鬼哥多半是同路人，毋須憐憫。加上交易地點必定隱密，不會有多餘的目擊者，利於傳翰下手。

傳翰沒有實際殺過人，現在就像要從天秤兩端抓出抉擇，看看更為偏重哪方。毫無疑問，自然是貨物那端。

原來，我不在乎鬼哥的死活、不在乎他們這種人的死活，看得比羽絮還輕。傳翰心想，手探向身後，抽出插在褲腰的甩棍，隨手揮動，甩出的棍身發出激烈的破空聲。這是以備萬一拿來防身使用的工具，雖然輕盈但殺傷力十足。抓準對方驗貨鬆懈的時機突襲，應該能取得相當大的成效。

但是傳翰很快考慮到，如果對方擁有人數優勢甚至還佩槍？就算傳翰對身手有一定把握，也不會愚蠢到以為憑一支甩棍就能與槍匹敵，這可不是動作片，傳翰沒有主角必備的鬼扯驚天本領。

他再度陷入抉擇的困境。決定先確認裝在裡面的是什麼樣的人，再繼續考慮後續的對策。反正要他把這人送去交易是不可能的了。

傳翰翻遍車內卻找不到鋒利工具，只有被遺落的打火機。他抓著束帶，小心翼翼地燒熔掉，然後打開行李袋。原來是個眼睛嘴巴都被封住的小男孩，身體被重重裹在厚布裡，只露出一顆頭，似乎是為了掩飾人體的形狀。

傳翰解開矇眼布。淚眼婆娑的小男孩睜著眼，像頭驚嚇過度的小動物，彷彿傳翰隨時會變成吃人的怪物將他吞下肚似的。傳翰發覺這個小男孩有點眼熟。同時，手機再次鈴響。根據特別設定的鈴聲得知是培雅來電。他接起，一面猜想是今晚想到超商探班或是又被找麻煩？

「我弟是不是在你手上？」培雅的質問讓傳翰登時明白，為什麼這個小男孩似曾相識。她的聲音是未曾聽過的陌生。

傳翰愕然望向小男孩，記起曾在培雅手機看過的那張姐弟合照……

我居然要把培雅的弟弟送去給人口販子！傳翰震驚又憤怒，原來自己一再被鬼哥算計。

綁架培雅的弟弟絕非巧合，鬼哥想一手促成這樁慘劇。掌握培雅的裸照是第一步，這是逼迫傳翰送貨的基本籌碼。至於綁架弟弟當成商品，則是為了完全掐緊傳翰的咽喉，逼他完全聽命。

鬼哥就是抓準傳翰太看重培雅這點，如果培雅得知失蹤的弟弟是被傳翰帶去賣掉，一定會憎恨傳翰。只要鬼哥掌握住這個祕密，就能不斷要脅傳翰辦事。這就是鬼哥設立的雙重保險。但是鬼哥對傳翰的印象還停留在過去，不知道他已非當初那個殘暴的少年，一定也沒料想到傳翰會如此不配合，竟然大膽打開行李袋驗貨。

「我弟是不是在你手上？」培雅再度質問，雖然是同樣的語句跟同樣的語氣，但依然令傳翰無所適從，從未感到培雅是如此陌生。

為什麼培雅知道他在送貨？一定有人提供情報。難道是鬼哥？不對，若鬼哥真想要逼傳翰辦事，根本不會透漏給培雅知道。

除非交易是假，鬼哥真正用意是要毀掉你，獅子猜測。

這樣就說得通了。傳翰痛苦地按著額頭，一直被鬼哥嚷著的生意誤導，沒察覺那真正的致命意圖。傳翰發出嘶啞的陣陣苦笑，完全被玩弄於股掌間啊……蠢透了。

「有什麼好笑？」

傳翰澀聲回答：「對，在我這裡。你聽我說……」

培雅直接打斷：「把我弟賣掉之後，接著就是我了，對嗎？」

怎麼可能？她不該這樣想！傳翰著急解釋：「什麼？你誤會了，我沒有……」

「你沒有？那又為什麼我弟弟會被綁架，現在人在你手裡？」

「我替鬼哥送貨，我不知道那是……」

「你不知道？你把我當笨蛋嗎、我真的這麼好欺騙？我跟我弟值多少錢，可以讓你這樣演戲、這麼大費周章來假裝關心我？」電話另一頭的培雅大喊，幾乎令傳翰心碎。

「我一直相信你。你曾經是我最信任的人。」培雅的聲音變得好小，卻如銳刺深深地刺傷傳翰，刺進血肉直至骨髓深處，直至傳翰痛得無法反駁。那句「曾經是」的意思是否代表著，從現在開始，那些兩人共處的記憶也一同被推翻？

不要、培雅，不要相信那個人跟你說的謊！不管他是誰、說了什麼都不要相信……傳翰好想如此大喊，卻發不出聲音。

「松山車站。把我弟弟帶到那裡，把他還給我。不然我用盡任何方法都會找到你。我以為你是真心要幫我，是我太笨。你贏了，我上當了。」

電話被單方面掛斷，傳翰卻還傻握手機，在冰冷得讓身體開始發顫的寒風裡，他聽著絕望的斷線聲。心臟彷彿被狠狠揪住，血液凝滯，無法喘息。不能爆發出來的悔恨咆哮，正緊緊咽著無法釋放。他只有發出細小得無法聽見的哀鳴。

「嗚嗚！」培雅的弟弟無助地求救。

傳翰勉強撐起和善的笑容，轉向培雅的弟弟。「我是……你姊姊的朋友，現在帶你去找她。沒事了，不要害怕。我幫你把膠帶撕掉，嘴巴會有點痛，忍耐一下……」

傳翰盡可能緩慢撕開黏在培雅弟弟嘴邊的膠布，然後把他從行李袋抱出來，拿掉厚布。弟弟的雙手雙腳被麻繩牢牢綁著，傳翰讓他坐在後車廂邊，費盡一番功夫解開。

過程中弟弟沒有哭鬧，大概是嚇傻了。他的手腕跟小腿勒出深深的繩子痕跡，一時腳軟無法走路。傳翰背起他，安置到副駕駛座，然後繫好安全帶。

前往松山車站的路途裡，傳翰沒有說話。說不出話。那些說不出來、無法流出的眼淚都由獅子代替，在傳翰心中最黑暗的角落裡，獅子負傷般蜷伏，止不住的淚水令靈魂幾乎燃燒起來。但是一點火苗都沒有，無論獅子或是傳翰，早已成了無法復燃的灰燼。

自從得知害人尋死自殺的那天開始，傳翰的內在就逐步崩解。直到遇見培雅，他終於擁有贖罪的機會。曾經以為可以連獅子一起、一起獲得救贖。甚至還奢侈妄想著，想要一直陪在這個女孩的身邊。傳翰從面目全非的崩解慢慢地再次完整，全是因為培雅。

面如死灰的傳翰盯著彷彿沒有盡頭的道路遠方。獅子終於承載不住。傳翰無聲落下淚來——

都是因為有妳啊。

×　×　×　×　×

河堤邊。

「你看，我說的沒錯吧？你怎麼會笨得一直被騙？」鬼妹得意地嘲弄，一如所有詭計得逞的奸人。從剛才的對話之中，鬼妹知道培雅不再相信傳翰，就此決裂。

太好了，這樣傳翰不會再替鬼哥作事，鬼哥會反過來對付傳翰吧？這才是鬼妹的真正目的，她要保有在鬼哥心目中的地位，不單是為了享受眾人的尊敬，更是想要盡可能佔有「糖果」的最多配額。

另外還有幾個鬼哥看重的人手也得想辦法剷除。與鬼哥相處時日太久，鬼妹承襲他的思考模式，不計手段、自私貪婪……她即將滿十六歲，卻早已不復存這年齡該具備的純真。

她滿意地望著手機，螢幕上是傳翰跟一個女孩親密的合照。是那天傳翰前來KTV與鬼哥會面時，她偷偷拍下的。為了拍下這張照片，鬼妹假裝在補妝，實則不斷窺伺機會，終於捕捉到小熙如無尾熊般擅自緊貼傳翰的瞬間。

即使傳翰很快甩開小熙，但培雅不會知道這點，她親眼看見的只有傳翰跟其他女孩子摟摟抱抱的照片。

就算培雅比同年齡的人成熟又如何？碰上在意的對象與人曖昧還不是失去理智？更關鍵的還是傳翰傻傻替鬼哥送貨，不僅中了鬼哥的計，還讓她可以藉此大力挑撥。在各種加油添醋之下，培雅真的信了。

「為什麼要提醒我？你明明想弄死我。」培雅問。

怎麼問這種笨問題？笨三八就是笨三八。鬼妹極其不屑，立刻產出一套說詞。

「很簡單啊，因為等到你被綁架，我就沒機會當面嘲笑你了。我也不怕提前跟你說，反正你逃不掉，也不會有人相信你。就像你在學校被我欺負得這麼慘，老師也不理你啊！」鬼妹繼續往傷口上大肆撒鹽，無視培雅早已遍體鱗傷。「你以為翰哥是站在你這邊的？不是資優生嗎，怎麼會笨到這種程度？人家早就有女人了，只是跟你玩玩而已。」

她又晃了晃手機。小熙依偎著傳翰的照片想必很刺眼吧？否則培雅不會用力別過頭不看。

「怎麼啦？哭了？你就一個人慢慢哭吧，我要走了，不跟你浪費時間。」鬼妹有股施虐的快感，滿足地轉身要走。身後突然一陣措手不及的劇痛，令她尖叫著癱倒在草地上，生氣咒罵幾聲。她吃力扭頭後卻驚見面無表情、手裡拿著電擊棒的培雅。

隨著培雅按下電擊棒，肉眼可見的藍色電光不祥地流竄。失去掙扎力氣的鬼妹只能眼看培雅步步逼近。

鬼妹終於發現真正落入陷阱的，或許是她才對。

十九、花開的日子

心緒不寧的傳翰抵達松山車站，車子在路邊停妥後為培雅的弟弟解開安全帶，提醒他下車。

弟弟還沒有從被綁架的驚恐中恢復，懼怕地透過車窗望向站前廣場。時近午夜，只有零星路人。弟弟似乎擔心是否一離開車子，就會有人衝出來再次把他擄走？

傳翰率先下車，繞到對側打開弟弟的車門。「不會有事，有我看著。」

弟弟幼小的身體陷在座椅裡，他猶疑不定地看看傳翰，又看向車站的發光招牌。松山車站幾個大字過於顯眼，人去樓空的荒涼感越加強烈。傳翰耐心等待，不急著催促。幾分鐘之後，弟弟終於鼓起勇氣，慢慢將腳踏出，踩上柏油路。那模樣就像要確認水溫是否燙人似地小心。弟弟總算下車，他縮著肩膀，既不敢靠近傳翰也不敢輕易走動。

設定好的特定鈴聲又響，傳翰神情複雜地接起。

「把我弟弟留在那。你走。」

「你在監視我？」傳翰持著手機，飛快張望四周，可是沒看到培雅。「你在哪？我真的不知道那是你弟，我從來沒有欺騙你……」

「這次我不會報警，就當把欠你的都還清。你走。我不要再看到你。」培雅堅決如鐵，絲毫不留情面。

「培雅！」

通話中斷。傳翰痛苦地沉默著。獅子在咆哮，好吵，安靜、安靜一點……獅子。

傳翰強作鎮定，不願意嚇到弟弟的他盡可能裝出笑容，對弟弟說：「你在這裡等，培雅會來接你。」

提及培雅的名字，他心裡一陣難忍的酸楚。原來與培雅之間的關係是如此脆弱，禁不起惡意的謊跟蓄意的局……

××××

傳翰離開之後，一臺白色喜美緩緩駛近車站。弟弟害怕地退後。白色喜美正好停在傳翰剛才的停車位置。下車的是培雅。

「姊姊！」弟弟一看見培雅，立刻飛奔過來撲進她懷裡，不顧一切嚎啕大哭。

培雅心疼不已地緊摟著弟弟。這個孩子真的嚇壞了。為什麼姐弟兩人盡遇到些光怪陸離的倒楣事？就像全世界蓄意要為難並毀滅他倆似的。她拿面紙為弟弟擦拭眼淚。止不住哭泣的弟弟很快又濕了臉頰，他哭著又哭著。空曠的廣場迴盪無助的哭聲。夜歸的路人遠遠避開，投以懷疑目光。

好不容易，培雅才安撫住弟弟。她牽起那顫抖發冷的小手，與弟弟先後坐進白色喜美的後座。「你的手好冰，會冷吧？」培雅脫下外套，為弟弟披上。

弟弟緊挨著培雅，吸鼻啜泣。「姊姊，我好怕……」

「沒事了哦，姊姊在這裡。」培雅摸著弟弟的頭，輕聲安撫。

駕駛座上的是個滿溢陽光氣息的青年，名叫以豪。就培雅所知，他是姚醫生的隨身助手亦是過去的個案之一。以豪轉動方向盤，白色喜美緩慢離開松山車站，最後駛進內湖某棟華廈的地下停車場。

待車子停妥之後，以豪轉頭對培雅說：「你先上樓，姚醫生在等著。我處理好就上去。」

於是培雅牽著弟弟走向電梯。電梯門打開時，電梯間的玻璃倒影清楚映照出培雅身後的景象，能夠看到以豪打開後車廂，把一個少女從中抱起，扛在單邊肩上。那是昏迷的鬼妹。肩上扛著的鬼妹對以豪來說宛若無物，完全不影響行走。他很快就消失在停車場一側的陰影裡。

隨著電梯門自動關上，培雅按下數字2的樓層鍵。

「這裡是哪裡？我們要去幾樓？」弟弟不安地問。

培雅溫聲解釋：「這裡是一個醫生的家。醫生人很好，幫了姊姊很多忙，今天你先跟我住在這裡，明天我會帶你回大姑姑家。」

「醫生會不會要我打針？我不要，我怕痛……」弟弟哭喪著臉，以為又落入一個可怕的地方。

「這個醫生跟感冒要看的醫生不一樣，絕對不會打針。不用怕。」培雅忍不住微笑，越是這種時候越顯現弟弟的童真。那小小的掌心逐漸溫暖起來，培雅用力握緊。

她不敢想像，如果不是鬼妹主動挑釁，也許直到弟弟被販賣出去都不會發現這件慘案……她是如此毫無保留地信任傳翰，為什麼會換來這樣的結果？傳翰對她的付出竟然全是作假，不過是場精心策劃的戲碼。如果弟弟真的永遠失蹤，不知道內情的培雅只會對傳翰依賴更深，他說不定就是抓住這個弱點，誘引她上當。

或許是我真的太愚笨，才會輕易上當。培雅無法克制地想像，傳翰在她不知道的時候跟其他的女孩子親密接觸，也許不單是摟摟抱抱，還有更進一步的舉動。他們會不會接吻了？會不會……會不會傳翰厭倦之後也會綁架我，像販賣弟弟一樣把我也賣了？

培雅不甘心地咬著下唇，一把扯掉髮圈，任憑束起的馬尾散開。

「姊姊……是不是到了？」弟弟怯生生地問。電梯門已經打開了，他戰戰兢兢打量外頭，就是不敢出去。

培雅牽著弟弟走過無人的走廊，這裡的整體布置與燈光像是美術館，典雅樸素，沒有庸俗浮誇的裝飾。這個樓層是姚醫生的私人診所，專門接待特別的客戶。培雅敲了診所的門，轉開門把入內。裡面既沒有病床也沒有點滴架，反而像是高級會客室，貼著白色壁紙的牆面掛著幾幅油畫，相當舒適的空間。

沙發上是等待她歸來的姚醫生。姚醫生的外貌與氣質都美好得無可挑剔，今天穿著俐落的黑色褲裝，胸前的V領恰如其分展現出工藝品般精緻的一對鎖骨。

其實培雅造訪的次數寥寥可數，但現在的她不會畏懼前往任何地方。她必須要轉變，那一再退讓的懦弱自我必須被消滅，再也不能讓人予取予求、任憑刀俎。弟弟躲在培雅身後，對這個陌生的地方很不放心。培雅稍微用力握緊他的手，示意不要害怕。

「這個孩子嚇壞了，得讓他好好休息。以豪呢？」姚醫生問。

「他在處理……」培雅抓不到精準的用詞。該拿什麼來指稱被綁架的鬼妹？培雅突然想到一個很不雅，但始終沒有當著鬼妹的面脫口罵出的詞彙——賤貨。除此之外她找不到更適合鬼妹的稱呼。

賤貨。培雅在心裡複誦，然後又一次。賤貨。

「我明白了，他一定會布置得很好。來吧，帶你去看你的新房間。」姚醫生輕盈走過培雅身邊，露趾黑色高跟鞋踩出清脆悅耳的聲響。她領著培雅上樓。三樓的入口設有防盜門，姚醫生先以磁卡感應，接著在門側的密碼盤按下連串數字。防盜門應聲開啟。

在門開啟的瞬間，門後的黑暗同時消失。原來走廊設有感應裝置，天花板的嵌燈自動亮起。這條走廊的左側是牆，右側依序是幾道典雅木門，設有貓眼洞。每扇門後都是一個房間。培雅選擇居中的一間。推開門時發現重量略沉，厚度也偏厚，不如常見的木門般輕薄。

「這扇門只有表面是木質，裡頭是防彈材質。之前我的另一個住所被人闖入，後來以豪特別加強防範措施，這裡的裝潢也一併修改。」姚醫生解釋著，可是那模樣不像曾遭遇歹徒，似乎沒什麼大不了的。

「是小偷？」培雅問。

「只是一個調皮的孩子。」姚醫生的神情帶著幾分懷念，令培雅越加困惑。姚醫生再解釋：「那也是我負責的個案之一。來吧，快進去看看你的新房間。」

在姚醫生的輕聲催促中，培雅踏進她的新房間，這裡以單人房來說非常寬敞，具備基本必要的家具，一張床跟一套桌椅，還有單人沙發跟閱讀用的立燈，衣櫃是鑲在牆內的樣式，不額外佔據空間。同時附有獨立衛浴。儘管陌生，至少比二姑姑家來得親切。

「等你安頓好再下樓，不用急，我們時間很多。」姚醫生把磁卡交給培雅，附上一張寫有入口密碼的紙條。

培雅掀掉床墊的防塵罩，哄弟弟休息。弟弟乖乖踢掉鞋子，肢體略微僵硬地爬上床。培雅注意到他的手腕有淡淡的勒痕，不禁心疼，對傳翰的誤解又加深幾分。弟弟簑衣蟲似裹著棉被，只露出膽怯的一對眼睛。他小聲問：「壞人會不會再來抓我？」

「不會，這裡很安全。」培雅坐在床邊，拍著弟弟的背。這裡很安全，她在心裡複誦，像在說服自己，又似刻意不去想傳翰的背叛。可是她怎麼能忘？

她耐心等待弟弟睡著才離開，因為擔心弟弟醒來會害怕所以沒有關燈。她靜靜關上門，在門縫消失前又看了一眼入睡的弟弟，他真的好小好脆弱，誰都可以輕易傷害他。培雅知道她必須挺身而出才能保護弟弟，還有保護自己。

培雅返回會客室的時候，以豪跟姚醫生都在。桌面放著兩個白盤子，盤裡有以豪準備的餅乾，他一面倒出冒著熱煙的伯爵茶，一面詢問：「要奶精或砂糖嗎？」

培雅搖頭，接過伯爵茶後在姚醫生對面坐下。以豪將兩盤餅乾推向培雅然後介紹：「這是全麥，另外這是巧克力豆口味。」

培雅揀了一塊巧克力餅乾放進口中。她折騰整晚直到現在才進食，可是如嚼蠟般無味。培雅明白不是餅乾的問題，畢竟以豪是姚醫生曾經提及、那擅長製作甜點的個案，令培雅幾乎融化的起司蛋糕便是出自其手。

「你終於作出決定，我很為你開心。」姚醫生欣慰地說，就像成功鼓勵孩子嘗試不同挑戰的父母似的。

以豪沒有就座，他站在沙發的扶手旁，每當姚醫生說話時便全神貫注凝望著，其中包含著強烈又深厚的情感，就連對他所知不多的培雅都能輕易看出。

「我差點失去僅存的親人，然後傻傻掉進陷阱。鬼妹不肯罷手，這是我唯一的選擇。」培雅的眼神轉變了，她作最後的確認：「你真的會幫我？」

「真的。你是我的個案，我對你有責任。在這裡發生的事情不會有人知道，除了我跟你、還有以豪。你準備好了嗎？」姚醫生不必激昂的演說就足以搧動人心，更是如此令人信賴。讓人輕易地想把自己都交給她。

培雅堅定點頭。

「很好。」姚醫生滿意不已。在她的帶領下，三人進入地下停車場旁邊的配電室。以豪走向靠牆那幾乎與人等高的變電箱，打開箱蓋。裡面空無一物，卻見一個向下的入口。以豪率先走進，感應燈接續亮起，照清通下的臺階。

培雅隨著姚醫生走下階梯，來到黑暗的密室。這裡幾乎有半個停車場大，密室的正中央是被綁在扶手椅的鬼妹，椅子下方鋪著大片防水布。一盞吊燈懸掛在鬼妹頭頂的天花板上，亦是目前的唯一光源。這是以豪特別的安排，那就像聚光燈照射著舞臺的主角似的。

今晚的鬼妹在某種意義上來說，的確會是主角。

姚醫生牽起培雅的手，把一支電擊棒交到她的掌心上。「這跟先前給你的不同，雖然會令人疼痛，但不至於立刻昏迷。去吧，我在這看著你。」

培雅握緊電擊棒。沒問題的，我可以，我會好好處理這個賤貨，她心想。

緩緩醒轉的鬼妹發出含糊的呻吟，然後慢慢抬起頭。一時渾渾噩噩分不清身在何處。她想要站起，結果驚覺手腳被縛。試圖扯動手臂，但繩索綁得牢固，如落入蛛網的小蟲子，掙扎盡是徒勞。

「誰、誰在那裡？有沒有人？」鬼妹大喊。可惜密室經過特殊隔音處理，沒有任何聲音可以傳出去。「救命！救命！」

腳步聲。鬼妹驚慌看著從陰影中現身的培雅。「你、為什麼是你？為什麼我會在這裡？」

仍有幾步之遙的培雅按下電擊棒，刺耳的電流聲喚醒鬼妹的記憶。她警覺地後傾貼住椅背，直到再無退後的餘地。培雅反覆按著電擊棒開關，盯著忽明忽滅的電光，走近又走近。

「你最好不要亂來，不然我不會放過……啊！」鬼妹驚叫，因為培雅直接將電擊棒按上她的手臂。鬼妹身體劇顫，不停呼痛。

要避開心臟，培雅記著姚醫生的提醒，電擊棒一端故意按著鬼妹的身體，緩慢滑動。鬼妹的眼珠緊張地隨著電擊棒移動，彷彿那是會噬咬血肉的毒蛇。培雅挑選順眼的位置，下腹是個不錯的選擇。隨著她的手指施力，電流立即釋放。鬼妹雙眼瞪大暴突，痛得弓起身體，下腹難以克制地縮緊。

培雅反覆按下再按下。鬼妹的尖叫不止。

「你們要把我弟弟賣給誰？」培雅質問。鬼妹沒有回答的後果就是換來痛得哀叫的電擊，她緊抓著椅子扶手，幾乎要折斷指甲，蒼白的手背浮出細小的青色血管。

「你們要把我弟弟賣給誰？」培雅又是同樣的問題。

「我不知道……」痛得死去活來的鬼妹在哭泣，口水無法克制從嘴角滴落。

培雅的第二個問題：「我弟弟被賣掉之後會怎樣？」

鬼妹沒有回答，培雅也沒有廢話。按下。

鬼妹慘叫，極其淒厲地慘叫。培雅拿開電擊棒之後，鬼妹無力垂下頭，那總是細心梳理的瀏海散亂如雜草，整張臉被亂髮蓋住，囂張的氣燄蕩然無存。

「你真的想知道？」鬼妹吃力地咧嘴，人中一片溼滑，那是混著淚水的鼻涕。

「你弟弟會死、死得很慘！鬼哥要把他賣給變態、專門虐殺活人的變態！」被逼至絕境的鬼妹用盡力氣嘶吼。她通紅的雙眼布滿痛苦的血絲。她豁出去了，更不管這會激怒培雅。

培雅沒有說話，說不出話。恨意就此蒙蔽理智。弟弟是無辜的，為什麼要如此冷血地將他捲入？

「接著就換你，等你上當，翰哥也要把你賣給那些變態！」鬼妹面目扭曲地獰笑，森白的牙牽著唾液的絲線，吐出惡意的謊。

培雅又如何料想得到，在如此煎熬的拷問之下，鬼妹仍要扭曲真相。

培雅最不願意面對的就是傳翰的背叛。她按住電擊棒的開關不放。隨著劇烈的顫抖，鬼妹的熱褲透出深色痕跡，逐漸擴大。溫熱的臊臭味瀰漫在空氣中。淡黃色的透明液體滲出熱褲，在椅面匯集，雨一般不斷滴落，滴答滴答打在防水布上。

培雅不會鬆手的，憐憫之心已不復存。在這剎那她終於理解，為什麼鬼妹酷愛欺凌她。這種完全支配、主宰他人的快感有著成癮性，尤其是針對一心要置自己於死地的賤貨，更是痛快。

電擊棒終於失去所有電力。培雅抽手。鬼妹奄奄一息，頭無力地垂至胸口，豆腐般白皙的一雙大腿滿是黃色的尿液，防水布更積著一圈水窪。她的指尖偶爾顫動幾下，除此之外沒有半點動靜。

培雅獨自佇立，鬼妹的哀號仍在耳邊徘徊不去。

許久之後，這副慘狀終於讓培雅回復理智，錯愕如大夢初醒。她試探性搖了搖鬼妹，確認呼吸。幸好鬼妹一息尚存。剛才的培雅似乎著了魔，完全被內心積壓的黑暗所支配，衝動地不顧一切。

好可怕，這太瘋狂了。培雅摀著胸口，可以感受到心臟的劇烈跳動。她的心理準備遠遠不夠……

高跟鞋踩地的聲音從後接近。姚醫生取走培雅手中的電擊棒。「你做得很好。可是還不夠。」

還不夠？鬼妹幾乎要死了啊？培雅心驚地想，無法再繼續下去了，反正鬼妹也不敢再亂來了，這樣還不足夠嗎？

姚醫生再次牽起培雅的手，這次交給她的是一把手術刀。冰冷的金屬刀柄令培雅不禁發寒。她明白姚醫生的用意，可是辦不到。

培雅搖頭，不斷搖頭。不行、不行。

姚醫生扳住培雅的手指，引導她握住手術刀。姚醫生在耳邊輕聲說著：「你真的很善良，可是這舉動雖然高貴卻不值得。你親耳聽見的，你弟弟就要落進變態殺人魔的手裡。你知道那會是什麼樣的結果嗎？弟弟會被活活肢解。活生生的。」

姚醫生刻意加重「活生生」的語氣。

「培雅，放下你的善良。非生即死，殺了她，你跟弟弟才能安全。」姚醫生握住培雅的手。「如果你害怕，讓我幫你。」

如被操縱的線偶，培雅的手被姚醫生拉著，伸往鬼妹。手術刀的刀尖反射刺眼的光，培雅逃避地閉上雙眼，感覺到刀尖受了阻礙，還有姚醫生的緩慢出力。培雅的手越伸越直、越直……

姚醫生鬆手，留下獨自握著手術刀的培雅。「張開眼睛，你可以辦到的。」

培雅依言睜眼，隨即倒抽一口涼氣。

她看見鬼妹的上衣綻放著最奪目的豔麗紅花，以沒入胸口的刀身作為起點，狂妄盛開。

二十、虛偽的騙子要下地獄

遭囚禁多日的女孩倒在地上，睡著似地一動也不動。曾經亮眼的一頭金髮已如乾枯雜草，無力垂落，遮住大半臉孔。

囚房裡一盞懸掛燈泡微微搖晃，吸引不知道從哪來的飛蛾。

店員伴隨瀰漫的煙霧現身，煙絲纏繞著赤裸帶有殘缺的肉體。他扔掉菸蒂，踢了踢女孩，女孩沒有動靜。店員拉起她的手臂端詳。沒有手掌，只見斷腕。殘缺不齊的斷面凝著果凍狀的血塊。褐色的髒汙從女孩身下蔓延，彷彿惡劣的塗鴉。店員將女孩翻正，亂髮之下，一對放大的雙瞳茫然望著虛無的空氣。

店員啪搭啪搭踩著汙漬出去，抓了把菜刀回來。他跨坐在女孩身上，抹去她胸前的褐色汙漬，接著雙手反握菜刀，往女孩的胸口刺下，卻被胸骨阻擋。嘗試幾次無果，店員氣惱地下移刀尖，對準女孩的上腹。

他深深吸氣，吸進夾雜臭味的汙濁空氣。拍動翅膀的飛蛾盲目亂飛。菜刀刺進女孩腹中。

店員生疏地使用菜刀，在黏糊糊的切肉聲中割開一小道血口子。店員從喉嚨吐出驚喜的歡呼，越漸起勁，菜刀割出一條歪七扭八的血紅裂縫，直至女孩的下腹。店員落下的視線同時看見裂縫的最尾端，以及自己雜亂陰毛下的一團爛肉。

那截不存在的陰莖又開始疼痛，店員看到記憶中的一地濕紅，從下腹的創口汩汩湧出。那一天的他還太幼小，沒有抵抗的餘地。那把剪刀原本該刺開他肚子的。母親啊，陌生的母親發了狂，就連親生的孩子都不放過。差一點、就差那麼一點，他要被母親給殺了。殘存的印象被一層又一層的恐懼包裹，他記不起母親的臉孔，也不知道母親最後為什麼反悔，分不清這樣的結果是好是壞，只記得從那之後他生不如死，被迫抱著缺陷的肉體苟活。

店員啐了一聲，扔掉菜刀，雙手慢慢伸入女孩體內。一股異樣的濕滑充斥在指縫之間，黏稠而腥臭。他把縫裡的東西慢慢拿了出來，是血淋淋的腸子。他拉呀拉，腸子永無止盡地被抽拉著。他捧著腸子，在手裡好奇把玩，又情不自禁舔了一下。舌尖感受到濕冷的腥味，難以言喻。

他自豪地欣賞這個傑作，像迫不及待想被稱讚的孩子，眼裡發著光。母親啊，哪怕再陌生，他都證明了他始終是母親的孩子啊。

店員再度拾起菜刀，這次刀尖向著的卻是自己的右胸。他咬牙忍痛在胸口刻出血字，象徵著就此脫胎換骨。他驕傲看著血字刻成，一如所有傑克會成員的記號，是母親的印記。

那是一個英文字母——

J。

××××××

黑色福特如一道黑箭，急駛在夜深街道。

傳翰緊踩油門，時速不斷攀升。對比瘋狂高速的黑色福特，他卻是心如死水，激不起一點漣漪。更貼切的形容該是一口無水枯井，所有投入的石子只有不斷墜落又墜落，聽不見一點回音。正如傳翰此時的絕望沒有盡頭。

人畢竟是矛盾的動物，雖然傳翰痛改前非，刻意遠離昔日的鬼哥一夥人，不斷找尋贖罪的機會。但飆車可能造成的災禍不亞於跟一群流氓鬼混。傳翰需要宣洩的出口，這些年他無法排解那股悔恨，只有飆車可以短暫遺忘。培雅的出現一度令他不必再以此作為抒發，但走向決裂局面的此刻沒有多餘選擇。

悲痛纏身的傳翰不只是哀傷，還有一股無法承載的怒火。他因為鬼哥的設局而憤怒、因為收購活人的買家而憤怒，更對培雅不給他任何的解釋機會憤怒。那個傻女孩，明明這樣聰敏，為什麼沒想過他會是冤枉的？培雅已經見識夠多鬼妹的手段，為什麼不能順勢推敲出鬼哥暗藏的惡意？

怒火越盛，黑色福特的速度越是飆升。兩側的景色化成不斷消逝的一道道殘影，就像對焦失敗的照片模糊難辨。歷經玩命的大段旅程之後，傳翰安然無事抵達目的地。依舊是老地方的漁人碼頭。

他甩上車門，迎風而立。什麼都不想，無法再想。腦袋像沉積幾萬年的岩層般僵化，甚至要忘記自己的名字。幸好仍記得獅子的名。胸口突然有被撕裂般的痛楚，令他措手不及。好難受。誤解竟比任何武器的殺傷力更大。如果獅子能代替他，作為傳翰這個身份活著，也許現在的傳翰就能免去許多痛苦。

停止，你不要有這種愚蠢的念頭。獅子喝止，它仍然保持理智。是最後防線。

「至少有些事我不得不做。」傳翰解鎖手機。數十通未接來電全是鬼哥，甚至在傳翰檢視時再次撥打過來。

鬼哥似乎被逼瘋了，電話那頭傳來他的怒吼：「你在搞什麼？為什麼沒有聯絡？客人幾個小時前就在催我，我打了幾百通你他媽就是不肯接。媽的，你知不知道那些客人都是惹不起的神經病？交易也告吹，我他媽虧大了，這樣你滿意沒有？說話啊？你什麼時候變啞巴了？」

傳翰冷回：「你就這麼想毀掉我？」

「毀掉你？你什麼都乖乖配合不就沒事？你人在哪、貨物咧？」鬼哥氣急敗壞地追問。經過短暫的停頓，他彷彿明白了什麼：「你拆開了？」

「對。你真是個垃圾。」

「垃圾？我們是同類。別忘記當初是誰把人活活逼死。」鬼哥故意提及。隨後又憤怒大罵：「你搞砸了我的生意！都不管你的小女友了？就這麼希望讓人看見她的裸照？」

傳翰皺眉，發現事有蹊蹺。鬼哥的反應與預期的不同，他真的很在乎生意，這代表今晚的交易不是假的。既然交易是真，鬼哥若要向培雅告密，也會等貨物轉交之後才透漏，至少確保錢能夠到手，不是落到現在這個局面。

有其他人介入，鬼哥也不知情。獅子判斷。

傳翰認為獅子說的沒錯。那個人會是誰？鬼哥的仇家？至少感覺不是針對培雅，否則何必透漏給她知道，讓她有機會尋回弟弟？現在可以確認的是這人對鬼哥的生意瞭若指掌，可能是鬼哥身邊的親信。

傳翰決定隱瞞這個消息，不讓鬼哥發現有內鬼。現在要採取的行動是讓鬼哥把注意力全部放在自己身上，或許能讓內鬼有機可趁，用力捅鬼哥一刀。沒錯，傳翰決定正式反擊。

「你可以盡量威脅我，公布裸照也沒關係。只要培雅有個萬一，我要你陪葬。」傳翰的威脅如念稿似地平淡。會叫的狗不會咬人，他不必虛張聲勢。因為說到做到。

「哎唷，霸氣喔！劉傳翰，你確定不管她的死活？她知道我們的勾當，如果報警的話事情就很麻煩。不滅口說不過去吧？我本來要天一亮就派人去學校堵她。可是我也不是真的那麼殘忍無情的人，現在給你一個解套的方法。只要照辦，我願意乖乖躲起來避風頭，放過你可愛的小女友。反正我要的只是錢。」

「什麼方法？」

「很簡單，你綁架兩個人，男的女的都可以，但不要老的。生意出包總是要賠罪，我跟買家談好，價碼打折，還額外多送一個人。怎麼樣？用兩個不相關的路人當交換，很划算吧？」

一旦交易成功再反過來滅口，這絕對是鬼哥真正在策劃的。傳翰明白，之所以不斷鎖定要自己幫忙辦事，一是因為鬼哥認為他夠狠，二是只要有狀況，隨時能讓傳翰當替死鬼。如果傳翰這次真的傻傻綁架人，然後再去送貨，說不定會把自己也賠上。

他知道鬼哥不可能放過培雅，滅口是一定的。比起裸照，保全培雅的性命才是首要目標。

「你錯了，有個最簡單的解決辦法。」傳翰拒絕。

鬼哥饒有興趣地問：「說來聽聽。」

「我幹掉你，就什麼事都沒有了。」

「你敢？」鬼哥的尾音上揚，藏不住怒氣與訝異。

「你等著，我會逮到你。」傳翰掛斷。

下定決心了？獅子問。

是啊，本來就是爛命一條。傳翰心想。抱持著與鬼哥同歸於盡的決心，決定豁出去。剷除鬼哥，不再讓他跟底下爪牙對培雅造成威脅，這是傳翰最後能為女孩做的事了。是最後了……

還有我，我會跟你一起。我們一起下地獄。獅子說，它永遠都在。

××××

神祕的地下暗室，單調的聲響如鐘擺不斷重複。培雅纖白的手指沾著果凍狀的血膏，臉蛋沾著點點噴濺的鮮血，蒼白得像被關在冷凍庫整夜。她木然刺出手術刀，直到刀身完全沒入鬼妹體中。

鬼妹的身體殘破，坑坑疤疤，彷彿遭野狗啃咬。鮮血在衣服下擺凝聚，久久之後滴落在地、濺開。培雅彷彿是被灌輸指令的機械，動作不曾停止。一夜下來，雙手染得通紅，指縫積著半凝結的血垢。

姚醫生從陰影中出現。「天亮了，培雅。」

但是培雅恍若未聞，一刀又是一刀，刺向已成爛肉塊的鬼妹。毫無疑問，鬼妹已經死了，身上中了幾百刀，除去頭顱之外再無一處完好。

從後接近的姚醫生按住培雅的肩膀。受驚的培雅猛然轉身，手術刀隨之刺出。姚醫生一把扣住她的手腕，刀尖正好抵在衣上，不足一釐米的距離。培雅的眼神黯淡無光，失去生命的神采，有如死物。

即使姚醫生鬆手，培雅的手仍僵舉在半空沒有收回。姚醫生避過刀尖，站前一步，輕捧著培雅的臉，但是她的面容沒有出現在培雅瞳孔的倒影裡。培雅的視線並無聚焦。

「你做得很好。你成功保護自己還有弟弟的安全。」姚醫生的手指抹過培雅臉上的點點血跡，再往培雅的唇上一擦，恰如鮮紅唇蜜。「記住這個氣味，從今以後，你將與它為伍。」

姚醫生離開良久以後，培雅仍僵站原地。然後，又是很久很久之後，一顆眼淚從她眼裡滾落。她慢慢垂下手，轉身面對渾身濕紅的鬼妹，再度刺出手術刀。

「這邊交給我收拾，你先去清洗。」接著出現的是以豪，他領著培雅到密室的清洗間。「更換的衣服幫你放在裡面。洗完之後上樓準備，我送你回去。姚醫生交待，現在你得保持正常的生活作息，不要讓人起疑。」

以豪替她開燈。培雅進入清洗間，脫下鞋襪，把沾血的衣物丟進塑膠袋裡，赤裸地站在洗手檯前。她凝視鏡子，裡頭的面孔同樣凝望著她。培雅伸出手，撐開五指，半凝結的血液碎塊跟著剝落，掉到洗手檯上。她的手按著鏡子。好冰。

這真的是我嗎？

只是短短一晚，對培雅來說卻如永恆般煎熬而緩慢。好像有什麼從身體剝落，那是看不見但無比珍貴，卻再也不能拾回的重要東西。她轉開水龍頭，用冷水洗臉。透明的水被染成水彩顏料似的紅色，然後慢慢轉淡，變成淺淺的粉紅，落入黑暗的排水孔深處。這些血水是鬼妹的一部分，也是鬼妹再也無法拾回的重要東西，寶貴的生命之液。

原來鬼妹也是，她們兩個在這個夜晚都被迫失去些什麼。

培雅洗淨臉跟雙手，一陣無力感如漩渦般將她拖入無氧的水面。她抱著膝蓋蜷坐，將頭深深埋進膝蓋之間。這一切並非惡夢，全是現實。痠軟的雙手便是證明，她用手術刀將鬼妹當成保麗龍塊似的，捅得千瘡百孔。

她無法不遵照姚醫生的指令，那聲音有股力量令她主動聽從。過於激烈的轉變總是痛苦又令人無法承受。姚醫生昨晚如此說道，就當勉勵培雅。她完全正確，培雅現在痛苦又疲倦，連呼吸都顯得疲乏，只想就地躺下，任憑身體紮根，永遠睡去。

可是不行，還沒有結束。

「這只是開始。」又如姚醫生說的。是的，這只是開始，鬼妹的死不過是個開端，還沒有結束。可是培雅覺得自己似乎隨著鬼妹一起死去了。現在的培雅不是培雅，是另一個人。不然為什麼，鏡中的倒影竟會陌生至此？

這種複雜難辨的感覺是什麼？復仇的快意、解脫？

培雅沖起冷水，冰冷的水溫冷得她牙關打顫。最後培雅蜷著腳指，渾身發抖地擦乾身體，穿上以豪準備的簡便衣物。赤著腳拎起鞋子以及裝有沾血衣服的塑膠袋離開清洗間。除了瀰漫的鐵腥味，密室裡什麼也不剩，鬼妹跟那張椅子、防水布還有手術刀都消失了。

培雅走出偽裝成變電箱的入口，回到停車場。一臺昨夜沒見過的貨車停在入口不遠處。她搭乘電梯直上二樓，電梯打開時，門前正好有個穿著宅急便制服的配送員，那人抱著大尺寸的貨箱在等待。

培雅步出了電梯，面無表情如塊生鐵的配送員便進入電梯，按下樓層鍵。電梯關上。

「那是『收購商』。」以豪向培雅介紹，「你遲早會認識他。」

「現在幾點？」

「正好五點整。」以豪瞥了眼手錶，「上樓叫醒你弟弟，還有把頭髮吹乾。」

「可以……幫我一個忙嗎？」培雅問。

「你說。」

培雅回到房間時，弟弟已經醒來了。他裹在棉被裡，眼睛睜得大大的。看見培雅進來，他試探喚了一聲：「姊姊。」弟弟叫著，好像在確認眼前這個女孩是否真的是培雅。

雖然失去許多，但培雅沒忘記如何扮演一個稱職的姊姊角色。她又像換個人似的，變得有活力許多，暫時拋去剛才如死屍般的無力。

「作惡夢了嗎？還是睡不著？」培雅從衣櫃找到吹風機，坐在床邊吹乾溼透的長髮。

弟弟問：「我可不可以不要回去？我想跟你在一起，姑姑那邊都沒人陪我。我不想下課還要去補習班。」

培雅暫時關掉吹風機，「給姊姊一點時間，我會安排的。這幾天你要乖乖的，好不好？」

「說好了喔。」弟弟很擔心培雅只是哄他。

其實培雅早有計劃，起初是想藉由姚醫生的協助讓自己脫離二姑姑，並把弟弟接過來。卻沒料想到姚醫生的手段如此激烈。培雅就此犯下無法挽回的罪行。她親手虐殺鬼妹。最初的第一刀其實只讓鬼妹失血，沒有死透。但在姚醫生的驅使下，培雅刺進第二刀、第三刀……

既然沒有反悔的餘地，那就這樣吧。如果姚醫生想利用她，那麼她也要利用姚醫生達到目的。她要自立。

「可是我會怕，不敢一個人回家……你來接我好不好？」弟弟哀求。

叩叩。以豪在這時進來房裡，端著一盤水果鮮奶油蛋糕，上面還插著數字蠟燭。弟弟困惑地望著蛋糕，然後看看培雅。培雅擠出笑容：「生日快樂！」

「生日？可是我生日過了……」弟弟一頭霧水。

培雅摸摸弟弟的頭，裝著輕快的語氣說：「姊姊坦白跟你說一件事，你不要怪姊姊。其實你被綁架是我安排的，就像電視的整人節目啊。本來是想幫你補過生日，又給你一個大驚喜。那些綁架你的人都是我的朋友，他們演得太過火了。對不起，都是姊姊不好。」

「真的都是假的嗎？」

「是啊，知道你不喜歡住大姑姑那裡，所以昨天晚上特別讓你在這裡待著。對不起嚇到你了。所以你不用害怕，沒有事的喔！」培雅道歉。為了向弟弟說謊而道歉。安撫弟弟是必須的，事情鬧大只會越漸棘手，讓弟弟相信不過是場鬧劇不失是個方法。何況弟弟現在安然無事，回去大姑姑那裡才有說服力。

培雅補充：「可是如果姑姑她們知道我的朋友這樣亂來，一定會很生氣。我們兩個講好，就說是姊姊幫你過生日，結果時間太晚來不及回家，也忘記聯絡了。好不好？演戲綁架你的事情都不要講，幫忙保密。」

因為明白姑姑們的可怕，弟弟乖乖點頭。「好，我不會跟姑姑說。昨天那個大哥哥也是姊姊的朋友嗎？」

培雅的笑容僵住。

以豪很快地接話：「趕快許願吹蠟燭，不然蠟燭融化要滴到蛋糕上了。」那誘人的鮮奶油蛋糕果然成功吸引弟弟的注意，他閉著眼睛，認真思考願望。培雅用唇語向以豪道謝，後者點頭致意，就像在說小事一樁似的。

培雅不禁慶幸，幸好以豪為了服侍姚醫生所以有固定製作甜點的習慣。水果鮮奶油蛋糕正是儲存在冰箱，本來預計今天要讓姚醫生當下午茶享用的。為了成功騙過弟弟，以豪欣然答應幫忙。

「呼！」許完願的弟弟大口吹氣，蠟燭應聲熄滅。

培雅拍手，「許了什麼願望？」

弟弟直搖頭，「不能說，說了就不會實現。」

「好，那姊姊不問。快吃蛋糕，吃完送你回大姑姑那裡，你今天還是要乖乖去學校哦。」

以豪將蛋糕完美分切，盛了兩塊裝在小盤中，連同叉子一起遞給培雅跟弟弟。他把蛋糕放在桌上，離開前提醒：「最晚半小時後下樓。」

培雅捧著盤子，雖然蛋糕看起來很美味，草莓的香氣新鮮誘人，但她完全沒有食慾。只能乾瞪著蛋糕。弟弟倒是吃得很開心。這樣就足夠了。培雅欣慰地想。

飛快把蛋糕吞下肚的弟弟放下叉子，嘴邊還沾著白色鮮奶油。本來以為弟弟會想再多吃幾塊，但他卻又繼續追問：「大哥哥是不是姊姊的朋友？」

培雅知道弟弟問的是傳翰。這個問題她曾經可以毫不猶豫地回答，但是現在無論選擇是或否都很困難。培雅猶豫，弟弟那對好奇的無辜大眼緊盯不放。

「是啊，是姊姊的朋友。為什麼一直問這個？」培雅回答。不能讓弟弟起疑，我是因為這樣才說是的，培雅心想。

「因為大哥哥很奇怪啊。他一直、一直在哭。」

×××××

端著還剩一半的蛋糕與弟弟下樓時，培雅無法克制去猜測傳翰哭泣的原因、想像他痛哭的模樣。心裡沒來由地一陣酸。為什麼還是這樣在意他？明明就是個虛偽的騙子而已。不值得。

可是，無論培雅腦海裡為傳翰冠上再多的負面形容，仍無法欺騙自己。之所以如此處心積慮要騙過弟弟，是怕弟弟抖出真相之後，姑姑們會報警。然後那個大騙子的處境會很麻煩，將引來警察的緝捕。

就當把欠你的都還清。培雅心想。騙子、大騙子……

二十一、情報商與收購商

一樣的校服、同樣的時間與慣見的人潮，但培雅的心境完全不同。她殺了人，確確實實地殺死人。藏身在進入學校的學生群裡，培雅卻知道就此與身邊同齡的人有了決定性的差異。那股血味，至今依然殘留不散。

守在校門的生教組長看到她，隨即大聲喝斥：「昨天居然敢頂撞我？我要加長你愛校服務的時間。放學準時來學務處報到！」

這種無關痛癢的恫嚇已經對培雅起不了作用。她望著故意鼓起胸肌跟雙臂肌肉的生教組長，簡直像刻意膨脹腮幫子的牛蛙，很是滑稽。偏偏不少學生都怕這套，面對握有任意處罰權力的師長，學生即使想大鬧也得等到事後，當下只有被碾壓的份。

幸好，培雅不再是培雅。她筆直望進那對粗魯的眸子。粗人就是粗人，看臉就知道了。

生教組長被培雅看得發毛，煩躁地擺手：「還不趕快進教室，遲到小心記你警告啊！」

警告？那是什麼？最多就是退學，很嚴重嗎？跟丟了小命相比，真的不足一提。

「你要裝得跟平常一樣，不能讓人懷疑。」她想起以豪的提醒。想來也是，現在不是讓人察覺異狀的時候。

鬼妹的失蹤早晚會被發現，幸好她平常就和不良分子廝混，糾纏不清，被認定是逃家也是合情合理。培雅只需要乖乖偽裝等風波過去就行了。幸好人們都是健忘的，時間一久，不會有人繼續在意鬼妹的下落。

鬼妹再也不會出現在學校或任何一處教室。少了帶頭的鬼妹，同學會產生什麼樣的變化？嘗試思考的培雅很快作罷。這個問題沒有意義，同學無論死活都不重要。過去他們冷眼旁觀，未來會怎麼樣也無所謂。最糟糕的，培雅早已全數經歷。

她轉往教室。生教組長竟然有鬆一口氣的解脫感，剛才與培雅四目交會的瞬間，竟產生與某種危險的存在對峙的威脅感。

教室依然是教室，無論是同學或鬼妹的親信都還沒發現她的失蹤。培雅依慣例默背單字，度過久違安寧的早自習。第一堂課的老師雖然發現鬼妹沒有出席，卻不是太關心的樣子，畢竟不是升學取向的班級。正如培雅盤算的，老師早就知道鬼妹跟小混混來往甚密，即使她一時蹺課也不會令人感到意外。

少去鬼妹，教室的氣氛變得輕鬆。原來過去是因為受制於她所以同學們小心翼翼，深怕被鬼妹看不順眼，落得跟培雅同樣被欺負的下場。現在，他們可以放肆歡笑。

平靜的一天，平靜地迎來放學鐘響。

培雅背著書包來到學務處。座位上的生教組長翹著腳，連續點著滑鼠，整張臉幾乎要貼到電腦螢幕上。她站到桌前，分心的生教組長終於察覺到她的出現。「不是要你準時的嗎？現在都幾點了？」

培雅採取的對策很簡單，沉默。保持沉默。彷彿現在她並不實際存在於此，只有空殼遺留下來。

生教組長喝口茶潤喉，開始長篇大論的碎念。直到被來訪的校長打斷。生教組長眼看主子出現，立刻閉嘴，忠犬般著急上前迎接。

「校長，有何貴幹？還沒休息啊！」生教組長熱情地招呼，宏亮的聲音響遍整個處室。

「在忙什麼？時間快到啦，如果耽擱要怎麼辦？」校長指了指手腕的金錶，少了傲慢，多出幾分焦躁。

生教組長深怕得罪校長，不斷點頭道歉：「我在處理學生事務，不小心就忘記了時間。」校長聞言往學務處瞄了一眼，隨即瞭然。「現在的學生不懂尊師重道也不受教，完全不比我們當年。」

「是啊是啊！」生教組長陪笑，湊到校長耳邊低聲說話。

培雅隱約聽見兩人交談的內容。「這次有好好挑選吧？上次那個根本不行，來了根本不一樣，還有體臭。」

「我掛保證，這次絕對沒問題。我再三確認才打電話的，如果再亂派我就撻他們出去。校長您放一百二十個心！」生教組長猥瑣賊笑，與校長一前一後踏出學務處。他突然想到培雅還在，便回頭草率吩咐：「你在這裡罰站到六點才准走。明天同一時間過來報到。」

兩人遠去。培雅木然罰站，等到處室內的所有老師都離開之後。她像突然活起來似地，繞到生教組長的辦公桌前，點開電腦的瀏覽器。生教組長離開得匆忙，還沒刪除掉瀏覽紀錄。

她點開那名稱詭異的網站。網頁陳列一張張年輕女性的大頭照，點選進去後有更多搔首弄姿的照片，詳細資料註明三圍跟年齡。

看到這裡，培雅弄懂生教組長與校長為什麼如此心急，不免冷哼。離規定的六點尚有一段時間，培雅大方離開，她知道愛校服務就此結束了。除非生教組長希望全校發現他在外買春。

×××××

培雅回到姚醫生的私人診所時，有陌生的訪客。

那是一個身穿西裝梳著旁分油頭，氣質如英國紳士的男人。他拿著銀色小湯匙，把一顆又一顆的方糖加進面前的黑咖啡。

姚醫生坐在單人沙發，優雅地喝著紅茶。桌面當然少不了以豪精心準備的甜點。至於以豪，則站在姚醫生身邊，手裡端著陶瓷花紋茶壺。他剛替姚醫生斟完茶。

「姚醫生，你找我？」培雅問。

「來吧，這裡坐下。」姚醫生指著一邊的沙發空位。培雅依言坐下。

正好位在西裝紳士的對面。對方抬起頭端詳培雅，眼睛微微瞪大，展露更深的笑意，加深的魚尾紋恰如烏鴉腳印。

西裝紳士微微點頭，又繼續往杯裡扔方糖。杯中滿滿的全是白色的方塊物，幾顆半溶化的糖塊在咖啡液裡載浮載沉，但西裝紳士沒有停手的意思。看起來簡直在玩耍似地。

剛才西裝紳士瞬間的反應令培雅起疑。也許是她多心，但這個人似乎認得她？

姚醫生向培雅介紹：「這是大衛杜夫。他是個情報商，無論任何情報他都可以弄到手。」

「前提是報酬要令我滿意。」大衛杜夫強調，拿起咖啡喝了一口。培雅不禁想像那滿是方糖的咖啡究竟有多甜。但大衛杜夫面不改色，甚至拿起小湯匙，繼續往杯裡添入糖。

「你現在還用不到他，不過合作是遲早的事。」姚醫生說。

合作。培雅心裡有底。

大衛杜夫又喝了口咖啡，這次點點頭，終於滿意甜度。他啜了幾口，從西裝外套的內袋裡拿出一支手機。銀灰色的，非常老舊的款式，只有傳統的按鍵沒有觸控螢幕。體積僅有掌心大小。

「手機存有我的號碼，背起來後刪除。」大衛杜夫將手機放在桌面，推給培雅。

這款手機對用慣智慧型手機的培雅來說有些陌生。她生疏地摸索，找到通訊錄，卻發現裡面有兩個聯絡人資料。

「哪一個才是你？」培雅問。

大衛杜夫故意裝作恍然大悟地拍著額頭，「忘記我把收購商的電話也輸入進去了。數字九結尾的那串號碼是我。收購商的也背下來，一起刪除。」

培雅飛快瞄過兩串號碼，迅速強記。然後按下刪除鍵。

「很好。」大衛杜夫點點頭。隨手抓起一塊方糖扔入嘴裡。他咀嚼幾口，便將糖吞嚥下肚，一面拿著手帕擦拭沾著糖屑的手指，一面詢問姚醫生：「她認識收購商了嗎？」

「我有見過。他收購的是什麼東西？」培雅問。那天收購商抱著的大箱子令人不禁起疑。

「收購商專門帶走不會呼吸的肉塊。」大衛杜夫回答。

「你指的是……」

大衛杜夫啪地一聲彈著手指，彈指聲響亮得彷彿爆竹引爆。「沒錯，就是屍體。注意不要跟大體這個詞混淆，免得讓容易敏感的人跳腳。平凡的人之所以平凡，就是因為只能用心在跳蚤般的小事上，還自以為背負糾正世界一切錯誤的重責大任，實在無趣得令人感到悲哀。」

培雅明白鬼妹屍體的去向了。她曾經考慮過要如何把屍體隱藏起來，但姚醫生只叫她別擔心會有人妥善處理。原來收購商來訪不是單純收貨送貨，是負責銷毀屍體。

「只要你撥一通電話給收購商，講清楚屍體的數量還有地點，他們就會盡責地趕到。無須支付任何費用，屍體就是報酬。記住，活的不收。在收購商抵達之前記得要確認真的死透、不會呼吸也不會動了。還有，要聯絡收購商記得響鈴三次後掛掉，然後再次重撥。不然打到死都不會有人接聽。」

姚醫生補充：「收購商一律穿著宅急便的制服。如果到場的人衣著不對，你有兩個選擇，一是逃跑，二是殺了對方。雖然我沒聽說過有人會偽裝成收購商的。」

「為什麼沒有？」

「收購商太神祕。」大衛杜夫解釋，「沒人知道他們從哪發跡、背後有什麼勢力撐腰。也查不出成員資料，每個收購商都是經過挑選的，過去經歷全是空白。」

大衛杜夫以「過去經歷全是空白」作結之後，姚醫生回頭，與隨侍在側的以豪相視，不約而同露出會心微笑。那是兩人之間才懂的默契。而培雅不明白。

「只要是被收購商帶走的，就會完全消失。不會留下一點證據。」姚醫生輕聲補充。

「熱心好用的清道夫。」大衛杜夫下了評語。

×××××

待培雅離開，大衛杜夫愜意地翹起二郎腿，衝著姚醫生不斷搖頭：「你實在太壞心了。」不過語氣卻非譴責，更像讚賞，「她是張霖青的女兒？」

「沒錯。你調查過？」

「不必特地調查。命案的消息一傳出，記者就像聞到屎臭的蒼蠅自動飛來。採訪培雅的片段沒打馬賽克，所以我認得她。我沒想到她會跟在你身邊。你向她透露父親是怎麼死的，藉此收編？」大衛杜夫猜測，與姚醫生彷彿牌桌上的兩名玩家。

「沒有，她還不知情。以為父親是無辜被殺。」原來姚醫生知道真相。

「沒有人是無辜的。」大衛杜夫聳聳肩，「她的父親跟無辜更是扯不上邊。」

「那麼，我那親愛的個案、培雅的殺父兇手最近過得怎麼樣？」姚醫生的語氣像在關懷久未相會的友人。她與兇手的糾葛不是三言兩語可以交待完畢，那得要追溯到好多年前，在她還沒被人稱呼為姚醫生之前就認識那名兇手了。

與培雅就讀學校的輔導處合作並非偶然，是姚醫生一手安排。這個名叫姚可麟的女人自有盤算，想親眼瞧瞧痛失父親的女孩會變成什麼樣子。更渴望將這女孩形塑成她腦內藍圖的模樣。她干預的不單是培雅的人生。

走投無路的女孩準確跳進她編織的密網，就此成囚。

這樣的姚醫生該歸於惡嗎？不，在她的認知中沒有善惡之分，有的只是隨心所欲。恣意妄為是姚可麟與生俱來的天性。

「託你的福，依然愉快地在獵殺傑克會。」大衛杜夫再次彈響手指。這是習慣。

「你的安排真是惡毒，讓我期待培雅發現真相的那一天。她要如何面對父親犯下的過錯，以及無法回頭的自己？」

「就讓我們拭目以待囉。」姚醫生笑。大衛杜夫亦如是。

××××

回房的培雅發著呆，直到敲門聲把她從空白的思緒拉回。她前去應門，在外頭的是以豪。

「我可以進去嗎？或是你偏好在門邊說話？」以豪問。

「請進。」培雅開門讓他進房。

以豪手拿裝著鮮豔粉紅色保護殼的手機。這東西與他的氣質明顯不符。他把手機遞給培雅：「這是鬼妹的手機。你可以從臉書或 Line 的好友名單找出鬼妹的那些同夥嗎？」

培雅手指滑動，瀏覽好友名單。雖然照片經過修圖，但她還是能依著印象以及暱稱分辨出其中幾人。她發現鬼哥也在其中，還傳來好幾則未讀訊息。他是否已發現鬼妹失蹤？

「你先選幾個，冒充鬼妹把他們騙出來。」以豪指示。

培雅遲疑地問：「只有鬼妹還不夠嗎？」

「姚醫生說過，那是開始而非結束。我會在旁邊協助你，如果你下不了手就交給我。現在你得學會讓他們上當。」

培雅想起昨晚，一刀又一刀刺著鬼妹，那濃郁得令人頭昏的血腥味跟沾滿雙手的鮮血，以及著魔似無法停手的自己，她忽然反胃得想要嘔吐。

「我聽姚醫生提過他們施加在你身上的種種作為，很殘忍。也聽她說過你的善良。只有善良是不夠的，有時候會變成累贅。放過他們只會讓更多像你一樣的人受害，他們還是會成群結黨到處惹事。只除去鬼妹真的不夠。姚醫生說過，這些人是一體的，必須完整拔去。」

「為什麼……你這麼聽姚醫生的話？」其實培雅真正想問的是，以豪對姚醫生抱持著的是什麼樣的情感？培雅察覺到以豪爽朗的外表下，藏著無法言喻的恐怖極端。

以豪不假思索地回答：「因為姚醫生是我的全部。她選中你，現在我們就是生命共同體。我會協助你。」

不留給培雅拒絕的空間，以豪催促：「現在，開始行動吧。我會陪著你。」

二十二、狩獵後的新月耀眼得無法直視

培雅瀏覽對話紀錄，目的是抓出鬼妹的用字規律。雖然聊天內容粗俗無聊，閱讀起來比強背物理公式還要痛苦，培雅還是耐著性子看完。另外有好幾則鬼哥傳來的未讀訊息，但他還不是目標對象，所以培雅暫且跳過。

她發現鬼妹不只一次提到「糖果」，格外好奇那東西的真面目。她不認為那真的會是棒棒糖之類的可愛玩意。以豪猜測：「我想那是毒品，也許她以毒品控制人幫她辦事。」

這樣就說得通了，否則鬼妹當初不會這麼輕易讓成群的小混混聽她的號令，尤其是培雅被強押到泳池的那天，幾乎是鬼妹說什麼那些混混就聽命照做。那不堪的回憶令培雅倍感屈辱，決定從這些人優先下手，立刻選出當天參與的幾個小混混。

模仿鬼妹的口氣以及慣用字詞，培雅向這些人提出邀請。要引誘出這些目中無人又沒有太多心機的傢伙並非難事。他們看到訊息後很快就答應了，不少人殷切詢問這次赴約是否可以拿到糖果？培雅將計就計，允諾一定會提供。

只有少少的人關心鬼妹今天為什麼沒有出現。培雅看著都為她感到悲哀，平常在學校當大姐頭被眾人擁戴不過是虛幻的假象。

「約定的時間要錯開，才有空檔分別處理。」以豪提醒。培雅遵從他的建議，分別訂下見面時間。

前置步驟完成之後，她換上以豪準備的輕便服裝。以黑色為主，是市面常見的款式。連帽外套、排汗上衣跟壓縮褲、跑鞋。全套穿齊就像外出運動的路人。

「方便辦事，又不容易引人注意。」以豪也換好裝。他將連帽外套的拉鍊拉至頸部，戴上棒球帽。接著將電擊棒交到培雅手裡。「這你應該很熟悉了。」

培雅接過，略沉的塑膠觸感入手。她謹慎地放進外套口袋，與以豪一同搭乘電梯下樓到停車場，鑽進夜間行動專用的黑色汽車。一路上兩人鮮少交談，培雅感受著口袋中電擊棒下沉的重量。

約定的地點是河堤，正好是鬼妹昨天約培雅單獨見面的地方。其實在接到鬼妹的電話之後，決定反擊的培雅便聯絡姚醫生。姚醫生派以豪到河堤邊埋伏，並預先交給培雅準備好的小禮物——就是那將鬼妹電昏的電擊棒。

那是一個相當理想的地點，只要遠離球場就不會有人經過。加上天冷，外出運動的人更少。

車子停在河堤一隅。後座的培雅使用鬼妹的手機，不時確認是否有新訊息。鬼哥這時又傳來訊息，從簡略的預覽畫面只看到大致字詞。「掀牌」「生意」「兩倍」「傳翰」。看到傳翰的名字跳出來時，培雅眉頭微皺。這些內容與傳翰有關，不知道是好是壞？她猶豫著該不該點開，既抗拒卻又擔心。

「來了。」以豪呼喚，打斷她的猶豫。

兩個少年往這裡走來，是學校有名的小混混金髮男跟紫髮男，其中一個在鬼妹押培雅去西棟廁所時，曾經吃過她的豆腐，肆無忌憚地對培雅的胸部出手。在泳池強脫培雅的衣服時，這兩人更是鬼妹的得力手下。

他們背著沒裝課本的乾癟書包，穿著臃腫的羽絨外套，看起來像是米其林輪胎人。培雅驚覺他們其實很瘦弱，雖然穿著外套讓體積脹大幾分，但藏不住底下那沒有多餘肌肉的身體，一雙腿裹在刻意改過的窄管褲中更是瘦如竹竿。

過去培雅總以為這些小混混的身影很巨大，現在終於發現是盲目的恐懼使然，才令這些瘦如潑猴的傢伙看起來危險如獅子。也可能是因為這些人總是成群行動，佔有人數優勢，才會留下似乎很巨大的錯誤印象。

培雅嗤之以鼻，修正評價。在歷經恐懼與憤怒、恨意交織的複雜情緒之後，終於看清這一切，更覺得這些人是如此面目可憎。就憑這種貨色也敢胡作非為？沒錯，只除去鬼妹根本不夠……

河堤吹颳著潮濕的風。逐步踏入陷阱的兩個少年渾然不覺，一面談笑一面刻意甩著頭，將遮住視線的瀏海甩開，彷彿洗髮精廣告的女明星。但他們的髮質粗糙得慘不忍睹，臉色更是蠟黃又滿布暗瘡。

「有兩個人，我沒辦法同時制伏。」培雅掏出電擊棒作準備。

「不要緊，照原訂計畫。你解決最接近車門的那個，另一個我處理。」以豪挪動位置到副駕駛座，輕輕打開車門，藉著風聲掩護將車門帶上，然後繞到車後。

少年來到車門邊。紫髮男敲敲車窗，還把臉貼在窗前作鬼臉。車窗貼有黑色隔熱紙，尤其車內沒有開燈，他們更是看不清另一側的培雅。

車窗緩緩搖下。

「很大牌喔，還躲在車裡面。」紫髮男調侃。一隻手快速從還未完全開啟的車窗縫隙探出。伴隨著依稀電光，紫髮男雙眼暴突，還來不及慘呼便就地倒下。

搞不清楚狀況的金髮男踢了踢倒地的紫髮男，「不要演了啦，快起來。喂。」話剛說完，金髮男隨即被撲倒，雙手給壓制在身後。

突襲的以豪同樣拿著電擊棒，沒有施予電擊而是用來猛擊金髮男的下巴，敲得他頭昏。隨後便使用麻繩迅速纏繞金髮男的手腕，再拿出膠帶貼住金髮男的眼睛以及嘴巴。

那一頭毛燥金髮被膠帶重重纏繞，只剩部份髮絲穿出膠帶的間隙，像跑出鼻孔的金色鼻毛。金髮男發出嗯嗯嗚嗚的怪聲，似乎在哭。即使隔著厚外套仍可見胸膛劇烈起伏，急促而沉重的呼吸彷彿溺水之人好不容易浮上水面、在激烈爭取氧氣似的。

蜷伏在草地的金髮男當然沒有溺水的可能。不過落入以豪跟培雅的手裡，或許會令他的下場比溺斃更加慘烈。

將紫髮男同樣以麻繩還有膠帶束縛之後，以豪把捕捉到的兩名少年扔進後車廂，看起來就像在自家巷口等待垃圾車到來，然後把清理出來的垃圾扔進去似的。

「你做得很好，下一個也這樣處理。不用擔心失手，我隨時在注意。」以豪又繞到車的另一側，神不知鬼不覺地埋伏。

培雅握著電擊棒的指尖正在發冷，逐漸失去知覺。可是不會緊張，純粹是因為天冷的關係吧。處理鬼妹明明是昨天的事，現在卻令培雅覺得好遙遠。她閉眼回憶，回到那間地下室。不止的哭叫與失禁的尿騷味、汙血的腥臭……一切慢慢鮮明起來，彷彿就地重現。她的手指虛握幾次，確認電擊棒的觸感，重回昨日的虐殺狀態。

她忍受得夠久了，忍得差點害自己送命還賠上無辜的弟弟。真的，夠久了。她按下按鈕，漠然凝視閃爍的電光。對於該怎麼處理後車廂的小混混，突然有了主意。

「密室的水槽可以使用嗎？」她搖下車窗詢問以豪。那是上次洗去血跡時看到的，就在清洗間。那與其說是水槽，不如說是浴池更貼切，可以同時容納三人都不成問題。

「當然可以。全憑你的喜好處置。」

太好了。培雅心想，坐回原位等待其他獵物上鉤。但是有一件事令她越來越在意，無法撇開不想。培雅深呼吸幾次，似乎在懊惱著。最後她妥協，點開鬼哥傳來的訊息。

「怎麼不接電話？」「搞失蹤啊你。」「傳翰翻臉，嗆說要幹掉我。」「我叫人去堵他了。」「這次抓到一定讓他死，不能留。」「你叫你那些同學也去找人，看到通知我。」「看到訊息回我。不乖就不給糖。」

傳翰有危險。這是培雅看完後的第一個念頭，難忍地心慌起來。就連對傻傻前來赴約的小混混下手都沒有如此緊張。雖然不斷否認又壓抑不去想，但培雅還是明白的，自己仍然在乎著傳翰。非常非常在意。該通知他？可是還沒有原諒他吧……要怎麼開口才好？

手機跳出收到訊息的通知音效，是獵物之一。那獵物問鬼妹人在河堤的什麼地方。培雅只能迅速回覆，再度專注在這次的誘捕。

反正傳翰不需要我吧，他跟鬼哥認識這麼久，再笨也知道要提防。而且他還有那個女生。吃味的培雅突然自暴自棄，下手越加凶狠，電昏獵物之後沒有立即收手，而是要置對方於死地般持續電擊。

「還不是殺掉的時候。」以豪制止。培雅又多按了幾下才不甘願地罷手。

當後車廂與後座終於塞滿人之後，以豪與培雅返回姚醫生的私人診所。整棟華廈屬於姚醫生一人所有，除去以豪跟培雅再也沒有多餘外人，不必小心翼翼遮掩。

以豪打開後車廂蓋，裡頭被電昏的兩人已經清醒，如蛆蟲不斷掙扎蠕動，就像打開裝著釣魚活餌的盒子似的。他分別扛起後暫時扔在地上，再從後座拖出剩餘的三人。

這次總共捕捉到五名小混混，暫時夠培雅使用了。

她找來推車，跟以豪協力把獵物安置在車上，然後帶進配電室，從祕密入口將他們運往地底密室。五個小混混被扔在密室角落，不必擔心他們有機會逃脫。要掙開緊密綁死的繩索不容易，何況室內空無一物，即使他們順利除去繩索也無法施予反擊。更不可能報警或對外求救，手機早就被培雅一一扔進河裡。

「今天先這樣，姚醫生有事找你。她想是時候談談你落腳處的問題了。」以豪走向出口，培雅緊接跟上。

最後離開前她回頭望著密室，現在與這五個小混混為伴的，除了同樣淪為獵物的彼此，就剩密室的黑暗還有足以將人吞噬的恐懼。

××××

狩獵日之後。

原來離開二姑姑家已經有三天之久，培雅沒有察覺到時間流逝。今天她終於返回，同行的還有姚醫生跟以豪。

姚醫生的突然來訪，是讓培雅脫離囚籠的必要手段。

以豪穿著喀什米爾羊毛針織衫，內搭白色襯衫，配上卡其色斜紋褲與棕色皮鞋。雖然沒近視，但特地配戴無度數的眼鏡。姚醫生的穿著風格亦是相同。培雅不禁好奇，是他特地選擇與姚醫生相似的裝扮，又或者根本是負責打理一切的以豪替姚醫生挑選的衣服呢？

培雅沒有事先知會，因為不想提早聽見二姑姑的聲音。二姑姑果然措手不及，正要責罵培雅為什麼自作主張時，姚醫生率先遞出名片堵住她的嘴。二姑姑仔細瀏覽名片上的頭銜，越加不明白姚醫生的來意。

「我能坐下嗎？」姚醫生客氣地問，那股看似溫和實則掌握全局的氣場令姑姑只能點頭稱好。姚醫生拉順裙子後坐下。以豪一如往常站在沙發後，那是他守護姚醫生的專屬位子。

「你是醫生？培雅她是生病還是惹事？」二姑姑尖銳地詢問，對培雅投以不友善的目光。培雅毫不迴避與之對視，惹得二姑姑相當不開心。

「都不是。我目前有一項計畫正在進行，是為中研院作生物科技研發。因緣際會之下我認識培雅。我覺得她資質很好。不希望埋沒她的天份，所以希望可以帶她在身邊，跟著我一起作研究。」姚醫生的說詞當然是假，全是咬定二姑姑會吃這套。

「研究？那不是需要很高的學問嗎？培雅她才國中怎麼可能勝任？」二姑姑目瞪口呆，但看得出已經動搖了。

「她的確年紀還小，可是不要小看她的潛力。我會讓她邊看邊學，她一定會成長得很快。希望你可以答應讓培雅待在我的機構，所有開銷都由我負責，會持續資助到她大學畢業。當然，大學指的是國外的學校，我計畫要讓她出國。」

二姑姑都聽傻了。怎麼這個礙眼的姪女會認識這麼厲害的人物？名片一長串的頭銜，個個看起來都很厲害，二姑姑雖然似懂非懂，但中研院是一定聽過的。這個姚醫生也不像在詐騙。二姑姑畢竟識貨，先不談一身衣物，光是她配戴的飾品，那驚人的價位即使二姑姑領有不愁吃穿的月退俸也買不下手。

還有這股氣場，二姑姑在公家機關打滾多年，見識過多少官員。這女人看起來恬淡自若，蘊含的威勢卻更勝那些長官。在中研院一定是有頭有臉的人物。培雅不僅認識這樣的厲害角色，對方還對她讚譽有加？二姑姑真的傻了。

碰巧，二姑丈在這時返家。他脫下西裝外套，一邊走進客廳。「有客人？培雅回來了？」

因為姑丈的呼喚，培雅感到難忍的厭煩。她從沒忘記姑丈過去的毛手毛腳跟貪婪目光。

姚醫生點頭致意。姑丈客套地還以笑容，在二姑姑身邊坐下。經過二姑姑的解釋之後，姑丈大致了解情況。他為難地說：「但這樣會不會太麻煩你了？」

「不，完全不會。我這邊的資源很充足，培雅不會造成我們任何困擾。」姚醫生回答。

「那培雅你覺得呢？其實待在我們這邊也不錯吧？」姑丈居然想要挽留。

怎麼可能會不錯。培雅心想，連開口回答都不願意，只有搖頭。

「跟著姚醫生也很好啊，人家是中研院的。霖青是師大出身，在有名的私立小學當老師，然後女兒在中研院工作，這就叫青出於藍！」二姑姑說得熱烈，彷彿中了頭獎。雖然與她無關，卻好像她才是被姚醫生選中似的，莫名其妙自豪起來。也許是認為又多了一項可以跟人說嘴的事蹟。

「真是太可惜，姑丈一直把你當親生女兒看待，現在突然要走還真捨不得。」姑丈來到培雅面前，雙手搭在她的肩上。像模仿日劇中長輩為年輕人打氣般鼓舞培雅。但是培雅察覺得到話裡的言不由衷。她撥開姑丈緊捏不放的手，像在迴避瘟疫傳染源似地後退。

自討沒趣的姑丈摸摸鼻子，轉向姚醫生。他伸出雙手，「培雅就麻煩你了，她如果有任何情況都跟我們說。培雅也可以隨時回來，這裡永遠是她的家。」

如果不是知道姑丈的實際為人，這番話恐怕令人動容。但培雅已經嚐盡姑丈的虛偽，姚醫生對於姑丈的作為亦略知一二。但姚醫生還是禮貌性與姑丈握手，姑丈握得過份用力，緊緊把姚醫生柔嫩的手抓在掌心。

噁心。培雅想吐，直想衝上前賞姑丈一巴掌，但她不會蠢得輕舉妄動，姚醫生自然會處理。

「咳。」以豪乾咳幾聲，暗示姑丈自重。但姑丈擺明不理。姚醫生技巧性抽回手，姑丈驚訝瞪眼，沒料到她的手如此滑溜，恰如上好綢緞光滑。

「放心把培雅交給我吧。培雅，去收拾行李，我在這等你。」姚醫生溫聲說。

「我沒有什麼要帶走的。」培雅甚至希望可以把所有關於二姑姑家的回憶都就此扔下。

「那我們走吧。」姚醫生再次點頭致意，領著培雅還有以豪離開。姑丈熱情送他們下樓，途中不斷試圖與姚醫生攀談。姚醫生始終掛著恬淡微笑，不發一語走著，直到以豪打開車門，送她上車。

坐在副駕駛座的培雅有一種不真實的茫然感。脫離二姑姑的掌握是長久以來的奢望，現在突然獲得夢寐以求的自由，令她無法掌握實際狀況。沒想到這麼輕易就離開了這座囚籠。

以豪突然踩下煞車，整個人探向後座，心急地拉起姚醫生的手，從手中的塑膠小瓶倒了些透明液體在姚醫生手上，車內立刻充滿那液體略微刺鼻的氣味。聞起來是消毒酒精。

「你跟誰學會這個的？我可不記得你有嚴重潔癖。」姚醫生笑彎了眼，有股面對寵物撒嬌似的無奈。

以豪仔細地為姚醫生擦抹著酒精，挾著怒氣回應：「那個人的手太髒，不該碰你。」

姚醫生莞爾不已。「傻瓜。」

完全被無視的培雅啞然無語，識相地看向車窗外，假裝什麼都沒看見沒聽到。今晚的月色似乎太亮了些。這兩人之間的互動，真是甜蜜得令人忌妒。

真的是太耀眼了，無法直視。

二十三、等待獵人上門的野獸

培雅獨自走下通往密室的階梯，進入陰暗的地底。密室中的黑暗濃密而厚重，彷彿可以將人吞噬——

這終究是錯覺罷了。

不過如同獨自深入黑暗，培雅正把自己推向另一個極端：她殺人，從此再沒有回頭路。培雅緩慢踏出步伐，任由黑暗伸出指爪搔刮著、任它的舌頭舔舐。

就她的印象，密室極其空曠，不必擔心會撞著受傷。現在唯一有可能會碰上的，只有被擄來的五個小混混。那些「親愛的」同校學生，他們絕對不曾設想過會落得這樣的境地吧。就像鬼妹直到斷氣前都還沒搞清楚狀況，只會傻傻尖叫，或浪費剩餘的力氣咒罵。

是的，鬼妹沒有搞清楚，落入陷阱之後只能成囚，任憑蹂躪。

摸黑前進的培雅終於踢到柔軟的肉體，觸發一聲悶哼。聽聲音或許是紫髮男或是金髮男？同時，突來的亮光令培雅反射性地伸手遮擋。密室的燈開啟了，寬闊的空間與經過特殊處理的隔音牆一覽無遺，還有五個被繩索重重纏繞，僵直如木乃伊的小混混。他們不敢動彈，不安地注意周邊環境的變化。

開燈的是神不知鬼不覺現身的以豪，他對培雅點頭，像鎖定寶藏位置的尋寶人，筆直走向密室一角。他招手，示意培雅過去。

在培雅走至足以看清楚的距離之後，以豪掀開地板。下方藏有儲物空間，放著各式工具：鐵鎚、鋸子、鐵鉤、繩索、鐵枷……

「這棟大樓的機關真多。」培雅說。從地下密室到樓層的密碼入口跟防彈門，這些只是培雅看過的，另外不知道還藏有多少祕密。

「必要的措施。」以豪平淡地表示，「需要什麼都可以自由取用。如果要切割類的，在那邊。」他指著對角線方向的角落，那裡的地板下另有儲藏處。

培雅需要的工具不多，只拿走鐵鉤跟一把剪刀。選用鐵鉤是為了方便把五個小混混拖行至清洗間。培雅清點人數：紫髮男與金髮男，還有兩個同班的女同學，她倆都是鬼妹的心腹，總是與鬼妹形影不離，當然會是優先處理目標。最後一個是誰不重要，總之該死。

以豪也幫忙搬運，他扛起紫髮男，率先走向清洗間。

被培雅拖行在地的金髮男很不安分，像火燒的毛毛蟲不停蠕動。培雅停下，像是好心要幫忙踏熄燃起的火焰般，一再踩踏金髮男的臉，直到他臉頰瘀青、鼻樑歪斜並流出鮮紅鼻血。

雖然金髮男不停悶哼，但至少乖乖不敢亂動了，這讓培雅的搬運作業順暢許多。鬼妹的兩個心腹本來也不乖，可是培雅教她們學會安分。

「不要亂動。」培雅揮動鐵鉤，往其中一人砸落。那女學生因為疼痛縮成一團，發不出的尖叫悶在嘴裡。封嘴的膠帶實在好用。

把五個小混混帶往清洗間花去不少時間。培雅抹掉汗珠，前置的準備還沒結束。她轉開水槽的出水口，激烈的水柱傾注，濺起白色的破碎水花。水槽容量極大，沒有一時半刻不會儲滿。現在只能等待。

擔任協助者的以豪也在一邊等候。他不介意彼此保持沉默。在培雅的印象裡，他謹慎又富有耐心，總將事情安排得恰到好處，是姚醫生最得力的左右手。

「為什麼姚醫生對你這麼重要？」培雅問出連日來的疑惑。

「你記得那天大衛杜夫來訪時，他提到過去經歷全是空白這句話嗎？我差不多就是那樣的人。我在孤兒院長大，那不是什麼慈善機構。院長那幫人特地收養沒有登記資料的棄嬰，目的是器官買賣。

「沒有被登記代表不存在，像是幽靈。為了節省成本，院方只讓孩子維持在最低的存活標準，可以讓器官正常發育、孩子不會餓死就好。我還記得，那時候晚上常睡不著，即使入睡也總是被餓醒。」

「你？」培雅很驚訝。

「我也是其中之一。如果不是姚醫生，你剛才就得一個人搬運了。我可能會失去眼角膜跟腎臟，還有其他被看中的器官。如果被摘除後留下一條小命，可能還會被輾轉賣到奇怪的地方。總之，下場會很糟糕。」以豪聳肩。

真是驚人的遭遇，也難怪姚醫生對以豪如此重要。培雅可以理解。「我弟遇過類似的事。他被綁架，差一點被賣掉。」

「那天送你弟弟到車站的人救了他？」

培雅哀傷地搖頭。「不算是。」

以豪沒有追問，也許是看出培雅的表情變化。這樣也好，培雅不想多談，卻無法克制去在意鬼哥要對付傳翰這件事情。有鬼妹當例子，培雅相信鬼哥本人絕對更是陰險狡詐，傳翰能順利躲過他的暗算嗎？

「你有很多心事。如果負荷不住可以跟姚醫生說。她會幫你。」以豪表示。「水快滿了。」

培雅注視激起無數細密漣漪的水面。這樣的水位足夠高了。她關掉出水口，開始挑選第一個對象。紫髮男跟金髮男是首選，金髮男的優先度又勝於紫髮男。培雅不會忘記在泳池那天，他趁亂襲擊她的私處。第一個非他莫屬。

她抓住金髮男的衣領，雖然金髮男身材如瘦皮猴，但重量不輕。培雅吃力地將他推入水槽。濺起的水花濕了培雅的衣袖跟下擺。

水槽的高度雖然有限，但對手腳還有眼鼻都被纏住的金髮男來說，卻是難以跨越的高牆。他如孑孓般拚命彈動身體，試圖讓鼻子露出水面吸取氧氣。

培雅像觀賞動物園海豚秀的遊客，望著載浮載沉的金髮男。

這是她的突發奇想，但不確定是否真的能讓人溺斃。就算沒死也無妨，培雅多得是時間，可以進行各種嘗試。目前效果看來不錯，金髮男非常、非常痛苦。這種遭遇培雅體會過，她曾經被鬼妹強按入水，差點喪命。

那一天實在發生太多事情。鬼妹會後悔沒有真正痛下殺手嗎？都無所謂了，死人沒有後悔的權利。但是培雅的復仇正要展開。

她想起班導那一票師長的嘴臉。即使培雅險些送命，他們卻一心只想息事寧人，以校譽為藉口，實則計畫躲掉大眾的撻伐與譴責。乾脆處理完鬼妹的黨羽之後，就朝這些令人發自內心敬愛的師長們出手吧。

反正，沒有回頭路了。

培雅把剩下的人陸陸續續扔進水槽，途中以豪想要幫忙，但她婉拒。「這是我的課題。」

「你進步得很快，彷彿脫胎換骨。」以豪稱讚。現在的培雅少去生嫩且不必要的猶豫，變得相當果斷。

「我只是無法原諒他們對我作過的事。」培雅手邊的動作不停。紫髮男像被傾倒的垃圾，噗通一聲落入水中。

「那麼我先上樓，需要的話隨時叫我。我都在。」以豪離去。

培雅遠離水槽，遠遠看著。因為小混混的激烈掙扎，水花四濺，清洗間的地面滿是大小水窪。

第一個被扔下去的金髮男動作幅度越來越小，已經沉入水中，偶爾會抽動幾下。鬼妹的兩個心腹則纏在一塊，其中一個壓在另外一個身上，藉此讓自己更容易將頭探出水面。而被壓在下方的那個很快就反擊，出於求生的本能不斷爭奪求生的有利位置。

真是難看。培雅冷酷地想。她用鐵鉤勾起其中一人。那女同學的臉部一脫離水面便劇烈地呼吸，身體不住顫動。培雅揪住她的頭髮，拿出插在褲袋的剪刀，剪開纏住眼睛的膠帶，連帶剪去大片瀏海。

女同學因為畏光，只能吃力地半睜著眼，溼透成束的頭髮黏在臉上。慢慢地，她終於可以看清楚培雅，求救似發出嗯嗯嗚嗚的聲音，還不斷搖頭又點頭。

在培雅意識到之前，她的嘴角已先不自覺彎起。綻開令人膽寒的微笑。

這有什麼好笑的？我開心嗎？培雅自問。

在得出答案之前，培雅將那女同學的頭壓入水中，女同學的臉孔痛苦糾結，大大小小的氣泡從怒張的鼻孔溢出，被迫併攏的雙腿踢著、甩著。但這種程度實在微不足道，逃不出培雅的掌握。

許久之後培雅才鬆手，冷眼看著女同學緩緩沉入水底。

她甩掉沾黏手上的頭髮，掌心殘留著頭髮又刺又癢的觸感。先這樣吧，夠了。她離開清洗間，背離滿室嘩啦的水聲。聲音越來越小、越來越虛弱，幾乎聽不見……

培雅背靠著牆蹲下，雙手握著手機，螢幕的姐弟合照那笑容如此開懷耀眼，卻不是視線的焦點。她入定般動也不動，然後像突然甦醒般鍵入一串號碼。

「您撥的電話未開機，請稍後再撥……」話筒的另一端，只有無感情的女聲機械性回應。

傳翰怎麼了？為什麼沒有開機？好不容易下定決心的培雅，沒料到會是這種結果。以為頂多是傳翰不接電話罷了。無法忍住焦慮的她改發簡訊提醒傳翰。可是依然無法讓心靜下來，那個騙子現在是不是平安無事？被鬼哥的人馬圍堵了嗎？她終究是放不下這個大騙子。

培雅從外套內袋拿出一部舊式手機，是當初大衛杜夫交給她的。培雅按下背好的號碼，耐心聽著響鈴。

「沒想到你這麼快就打來。」大衛杜夫的聲音實在是愉悅得太過份。

「報酬怎麼計算？」

「不一定，要看委託的對象是誰、又是誰被調查。我索取的報酬不一定是錢。如果夠讓我感興趣，免費也無妨。說吧，你想要誰的情報？」

「我要找兩個人，我想知道他們人分別在哪？一個叫劉傳翰……」培雅報出傳翰就讀的學校以及工作超商，「另一個我不知道名字，只知道綽號叫鬼哥。有一臺很吵又引人注意的綠色改裝車。」

雖然情報少得可憐，但是大衛杜夫一口答應。「沒問題。記得手機保持開機，等我聯絡。」

在響亮的彈指聲後，大衛杜夫掛斷電話。培雅吁了一口氣，把手機妥善收好。

「大騙子，你最好平安無事……你欺騙我的帳還沒算呢……」

××××

那一臺鬼哥出借，用來送貨的黑色福特停在路邊。不知道是否出於刻意，周遭停放的車輛恰好都是白或銀的色調，因此這臺黑色福特更是顯眼，遠在一條街外就能清楚看見。

一臺雙載的機車接近，停在福特旁邊。後座身著校服的少年一屁股跳下機車，確認車牌，又把臉貼在窗邊窺視車內。

「對啦，就是這臺。」那少年回頭大喊。

騎車的小混混把手機硬塞進西瓜皮安全帽的一側，對著話筒大聲嚷著：「找到人了。把他帶過去？可是只看到車子……喔好啦，我們躲起來等他出現。要不要叫人過來？」

通話結束之後，小混混命令：「找地方躲一下，把這裡盯好。我先把車騎去停，鬼哥說會叫人過來。」

「喔。」嘍囉似的校服少年應了一聲，張望四周，發現有條暗巷，可以藏身又能窺視這裡，於是匆匆跑了過去。

暗巷入口散落廣告傳單跟煙蒂。校服少年叼煙在嘴上，一邊走進。

他在點火時不經意抬頭，越過小小的火光可以看見暗巷另外有人。那人一頭凌亂黑髮，帶著一雙凶光逼人的獸瞳。

校服少年愣住。出於本能感到危險，轉身想逃，結果後膝一陣疼痛，應聲倒地。他驚慌爬起，結果又被踹倒，只能惶恐轉頭，看著那不斷逼近的人。

那人咧嘴，露出森白的牙齒。

「不是在找我嗎？」

××××

野獸潛伏在暗巷，緊盯誘餌不放，等待大意的獵人自投羅網。

獵人依序趕到，被倒地成餌的同伴引誘。

上當的獵人就此踏進野獸的血盆大口。

×××××

劃出銳利風聲的甩棍砸落，被攻擊的小混混下意識舉手架擋，臂骨應聲斷裂。傳翰揪住慘叫的小混混，像掠食動物拖行獸屍般將小混混拖進暗巷。

拚命掙脫的小混混背對傳翰，不斷往暗巷裡逃，沿路驚見巷內還倒著幾個不省人事的同伴。心驚受怕的小混混只剩逃跑的念頭，卻被巷子出口外的違停汽車堵住了去路。

傳翰逼近，小混混顧不得其他，攀上汽車車頂就想逃。結果小腿一緊，被傳翰抓住，接著給摔到骯髒的水泥地面，驚飛一坨乾硬狗屎上的貪婪蒼蠅。小混混發抖著，眼看傳翰逼近，在那對凶光畢露的獸眼瞪視之下，小混混竟無法動彈。

「鬼哥在哪裡？」傳翰沉聲問。

小混混一股勁搖頭，嚇得連怎麼說話都忘記了。

傳翰揮落甩棍，打斷小混混另一隻手臂。在殺豬似的慘叫聲中繼續逼問：「鬼哥在哪裡？」

「我、我不知道！」小混混大叫，被傳翰一棍敲昏。

傳翰把小混混拖到一旁扔著，跟其他同伴七葷八素地倒成一團。雖然接連撂倒好幾人，卻沒有得到答案。傳翰抓準鬼哥主要的活動範圍故意設餌。可惜這些嘍囉不知道是嚇傻或是真的忠心耿耿，竟然沒人知道鬼哥的所在地。

正在思考下一步時，又有獵人上鉤。傳翰望著巷口。來的，是個穿著無袖背心，露出一對刺青手臂的平頭男。

總算來一個能打的。獅子稱讚，躍躍欲試。

氣勢剽悍的平頭男從身後抽出西瓜刀，毫不退讓地與傳翰互瞪，往巷裡走來。

「太可惜了。你應該帶槍的。」傳翰握住甩棍，直接迎上。

二十四、傑克會的女兒

遠方傳來警車的警笛聲。

傳翰喘著氣，按著鮮血淋漓的左臂。血液混著汗水蜿蜒流下，從指尖滴落。手中甩棍同樣滴著血。

倒地的平頭男沒有氣息，頰骨凹陷一大塊，半張的嘴裡積滿鮮血，幾顆黃色的斷牙散落在旁。布滿刺青的十根手指往不自然的方向歪斜。全部都被折斷了。

傳翰跨過面目全非的平頭男，確認外面動靜後迅速離開暗巷，快步走向路邊的黑色福特，鑽入駕駛座。警笛聲越來越近。傳翰快速駛離現場。左手臂仍不斷滴血，點點灑落在褲子與鞋上。

要毫髮無傷果然還是有一點難度。獅子說。

傳翰不發一語，急速遠離好幾個街區，才放慢速度。趁著等待紅燈，他從車內翻出毛巾，綁住傷處止血。手機在混戰中被毀掉了，龜裂的螢幕慘不忍睹，已是礙事沒用的垃圾。傳翰把壞掉的手機隨便扔到副駕駛座，另外再倒出礦泉水洗去血漬，毛巾因此染上深淺不一的紅色斑點。

雖然負傷，總算順利逼問出鬼哥的下落。現在的鬼哥身邊必定有不少手下保護，怕死的他絕對會嚴加防範。

傳翰不是熱血的笨蛋，知道自己的極限在哪。如果貿然殺入只會落得被群毆的結果，能否順利直取鬼哥是個未知數。

所以他需要計畫，得迫使鬼哥跟身邊的手下分散。這要製造足夠的混亂。傳翰沒有幫手，只能孤身進行。時間緊迫，不能讓鬼哥有充裕的時間準備，屆時必定更加棘手。如果時間一再拖延，恐怕培雅也會有危險。

為了滅口，鬼哥不會放過她的。

綠燈。黑色福特繼續前進。傳翰突然有了主意。

你確定？這樣太莽撞了。獅子說。

傳翰肯定地說：「這會很有效。他沒辦法防備。我覺得很划算，可以保護培雅，也能把我造的孽一併還清。」

還能拖一群垃圾下水。獅子大笑。

「我們一起下地獄。」傳翰眼裡透出鋼鐵般的決意。所有恩怨糾葛都在今晚了斷。

××××××

派出去圍堵傳翰的手下全部沒有消息，這令鬼哥快瘋掉了，不禁猜想難道真的全軍覆沒、被傳翰幹掉？那個可怕的凶人，改過向善全是假的，明明還是同樣暴力嗜血！

鬼哥專程安排近二十名的手下當保鑣，雖然年輕魯莽但是聽話，這都多虧「糖果」的功勞，令這些傀儡忠心耿耿。除了外頭把風的之外，還有好幾名手下拿著鋁製球棒或西瓜刀，就近護在鬼哥身邊，可以在瞬間組成人牆，將他安全地擋在身後。傳翰如果膽敢直接殺進來，那麼就是自投羅網。

何況鬼哥握有最重要的祕密武器，就藏在褲腰。即使傳翰把所有人都撂倒，鬼哥也不信他可以快得過子彈。

砰。只要一槍就能送傳翰上西天。鬼哥想像著子彈穿透傳翰的眉心、鑽破腦袋而出的畫面。

他非得解決這個心腹大患不可。當初執意找傳翰送貨，現在看來是個錯誤盤算。鬼哥至始至終都看錯傳翰的本質，傳翰之所以使壞是因為自暴自棄，欠缺的是個悔悟的契機。不似鬼哥天生就是歹毒胚子，任何令人髮指的作為都幹得出來。

現在，鬼哥必須親手收拾這頭被激怒的野獸，以彼此的性命為注。

另外還有一件事令鬼哥苦惱，就是那樁生意。生意的好處在於不像綁架人質得威脅家屬支付贖金，增加落網的風險。只要擄到人然後裝箱，送往指定地點等對方取貨，就會有大筆金錢入帳。雖然比起綁架富有人家可以換得的贖金還少，但風險相對較小。

可以賺的、可以撈的鬼哥都不會放過。反正毒品都碰了，販賣人口又算什麼？每天有多少人失蹤，少一兩個也不是大不了的事。何況這些人連被賣到哪都不知道，就不信警察真有心會一個一個找得出來。

以上種種好處讓鬼哥一頭栽進去，豈知第一次交易就被傳翰搞砸。現在為了賠罪，鬼哥承諾除了預定的一人之外，另外免費再加送一人，只為換取對方信任，進行長期合作。

話說回來，這個買家非常詭異。從幾次的對話中得知，買家對虐殺活人有無法割捨的熱愛。即使隔著話筒，那聲音透出的狂熱連鬼哥都忍不住毛骨悚然。這個世界果然有很多神經病，這個人說不定還是個有頭有臉的社會名流之輩。

名為「人」的這副外皮果然好用，哪怕內在多骯髒可怕，只要偽裝得夠好，依然可以在社會中生存得不錯。

「重要的果然還是錢與權。」鬼哥感嘆。雖然被肢解很慘，不過這跟他無關，可以賺錢才重要。

眼下有兩個急迫的問題必須解決：一是傳翰，二是約定好的交貨日就是今晚。負責綁架貨物的手下到現在仍沒有回報，代表還沒有著落。鬼哥不禁感嘆。真是可惜，這些嘍囉善於逞凶鬥狠，辦事卻少了心眼，他真希望能有好幾個分身，順利建立自己的帝國。

這時，買家來電。

「這麼會挑時間！」鬼哥怒罵，嚇到旁邊的手下。「這樣就被嚇到？有種一點好不好？」

他斥罵後接起手機，換上油膩諂媚的笑聲。「今晚？沒問題，一定沒問題。是哪類的貨物？這個先保密，絕對讓你滿意。沒問題，晚點見。」

買方都打電話來催討了，不趕緊搞定不行。鬼哥不會讓第二次的機會再次落空，他打算親自出馬，並帶上所有手下以防萬一。

外面突然傳來騷動。鬼哥知道有異，向旁邊的嘍囉使了使眼色，「你去看發生什麼事。」

那嘍囉才走近門口就嚇得折回。「鬼哥，有人在丟……」

「丟什麼？話講清楚啊！」鬼哥不悅地罵。

像是回應他的疑問，一個夾帶火光的玻璃瓶扔擲進來，在地上摔得破碎，玻璃碎片跟液體濺開，竄出刺鼻的汽油味。鬼哥知道情況不妙，果然玻璃瓶碎裂後在眨眼間燃起火焰，在屋內延燒起來。

「幹！汽油彈!?」鬼哥怒罵，一屁股跳起。傳翰這個瘋子！

又一個汽油彈被扔進來，直接砸中一名手下，汽油彈落地碎開，當場引燃。首當其衝的那名手下全身著火，在慘叫中抓住身旁的人，連帶害那人被火焰波及。現場亂成一團，幾名手下抓著鋁製球棒衝了出去，外頭傳來激烈的喊殺聲。

但是攻勢未止，接連又有汽油彈被投擲進來，炸出刺眼的火光。鬼哥臉頰一陣刺痛，竟是被彈飛的玻璃碎片劃傷，他立刻退到最後方，另外抓了三名手下擋在身前，其餘的嘍囉手忙腳亂試圖撲滅火焰。

在手下們倉促奔逃之際，鬼哥始終緊盯入口。一名手下踉蹌從門外跌入。一個鬼哥死也不會錯認的人影昂首闊步現身。

鬼哥愕然瞪大眼。

那猛獅般的男人衝破烈焰，狂狠地奔殺過來。

一名上前攔阻的手下高舉球棒，還來不及揮落，就被傳翰一記正拳直擊下顎。球棒應聲脫手，那人軟趴趴倒下，無力再起。另外又有兩人撲上，其中一個赤手空拳，裝腔作勢掄拳往傳翰打去。傳翰冷眼一瞥，一腳飛快地猛踹那手下的肚子，那人哀叫縮手，抱著腹部跪倒，接著頭部中了傳翰的踢擊，如脫線木偶仰倒。

眼見出口受阻，縱使鬼哥想逃也苦無機會。唯一的方法只有糾纏住傳翰，最好還可以拖著傳翰同歸於盡，一起葬身火中。鬼哥大聲呼喝：「攔下他！幹掉他的我給五倍獎勵！」說著還刻意舉起整袋藥丸。

手下們雙眼一亮，團團包圍傳翰。即使沒有「糖果」的誘惑，傳翰堵住出口，要逃生也非打倒他不可。現在多了糖果的助力，這些手下一齊進攻，聲勢瘋狂。但傳翰沒有因此敗退，卻是越戰越狂。他發出深沉的低吼，甩棍凶狠地直猛敲面前嘍囉。

甩棍紮實地砸中嘍囉的頭頂，嘍囉發愣似動也不動，一道血絲從額頭蜿蜒滑落，隨後嘍嘍雙眼一翻，倒地不起。

另一個嘍囉盲亂揮著西瓜刀。傳翰看準，甩棍暴力地砸中刀面，西瓜刀應聲從嘍囉手裡掉落。那嘍囉握著疼痛的虎口，還來不及逃開，傳翰揮舞的甩棍隨即敲中他的臉頰。嘍囉捂臉跪倒，不可置信地吐出幾顆沾血斷牙，又被傳翰粗暴拉扯頭髮，不單頭皮被扯下一塊，整個人還給甩進一旁蔓延的火勢裡。這嘍囉隨即彈起，又叫又跳拍打著身上殘火，卻捲動空氣引得火焰更旺盛地燃燒。

鬼哥趁著傳翰分神對付嘍囉時拿出手槍，但要瞄準大開殺戒的傳翰並不容易，更可能誤傷手下。鬼哥真正在意的不是手下的死活，只擔心會減少替死鬼的數量。

「你，過來掩護我。」鬼哥抓住一個嘍囉護在身前充當肉盾，開始接近出口。

逐漸殺出一條血路的傳翰注意到鬼哥的動向，立刻撞開擋路的嘍囉，直接往鬼哥衝去。鬼哥同時間把抓來當人肉盾牌的嘍囉推向傳翰。手槍迅速瞄準，扣下扳機。

火光、硝煙。槍聲撼動所有人，所有人一齊停止動作。

傳翰在危急一刻閃避，被推向他的嘍囉卻沒這麼幸運，結實地挨了一槍。鬼哥趁亂逃了出去，傳翰跟著追出。槍聲再響，鬼哥回頭連開數槍。被阻退的傳翰閃身退回屋內。倖存的嘍囉再次撲來。

快點解決，不要在配角上花太多時間。獅子煩躁咆哮。

傳翰揮拳逼退嘍囉，再次追出屋外，遠遠鎖定鬼哥直奔過去。

鬼哥沒命似狂奔，他的據地不斷冒出焦煙跟火光，手下死傷慘重。可是這全都無關緊要，只要自己可以保全性命就好。傳翰是真的瘋了。他驚見傳翰再次追來，打算直接衝向車子然後駕車離開。他心愛的綠色改裝車就在不遠處，照這個距離傳翰是絕對追不上的。

但是基於保險起見，鬼哥再次朝後方開槍，逼使傳翰暫時躲避。趁著這空檔，鬼哥終於來到車旁，從口袋翻出鑰匙。是錯覺嗎？正要插入鑰匙時，他聽到細微的腳步聲，驚覺有黑影逼近。

鬼哥警覺跳開，躲過襲來的刺目電光。電光一閃而逝，鬼哥同時舉槍。

「不要動！」他大吼，終於看清楚黑影的真面目——

是培雅。

就在此時，傳翰終於追上。他不可置信地放慢腳步。這個傻女孩怎麼會在這裡？她的表情好不對，好像變了個人。

鬼哥獰笑：「這麼陰險？派你的小女友埋伏我？電擊棒交出來，不然我就開槍了。」眼看培雅不為所動，鬼哥再次大喊：「交出來！握柄朝向我，你敢亂來我就開槍了！」

面無表情的培雅反轉電擊棒，依言遞給鬼哥。鬼哥得意收下，嘗試按了按鈕，肉眼可見的電光竄流後消失。「嘖嘖，哪裡弄來這麼危險的東西？」鬼哥槍指著培雅，把鑰匙扔向傳翰。成串的鑰匙撞在柏油路面，發出清脆的金屬碰撞聲。

「你負責開車。」鬼哥命令，然後對培雅說：「你跟我到後座。誰都別想亂來，我真的會開槍啊！」

傳翰不情願地拾起鑰匙。現在局勢完全被鬼哥主導，只能依他的命令照作。傳翰發動車子，鬼哥威脅培雅鑽進後座，然後才跟著上車。「猶豫什麼？開車！」

「去哪？」傳翰低沉的嗓音有著功虧一簣的屈辱。

鬼哥再次獰笑，他突然覺得，傳翰跟培雅來得真是時候。

×××××

清洗間。水槽裡五具浮屍。

「這些都是培雅的傑作？」姚醫生饒有興味地打量泡水的屍體。

「對，她一個人完成的。」以豪回答。小心翼翼注意姚醫生的腳步，清洗間的地上濕滑，他深怕穿著高跟鞋的姚醫生有個閃失。

但是以豪多心了，這種程度無法對姚醫生構成威脅。她的腳步自在、毫不受阻。

「她累積的恨意真是可怕。」姚醫生笑得很滿足，「會不會是遺傳呢？可惜沒聽說殘虐的傾向會遺傳，她也沒有學習的機會，畢竟她沒有真正認識過父親，只看見最外層的表象。更不知道父親為什麼而死。我該不會碰巧喚醒不得了的怪物吧？」

以豪沒有回話，但那表情任瞎子都看得出在擔心姚醫生。

姚醫生走出清洗間，以豪跟在後方。兩人穿越密室，踏上臺階。

「真是令人期待。畢竟她是傑克會的女兒呢。」姚醫生燦笑。

入口關閉。密室再次歸於寂靜。

二十五、最誠實的大騙子

當鬼哥說出要把車開往何處時，傳翰就明白他的用意。既然是當初指定的送貨地點，一定是要與買家會面。至於貨物，除了他跟培雅，還會有其他可能嗎？

傳翰沒有立即戳破，這於事無補。行駛在昏暗的產業道路上，傳翰不時透過後照鏡注意後方兩人的動靜。鬼哥好整以暇地翹著二郎腿，那把黑沉的手槍始終指著培雅不放。

至於培雅，她微皺著眉，漠然看著不存在的一點。傳翰在想，是否車內太昏暗了？這傻女孩變得好蒼白，帶著一股冷冷的病態憔悴。

傳翰想說些什麼，有很多話想說。想要解釋從來沒有要欺騙培雅，一開始之所以關心她，是因為她那憂鬱得令人忍不住擔心的樣子，就像當初被傳翰霸凌尋死的同學。傳翰渴望贖罪，所以才會主動搭話甚至插手。

沒想到這個女孩會變得這麼重要。獅子說。這是它跟傳翰都沒預料到的。

培雅突然改變視線，望向後視鏡。兩人因此對上眼。培雅欲言又止。傳翰想知道她要說什麼，但現在不適合談話，最重要的是讓培雅脫險。鬼哥手裡有槍，傳翰不能輕舉妄動，可是傻傻前去交貨地點也是死路一條。

「傳翰。」培雅低聲呼喚，語調帶著試探的不確定性，就好像不能認定傳翰是真的存在於此似的。「你有對我說謊嗎？」

傳翰一愣。

「沒有。我發誓。」他回答。即使要回答一萬次相同的答案，只要培雅願意相信，他都肯說。

鬼哥怒啐一聲，「在談情說愛什麼？當我死人啊？」他用槍大力敲擊培雅的頭。培雅呼痛，傳翰透過後照鏡看見她的額頭紅腫一塊。

「住手！不要碰她！」傳翰著急喝止，他真想把鬼哥撕成碎片。

「搞清楚，現在輪不到你說話。」鬼哥威脅般晃著手槍，又往培雅額頭猛力一敲。培雅咬牙忍痛，只發出細小的悶哼。這次額頭被敲得破皮，綻出殷紅的血。

傳翰心痛不已。但培雅無懼鬼哥的威脅，執著地問：「你綁架我弟弟是誤會，對不對？」

「幹你媽的，還廢話？」鬼哥改用踹的，培雅整個人撞上車門，咳了幾聲。

「傳翰，回答我……」

這個傻女孩，這種時候不要還害自己挨打啊。獅子既懊惱又無能為力。

「都是誤會！我沒想到我運送的東西會是活人、甚至是你弟弟！培雅，你不要再說話了。」

幾乎被無視的鬼哥立即有所行動，宣示現在局面是由他全權掌握。他把槍口抵著培雅的太陽穴，食指放上扳機。只要扣下，培雅當場腦袋開花。「閉嘴，從現在開始都給我閉嘴。」

培雅卻像聽不見鬼哥的威脅似的，嘴唇微動，又要說話。

「聽他的，不要再說了！」傳翰喝止。他心疼這個女孩，想知道這些日子究竟發生什麼事，可以令她變得這樣偏執又不畏死。一定是很痛苦的轉變……

「對，這就對了。還是你懂事。你懂我的，我真的不會手下留情。」鬼哥瞪著傳翰，又瞪向培雅。最後才慢慢把槍移開，但槍口始終保持瞄準培雅。

沉默。沒有人說話了。傳翰不時透過後照鏡，與培雅互相凝視。他看見傻女孩無神的眼裡藏著懊悔。令她刻意疏遠的結應該就此解開了吧？

真是太好了、太好了。

雖然拳打腳踢少不了，但傳翰知道鬼哥不會真的開槍，因為現在他跟培雅兩人是重要的貨物，為了完成交易，鬼哥不會輕易動手。直到抵達交貨地點前都有機會。

不需要說謊或藉口，生性多疑的鬼哥此時更是聽不進去。傳翰知道要像扔擲汽油彈那樣令鬼哥猝不及防。在那瞬間就是讓培雅逃脫的最佳機會。

傳翰緩慢踩緊油門，讓時速往上提升。幸好這條產業道路夜裡無車，行進時毫不受阻。

手機鈴響，來自鬼哥的口袋。傳翰用力眨眼，透過後照鏡跟培雅使眼色。鬼哥沒有發現傳翰的舉動，自顧自掏出手機。

全神貫注的傳翰在鬼哥低頭確認來電的瞬間，猛然踩下煞車！

伴隨尖銳的煞車聲，車子不受控地往前滑行。怪叫的鬼哥撞上前座椅背，培雅同樣也是。傳翰迅速將身體探向後座，緊緊抓住鬼哥握著的手槍。

「幹你媽！」鬼哥扔掉手機，與傳翰互相爭奪。

「下車，你快下車！」他對培雅大喊，卻驚見培雅手裡抓著針筒，準備刺向鬼哥。傳翰只得分出一手，扣住培雅的手腕。

「放開我！」培雅掙扎，急欲把裝有不明液體的針筒刺向鬼哥。

「培雅，不要這樣！不要變得跟我一樣！」傳翰幾乎是對著培雅咆哮。他不要見到培雅傷人，那不適合她。這種骯髒事交給我就好，傳翰心想。

「來不及了。」培雅像做錯事的孩子小聲地說，帶著淒涼的味道。混亂中傳翰沒有聽見，他著急地搶走培雅手裡的針筒，幸虧培雅的力氣不大，她的掙扎幾乎徒勞無功。

鬼哥趁機奪槍，傳翰整個人撲上去，迫使他將槍口偏離原先目標。

「砰！」子彈射穿車頂。

「你先逃！」傳翰不願意讓培雅留在這裡，就怕有一點閃失。眼看培雅不肯離開，傳翰只能再次大吼：「下車！」

培雅只得打開車門，退到外頭。

「我們一起走！」培雅對傳翰喊著，焦急地守在車外。

鬼哥又扣下扳機，這次子彈射穿車窗。傳翰知道不能繼續留在這，不長眼的子彈隨時可能誤傷培雅。

「等我，我會來找你。」傳翰扭頭，匆匆向靠在駕駛座窗邊的培雅說。同時騰出一腳猛力踩踏油門。引擎轟隆作響，車子如脫韁野馬暴衝。

培雅眼看著車子越來越遠、越來越遠……直到消失在遠方的道路盡頭，最後連車尾燈都看不見了。

她在原地等待，記著傳翰說過的，他會回來找她。直到突如其來的一聲槍響，源自很遠的地方。騷動之後，一切歸於平靜，在這之後什麼聲音都沒有。

培雅無法再等，摸著黑循路走去。她要找到傳翰。她要確定傳翰平安無事。

培雅一直走，直到黑夜消失，晨曦出現。她好不容易看到那臺顯眼的改裝車，車子撞進樹叢，引擎蓋凹陷變形，車頭幾乎全毀。

「傳翰……」培雅既擔心又害怕，卻忍不住奔跑過去。

可是車內一個人都沒有。

她著急地尋遍附近每處角落，尋找可能的血跡，全都一無所穫。培雅沿路呼喚傳翰，卻得不到任何回應。傳翰跟鬼哥雙雙憑空消失。

培雅固執地尋找，又回到原處等待。直到暮色降臨，新月再度升起。傳翰仍是沒有出現。

培雅不知道如何是好，她該怎麼辦？傳翰呢、傳翰到底在哪？她好後悔，不應該因為吃醋而賭氣，如果好好待在傳翰身邊，他是不是就不會去找鬼哥？現在也不會失蹤……

「還是傳翰根本就想躲我？」出於自責，培雅忍不住懷疑自己。可是不會的，傳翰不會這樣，否則何必拚死讓她先逃？

×××××

因為過於掛記傳翰，她不知道是怎麼回到姚醫生的私人大樓，那一段記憶全是空白。她渾渾噩噩在房間枯坐許久，終日不吃不喝。期間以豪曾經進來探望，留下食物後便離開。

擱在桌邊的三明治培雅沒有動過。當她終於回神，第一個動作就是找大衛杜夫，請求他尋找傳翰。

「尋找失蹤人口是嗎？這樣我好像變成慈善的社福機構。」大衛杜夫話中帶著刻薄的刺。

「不管是什麼報酬我都願意付，只要你找到他。不計任何代價。」培雅的聲音沒有情緒。

「如果要你幫忙殺幾個人呢？」大衛杜夫試探。

「我殺。」

大衛杜夫又笑了，刺耳的笑聲持續好一段時間才停止。「真難想像你是當初那個小女孩。看在你這令人驚喜的轉變上，我會找到他的。不過不保證馬上有消息。」

「無論多久我都等。」培雅說，她會一直等下去。

她穿起外套，作好出門準備。插在口袋的手一直握著手機不放，深怕錯過大衛杜夫的來電、錯過所有關於傳翰的下落。

慣見的街景、擁擠來去的人潮、行車粗魯搶道的喇叭……一切的一切都令培雅陌生。她開始踏足未曾造訪過的城市，在人海裡不斷尋覓。

女孩掛記的，始終是大騙子最後的承諾——

「等我，我會來找你。」

二十六、終，完

那具曾經姣好的肉體，現在已成蛆蟲的樂園。

無數滑溜的白蛆覆蓋在金髮女孩赤裸的身上，彷彿會蠕動的白色毯子。從頭至腳，連眼窩都不放過，歡愉地啃蝕發臭的腐肉。

蒼蠅盤旋飛舞，而後降落。牠們落在一地的穢液中，又或是沾著發黑肉屑的切肉刀上，順從渴求血肉的慾望。

赤裸的店員坐在腐臭的屍體旁，不在意滿室令人窒息的惡臭。右胸親手刻下的扭曲字母已經癒合，形成斑駁的暗色結痂。

「還不夠。」店員喃喃自語，蠟黃的臉孔鑲著一對滿布血絲的眼。他需要更多、更多的新鮮肉體。還不夠。

他握住切肉刀，驚起蒼蠅。牠們盲目亂飛，惱人的嗡嗡聲彷彿在抗議。店員不該自私奪去牠們的樂園。幾隻蒼蠅撞上懸掛的燈泡，失了方向，打轉一圈後終於又落回地上，吸食著濕黏的血膏。

那股深沉的動力驅使店員站起。該走了。
外出獵捕的時候到了。

××××

夜晚，台北鬧區。
一臺休旅車停在路邊，駕駛不時張望，隨時注意接近的路人，尤其是女性。雖然是冬天，這名駕駛卻故意穿著短袖，好展露引以為傲的手臂肌肉。他總是故意出力，讓胸肌跟三頭肌鼓起。
這個愛炫耀肉體的男人，恰好是某間國中的生教組長。
離約定時間還有十分鐘，但他習慣早到。這次預約的妹妹看照片非常棒，有點像新垣結衣，清新脫俗皮膚又白皙。
生教組長一面確認時間，一面考慮著等等要採取什麼玩法才好。他突然後悔，應該包下兩個小時才對。今天的體力似乎很不錯。
一個短髮女孩在對街張望，然後小跑步穿越馬路過來。生教組長覺得她似乎朝自己的車走來。但是不對呀，跟照片差太多了吧？原本那個已經很棒了，但這個女孩竟然更加漂亮。

短髮女孩穿著黑色軍裝外套，包裹雙腿的長褲展露出的線條相當棒，沒有多餘贅肉。她走近駕駛座的車窗。那長而彎的假睫毛配著眼影，彷彿會電人似的。

「你好，不好意思來晚了！我是臨時接到通知趕來的……你預約的那個突然身體不舒服，所以由我代替。」短髮女孩用可愛的娃娃音說著，讓生教組長心癢無比。

女孩無辜地眨眼，「我……可以嗎？還是要再換呢？」

「沒關係，就你了。」生教組長示意女孩上車。

女孩才剛坐定，他的大手馬上猴急地放在她的大腿上，來回摩挲。多麼柔嫩又富有彈性！生教組長讚嘆不已。

生教組長開往預定的汽車旅館，摟著短髮女孩的腰，帶她進入旅館。雖然不是原本的新垣結衣，但這個也無可挑剔。真是意外的驚喜。

「價錢一樣吧？」生教組長問。

「嗯嗯！」短髮女孩點頭。

進了房間，生教組長脫掉上衣準備先沖個澡。但短髮女孩忽然湊上來，衝著他微笑，然後蹲下。

「這麼主動啊？好乖好乖。」生教組長很滿意，讓短髮女孩解開他的拉鍊。那已經膨脹的硬物自動彈了出來。

但是與預期中溫潤濕滑的觸感不同，生教組長有股怪異的冰涼感，下腹不禁一縮。「這是什麼新花招？太調皮了，等等看我怎麼教訓你。」

生教組長好奇低頭，目睹閉合的寒光。

喀嚓。一截帶著皺皮的肉塊掉到地上。

「啊啊啊啊啊啊啊啊啊！」生教組長痛得噴淚，按著大片濕紅的下體又跳又叫，又在地上不斷滾動。甚至用頭去撞牆，想擺脫逼瘋他的爆炸性劇痛。

「我要報警，我要告死你、讓你關到死！」生教組長滿臉眼淚鼻涕，崩潰大罵。他不敢相信會有這種遭遇。被剪掉了、那男性最重要的器官被剪掉了！

「那麼你買春的事情就會曝光，搞不好會被免去教職，還得跟月退俸說再見。」那原本聽來悅耳可愛的娃娃音，現在卻令生教組長發毛。

「我要殺了你、殺死你！」生教組長沾滿鮮血的雙手按著地面，卻無論如何都無法爬起。太痛了、實在太痛了。

短髮女孩用剪刀輕夾起那截肉塊，走向浴室。

生教組長有不好的預感，慌張叫著：「站住、你給我站住！」

短髮女孩當然不會順從，她掀起馬桶蓋。夾著肉塊的剪刀在馬桶上空輕晃，令生教組長看了膽顫心驚，幾乎要哭出來。

「在跟你的飯碗說再見之前，先向它道別吧。」

娃娃音不見了。短髮女孩用正常的音調說著：「Say goodbye to your penis.」

生教組長愣住，他認得這個聲音。但怎麼可能……

剪刀鬆開，肉塊噗通一聲掉進馬桶。短髮女孩壓下沖水把手。在嘩啦啦的水聲中，生教組長從此與那肉塊永別。

短髮女孩慢條斯理地用清潔液洗手，一面把指縫仔細搓洗乾淨，一面聽著生教組長的嚎啕大哭。她甩落水珠，拿出封口袋把剪刀妥善裝好，若無其事離開房間。

短髮女孩面帶淺笑，在馬路邊招了臺計程車。

「小姐，要去哪？」司機問。

短髮女孩報出地點後，將雙手交疊在胸前，閉目休息。嘴唇偶爾蠕動，似乎在呢喃著什麼。

她付過車資後下車，踏進夜裡的寒風。短髮女孩走著，一邊拿下假睫毛、用卸妝棉擦去臉上妝容，竟然判若兩人。那素顏的臉蛋雖然冷豔，但透著些許稚氣。同時，還把偽裝的自信笑容一併卸下。

女孩很熟悉這裡，沒有猶豫也不必認路。最後，她站在一處巷口，遠遠地看著燈火明亮的超商。無神的雙瞳寂寞而失落。

女孩取下假髮，拆去髮夾。一頭及肩長髮散開，無依地隨風擺動。女孩呆站一會，慢慢將頭髮束起，綁成馬尾。這是某個大騙子最喜歡的髮型。

「說好會來找我的，為什麼你卻不見了？」女孩淚水滾落，冰涼地滑過臉頰，義無反顧墜落。

即使可以藉由化妝假扮成大學生，但她實際上不過是個即將滿十六歲的少女。背負著故作堅強的假面具。

「我好想你……」

×　×　×　×　×

店員埋伏在工作的場所附近，那是他專屬的獵場，金髮女就是在這裡被捕獲。也因為對此處的地形瞭若指掌，可以令出手時更加安心。

他巡視獵場，尋找適合的獵物。不要小孩，因為小孩總愛哭鬧，很煩。不要老人，因為放著不管他們也離死期不遠，而且老人的肉乾枯又布滿皺紋，店員不想忍受割開老肉的空虛，實在太無趣。也不要男人，他痛恨體臭，何況反抗起來很棘手。

所以目標明確，要選擇年輕的女性。最好是長相貌美，美麗的東西總是賞心悅目，不易厭倦，保鮮期更加長久。

那不存在的造物主彷彿應允他的慾望。在超商的不遠處，一個窈窕身影孤單佇立。店員故意裝作不經意地路過，趁機看清對方的面貌。

那女孩出神想著什麼，所以沒有注意到擦身而過的他。

店員很是訝異。雖然稱不上熟識，但他見過這女孩幾次。應該是同事的女朋友，其實他不能肯定兩人之間的關係，可是確信沒有認錯人。

女孩先前常來探班。後來店員趁著上班空檔偷看監視器紀錄，發現這個漂亮的女孩一待就是整晚。

至於那名同事好一陣子沒有下落，突然不告而別，令大夜班多出空缺，給店裡增添不少麻煩。不過這跟店員無關，他有負責的時段，只有店長焦頭爛額，好不容易從別間分店抽調人手過來支援。

扯遠了，這些都是無關緊要的資訊。重點在於店員已鎖定這名女孩。

店員潛入陰暗的防火巷，就像那晚埋伏金髮女孩。他要如法炮製，趁著女孩經過時挾持她，將她拖進暗巷，制伏後帶回窩裡。

店員背貼著牆。在寂靜的冬夜，女孩短靴踏地的聲響太清脆好認。女孩越來越近。他拿出預備的切肉刀。女孩一定會嚇壞的。會不會哭？會尖叫嗎？

不，如果尖叫就會引來不必要的麻煩，要阻止她大叫。那麼就先摀住她的嘴。很好，就這麼辦。

他看著女孩走過防火巷的背影，隨著步伐晃動的馬尾太誘人了。店員快步衝出，從後摀住女孩的嘴，同時把切肉刀架在她纖細的頸子上。

「不要出聲，乖乖配合就不會傷害你。」店員貪婪地舔著舌頭。他聞到從女孩後頸散發出的淡淡幽香。太棒了。

女孩安分地配合，被他帶進防火巷。這裡是短暫處理獵物的好地點，在這裡先把獵物綁好，剝奪行動能力……他命令女孩拾起預先放在此處的麻繩，威脅她把自己綁起來。女孩彎下腰，準備撿起麻繩。店員滿意點頭。

隨後一道刺眼電光閃逝。店員來不及反應，發現時已經腿軟跪倒。

女孩手裡抓著一個黑色的物體，店員覺得有些眼熟。隨著女孩按下按鈕，那逼近的電光不禁令店員愣住。為什麼……會帶著這種東西？

遭受電擊的店員身體劇震，無法克制地顫抖，發出呻吟。倒地的他視線勉強只能看見女孩的短靴。不對，這樣不對，跟計畫好的不一樣！

女孩蹲下。店員看見她拿出一小罐玻璃容器，然後用空針筒抽取出透明的黃綠色液體。店員知道要逃、自己必須逃掉。

可是女孩動作更快。店員的頸子一陣刺痛，被針筒插入。女孩按壓針筒，那不知名的黃綠色液體全數注入他的頸子。

不出幾秒，店員的喉頭劇烈地疼痛，彷彿被繩索緊緊絞住。他開始抽搐，比被電擊時更加激烈，痙攣的時候伴隨痛楚。他居然看不見了，但是眼睛明明是睜開的，入眼卻盡是黑暗……

為什麼？不該是這樣、這個女孩應該乖乖聽話，跟那金髮女一樣任憑擺布、讓他享受開膛的快感……

不……

××××××

培雅抽掉針頭，收進專門存放廢棄針頭的塑膠小盒，然後將針筒以及玻璃罐妥善藏進軍裝外套底下。在外套的內側有數個口袋，存放不同的工具。

她認得倒在地上的人。這是傳翰的同事，好像叫做阿哲？培雅這才想起過去曾經巧遇過，這人就像姑丈般色瞇瞇的，令人噁心。

注射之後培雅才想到，應該問出阿哲目的是什麼？是早有預謀或是臨時起意？不可能會是鬼哥埋伏的暗樁吧？不，不可能。

培雅從右側口袋拿出一支銀色的舊型手機，撥出後在第三次響鈴時掛斷，然後再次回撥。這些步驟她很習慣了。自從傳翰失蹤之後，她陸續找上不少人，不單是死有餘辜的鬼哥手下，那些助長霸凌發生的同學也沒放過……

十分鐘之後，一臺貨車駛進小巷，停在防火巷旁口。下車的男性穿著成套宅急便配送員的制服。他並非是尋常的配送員，而是「收購商」。收購商從後車廂搬出一只空木箱。培雅退開，撥打電話之後，剩下全部交給收購商處理就好。

收購商一如往常地寡言，只專注在工作。他扛起口吐白沫、臉孔發青的阿哲，很顯然已經斷氣。阿哲被收購商當成娃娃似塞入木箱。培雅聽到清楚的骨頭折裂聲，根據收購商那種粗魯的擠塞方式，阿哲的脊椎一定斷了。肋骨大概也無法倖免。

但也無妨，死人不會感受到痛楚，那是活人的義務。

收購商把木箱放回後車廂，然後鑽進貨車。培雅目送他離開，收購商從不說再見。培雅甚至懷疑他是啞巴。

培雅稍作整理，把馬尾調整好。基於某種不切實際的期盼，她想再回去超商看看，說不定傳翰會剛好出現。說不定。反正落空的夜晚不差這一次。

她每天都會來這裡。等待。

不會出現的。是錯覺嗎？她突然聽到人的聲音，但不是來自周圍，來源似乎是……自己。

騙子就是騙子，你是傻子才會相信啊。

錯覺，這都是錯覺，她沒有自言自語的習慣。可是聲音越來越清楚，擺脫不掉，正在對她說話。

同時，好多畫面從腦海閃過：失禁尖叫的鬼妹、被活活淹死的小混混……先後被她用剪刀閹割的校長跟生教組長、還有剛才被注射毒液的阿哲……甚至看見慘死的二姑姑跟姑丈，這兩人還活著。培雅尚未動手，只是在計畫而已……

我不後悔，一點也不後悔。因為我沒有選擇，只能反擊！培雅試圖說服自己，可是那聲音越來越清楚，不斷對她說話。

沒關係，沒關係的。只是殺人而已呀。那聲音說。

閉嘴，你不要吵。培雅在心中怒吼，試圖與那聲音對抗。但是她沒有辦法，聲音無孔不入，源自心魔。培雅終於理解，為什麼傳翰有時會不經意地對著空氣說話。原來她步上傳翰的後塵，面臨同樣的後果。

「大騙子……你在哪，救我！我好害怕，我不要這樣……」培雅摀著耳朵，無法阻卻聲音的入侵。她痛苦地跪下，陰暗防火巷迴盪她的無助哀號。

願意收留她的大男孩已經不在了，從今以後只有那聲音會陪伴著她。一直一直、永遠永遠。

聲音仍不願意放過她，還在繼續說話——

我們一起下地獄吧。

終章之後

那名西裝筆挺的男人踏下貨車，手拿著酒紅色的煙盒。盒上印有燙金的英文字「Davidoff」。

這恰好是他的綽號——大衛杜夫。男人為自己點根煙，在昏暗的路旁燃起一點細小的橘色火光。然後他走向那臺撞進樹叢的車子，一臺品味極差的綠色改裝車。他想著，會刻意選擇這種烤漆的，一定是個以自我為中心的傢伙。

大衛杜夫湊近破碎的車窗，往裡頭一瞧。的確是賣家沒錯，另外還多了個男人。大衛杜夫有印象，畢竟不久前才受人委託，探查這兩個人的下落。

貨車另一側的門打開，一個宅急便配送員跟著下車——是「收購商」。

「謝了，還搭你的便車。我就料到會有你出場的機會。瞧，兩具新鮮的屍體。」大衛杜夫打開綠色改裝車的車門，再次確認賣家的死活。

探不到頸動脈，死了無誤。

他退到一邊，讓收購商處理屍體，同時回電給委託人報告狀況。「出了點小意外，你的賣家死了。」

「貨物？沒看到。」大衛杜夫別有用意地隱瞞。反正他只是受到委託，並不一定要真的促成交易。「需要新的賣家？我這裡有幾份名單，待我回程後提供給你參考。沒問題，就這樣。」

大衛杜夫結束通話，把只抽一半的煙捻熄。忙碌的收購商正把賣家的手腳折斷、將體積縮減到最小好方便裝箱。這畫面不管看幾次都饒富趣味，總讓大衛杜夫認為或許人跟積木沒有差別。

「活的不收。」沉默的收購商說話了。

大衛杜夫上前查看，原來收購商指的不是賣家，而是那男人。

「有沒有興趣收了他？」大衛杜夫提議。「我調查過這傢伙，很有趣。雖然他隱瞞所有人，但藏不住精神科的就診紀錄。大工廠最愛接納這種人了。」

收購商沒有答應、沒有說話，保持慣有的寡言。他把裝屍的木箱放進後車廂，接著也把那昏迷不醒的男人扔進去——看起來，收購商是答應了。

大衛杜夫笑瞇了眼，與收購商一同坐回貨車，消失在夜晚的盡頭。

【全文完】

番外篇、不能讓店長發現的暴力麋鹿

年末，冷夜。

培雅踏進超商的瞬間忍不住捂嘴，盡力憋笑的她站在門口，把後續的笑聲悶在嘴裡。最後還是前功盡棄從指縫洩漏出來，跟涼寒的夜風一起鑽進超商。

讓她發笑的來源是站在櫃檯的傳翰，這個超商店員頭戴著麋鹿角頭飾，看起來非常無奈。

「哈囉，聖誕麋鹿。你知不知道聖誕老人在哪裡？」培雅打趣地說。

「有這麼好笑？」傳翰搔頭，失手撥掉鹿角頭飾。

「該怎麼說……跟你很不搭，太違和了。」培雅分析完又忍不住竊笑。

「沒辦法，都是公司規定。我也不想戴。」傳翰撿起鹿角頭飾，隨手拍了拍，然後戴回頭上。「拜託，不要笑了。」

培雅在習慣的座位區坐下，看到傳翰後趕緊把視線移開，卻無法阻止笑聲。

「喂……」

「沒有其他的選擇嗎？你戴聖誕帽可能會好一點。」培雅建議，刻意不看向傳翰，免得一再的笑聲傷了他的心。

「我不知道店長把那些東西收到哪去了。算了。」傳翰扯下頭飾，扔到櫃檯角落。他心想反正夜深，而且總公司的稽查員前陣子來過，現在算是安全時期。

不過稽查員沒來，蟑螂般不該出現的生物倒是突然造訪。兩臺雙載的BWS轟轟轟轟地呼嘯過來，陸續停在門口。結夥的四個少年看來青澀，未脫稚氣的臉龐卻毫不掩飾唯我獨尊的囂張氣燄。

四人頂著向名為豪力的神奇寶貝致敬的奇異髮型，就這樣魚貫進來超商，嘻笑中免不了橫飛連發的髒話。其中一人經過櫃檯時不忘斜眼瞄著傳翰。

傳翰倒是淡然以對，不忘喊著：「歡迎光臨，關東煮特價中。」

對比傳翰的從容，這些人倒是惹得培雅反感。她在學校已經見識夠多的同類貨色，剎時間以為人被困在教室，而非深夜那個可以放鬆的空間。

傳翰注意到培雅的不自在，微笑示意不必緊張。

屁孩們圍在冰箱前挑選，沒多久便拎了幾罐啤酒過來結帳。

「兩包七星中淡。」其中一人說。

「方便讓我確認證件嗎？」傳翰問。

「滿十八了啦。」另一個人說，隨手扔出幾張鈔票。

「要確認證件才可以賣煙。」傳翰表明立場。

就像飽滿的膿包一戳就破，這些屁孩稍有不如意就有劇烈反應。「檢查什麼證件？說滿十八了聽不懂喔？快點結帳！」「你賣不賣？不賣客訴你。」

「這些都是公司規定。」傳翰仍是沉穩應對，這些屁孩的威嚇對他而言，甚至還不比燙人的關東煮湯汁危險。

仗著人多所以天不怕地不怕的屁孩聚在櫃檯前，開始意義不明地擺出各種狠樣，一副老子很大尾不要惹我的模樣。傳翰仍沒有要拿煙的意思，倒是培雅越來越不安，緊緊把手機揣在懷裡，打算要報警。

不過屁孩這種生物恰如蟑螂，看見一隻，代表暗處還有好幾隻沒有現形。在這群屁孩為了買煙叫囂不斷的時候，另一隻大蟑螂跟著現身。

放棄向豪力致敬，這個年輕帶著痞氣的男人選擇稻草似的狂野亂髮，沒有保養的粗糙髮質足以讓任何一個髮型師都崩潰。

「買個東西這麼久？買好沒有？」痞男喝問。

屁孩們一看到痞男，立刻收斂起態度。顯然痞男是這些屁孩的頭頭。

「大哥，他不賣煙！」一個屁孩手指向傳翰告起狀來，其他幾人紛紛哄笑，等著看好戲。

「不賣？幹什麼不賣？」痞男質問，手抓了抓頸子，他抓向的那邊恰好有部份褪色的刺青。

另一個屁孩幫腔：「他說要看證件。」

「看就看啊，來啦，這樣滿意沒？賣不賣？」痞男從皮夾掏出駕照，直接扔在櫃檯上，不忘對傳翰投以挑釁十足的斜眼瞪視。

傳翰看看駕照，又看看痞男的本人核對起照片，忽然覺得有那麼一點眼熟。痞男好像也察覺到了，面前的這名店員也有那麼一些眼熟，表情突然一僵，然後慢慢抿起嘴。

見對方有這樣的反應，傳翰越加確定過去應該跟痞男打過照面，不過想不起任何細節。在傳翰翻找記憶的時候，痞男搶先認人：「翰、翰哥……你怎麼在這裡？打工啊？」

旁邊等著看戲的屁孩們困惑不已，發現事態跟原先預期的不太一樣。

「我們認識？」傳翰問。

「啊，那個，這個……」痞男支支吾吾，最後傻笑起來。隨著咧嘴，才發現有幾顆難看的缺牙，明顯是被外力給破壞。「不，那、我我我去別家買……幾個小弟不懂事，翰哥你大人有大量不要計較。你們還看什麼，快走、走了！」

痞男逃得飛快，眨眼間已經溜到門邊，屁孩們困惑跟上，不明白老大為什麼態度突然大轉變。

「等一下，」傳翰突然喚住，嚇得痞男身軀一震，「你的駕照。」

傳翰指了指痞男忘記拿走的證件，後者匆匆跑來取過證件。

「謝謝翰哥，謝謝、謝謝！」痞男惶恐地連連點頭，就差沒鞠躬。

目送這些人離開後，傳翰還是想不到痞男是什麼來路。

你以前痛揍過他，忘了？那些缺牙就是你的傑作。獅子好心提醒。

傳翰有印象又好像沒印象，過去亂七八糟揍過的人太多，怎麼可能全部記得？光是隱約認出痞男就已經是個奇蹟。那時候真的太年輕了，不懂分寸。傳翰嘆氣，默默懺悔。

忘了就算了，反正是條成不了氣候的雜魚。獅子說。

「傳翰？」培雅擔心地湊上來，「你怎麼嚇跑他們的？」

傳翰笑說：「他們家裡煮熱水忘記關瓦斯，所以都跑回去了。」

培雅慢慢瞇起眼睛，有些嫌惡地說：「講這種阿伯笑話會被唾棄喔。」

「哈哈……真的嗎？對了，你等我一下。」傳翰短暫扔下培雅，匆匆走進員工休息室，再出現時手上拿著棕色的小熊布偶。

「給你。」

「咦？」培雅沒想到傳翰會準備禮物。她好奇地問：「怎麼會有這個？」

「這次的點數兌換商品。」

「這樣不好吧？你拿店裡的東西會不會被追究？」擔心的培雅趕快把小熊布偶遞還回去。

不過傳翰不打算收回，「沒關係，現在就剩我一個店員，我說了算。」

「你說了算？好啊，我先報警，看你怎麼跟警察說。」培雅調皮地笑了笑，作勢要撥打手機。傳翰伸手阻止，培雅馬上避開，還故意裝傻著問：「我記得號碼是一一○對吧？」

「你怎麼忍心刁難大夜班的工讀生？」傳翰嘴巴邊說，雙手動作不停。好歹也是多年練拳的，一個瞬間飛快抓住培雅的手機。

培雅的手一陣暖，突然被傳翰的大手包覆住。她微微一愣，這樣被男生握著手還是頭一遭。傳翰本來還在高興成功阻止她的惡作劇，甚至有那麼一點得意，不過沒多久就發現培雅的臉微微泛紅。

「抱歉。」傳翰趕緊抽手。

「沒關係……」培雅低聲說，臉頰好燙。

沉默。這兩人都無法看向對方，最後還是傳翰先開口：「這個娃娃是我剛好看到，好像滿可愛就順便買的。不是店裡的東西。聖誕節送禮物很合邏輯吧？」

聖誕節？培雅知道這個節日將近，不過家中歷經巨變又被迫寄人籬下看姑姑的臉色，更別提轉校後遭遇的各路牛鬼蛇神，她已經失去以往過節的心情，不管是送禮或收禮的心理準備都沒有。

她把小熊布偶抱在懷裡，毛茸茸的又柔軟，很好摸。「可是我沒準備……」

「沒關係，只要你不報警一切都好說。」傳翰不忘開玩笑，「聖誕快樂。」

「聖誕快樂，」培雅故意加重語氣，「謝謝你囉，聖、誕、麋、鹿！」

「喂……」

傳翰無奈的樣子讓培雅笑了，笑得燦爛、笑得很甜。這是她還沒想像過的，開心暖人的聖誕夜。

××××

培雅驀然回神，從這段不存在的記憶中脫離。她眨眨眼，像在確認身體的機能仍然正常。

在不請自來的幻聽之後，她最近越來越常失神，更不時被虛構的片段盤據了腦袋。就連這樣的時刻也難以避免。

「哈囉，姑丈。好久不見。」培雅燦笑，眼睛卻如死物不帶一絲溫度。

她慢慢逼近那被綁縛在辦公椅上的男人。準備以鮮血將他裝扮成紅色衣裳的聖誕老人。

畢竟今天，才是真正的聖誕節呢。

番外篇、不能讓鄰居發現的血腥聖誕

曾經這間屋子令培雅深惡痛絕，每日每夜每分每秒只想逃離，直至今日此刻，才能大膽踏入。取代過往那些恐懼的，是帶著復仇快意的興奮。

「哈囉，姑丈。好久不見。」培雅的語調要比蜜糖更甜，聲音在笑，眼神卻如死水不帶一點漣漪，所有的色彩都在瞳中死去。

姑丈與記憶裡的模子一樣，沒有變化。人哪，在某個節點之後便會停止演進，不求進步，只要不繼續劣化就是萬幸。幸好姑丈已經踩住下限，不必擔心更糟了。

帶笑的培雅審視面前這人，台大財金系畢業、現任銀行主管，要頭銜有頭銜，要錢也不曾缺過。可惜扒下這些令人稱羨的表皮後，骨子裡就是個覬覦姪女的淫蟲。

蟲子般不停蠕動的姑丈被束縛在椅上，是張舒適附有扶手的牛皮辦公椅，嘴裡塞著他自己的臭襪子——培雅記得先用塑膠袋套著手才碰，這種東西即使沒潔癖也無法不嫌髒。

偌大的書房只剩培雅與姑丈。惱人的二姑姑不在家，今天是她與友人的固定聚會日，一群享受人生美好的退休公務員。

這樣很好，可以讓培雅慢慢與姑丈獨處。

培雅環顧書房，書櫃放滿各類財經書籍，商下與天周雜誌各據一方，當然少不了曾經霸佔暢銷榜的過氣勵志書。

她取過一本大談正向思考的心靈勵志書，隨意翻了幾頁，抬起頭問：「姑丈，這本書你有好好看過嗎？等等就是驗證的好機會，希望你可以正向思考，不要輕易放棄人生。」

無法說話的姑丈瞪大眼，顯然被培雅話中的狠勁給嚇壞了。好像有無數纖冷的刺扎在心口，凍得血液發寒。

培雅彎下身在腳邊的提包翻找，取出一把鐵鎚，電鍍的表面光滑如鏡。她把玩起來，纖細如柔荑的手指輕輕撫娑，像在替貓搔癢。隨後握緊了，邁開輕盈步伐。

姑丈畏懼抬頭，直盯逼近的她。

「為什麼要偷翻我的內衣？」培雅臉龐動也不動，僅有眼珠向下一瞪，透出看到蟑螂似的嫌惡。

「為什麼要盯著我的大腿？」她的語調平板如念誦課文，然後再問：「為什麼要用虛偽的善意包裝你的色慾？」

姑丈無法回答。

培雅也不願意施捨多餘的思考時間。懸在空中的鐵鎚往姑丈的褲襠砸下，直中男性最致命的要害。

「嗚！」姑丈悶哼的同時，雙眼噴出淚來。面部所有肌肉用盡全部力氣糾結成團，像一塊醜陋乾癟的酸梅。眼珠子終於不能再窺探培雅大腿間的私處，只有不斷閉緊，彷彿要將眼球擠出汁來。

他反射性想要夾緊雙腿，可惜都給繩索牢固捆住，暴露出胯部。單薄的西裝褲完全不帶一點防禦作用，與赤裸無異。

「為什麼？」培雅提問，鐵鎚驟落。從指尖回饋的觸感，讓她知道確實打在肉上，就是不知道破了沒有？沒聽見預期的破裂聲。

沒關係，徹底砸爛就是了，總會破的。培雅想得乾脆，鐵鎚搗年糕般反覆搥下。

「唔！唔！」姑丈身體猶如活塞，被鐵鎚擊中時便猛然抽動幾下。伴隨陣陣悶叫。從脖子暴漲的青筋來看，如果不是被臭襪子塞滿口腔，那慘嚎必定激烈，會驚擾左鄰右舍。

這樣不好，培雅可不想被任何人打擾。她維持固定的節奏，持續毀滅性地對付姑丈的睪丸與陰莖。擊打肉塊的紮實觸感，慢慢變成肉泥似的爛糊。

再一次舉起鐵鎚時，培雅看見細碎的鮮紅灑落。終於停手的她翻轉審視，鎚面覆著一層薄血。

姑丈垂頭不動，汗水在下巴凝聚成豆，點點掉在溼透的褲襠。因為西裝褲與牛皮椅同為黑色，讓滲流的鮮血沒那樣顯眼。不能被描述的疼痛幾乎要撕裂姑丈的靈魂。

培雅伸出鐵鎚，往那張滲滿黏稠汗粒的臉抹去，塗開幾道稀釋的紅。

她輕聲說：「不知道姑丈有沒有聽過？當你真心渴望某件事時，全宇宙都會聯合起來幫助你。你現在該開始期望了，我要暫時離開一下。」

鐵鎚被隨意扔掉，砸中姑丈的腳趾。他沒有反應，這點痛楚已是微不足道……

「我隨時會回來。把握機會。」培雅下達最後通告，按下電燈開關，書房頓時全暗。唯一的動靜只剩姑丈殘喘的鼻息。

× × × × ×

入冬後的寒風不停颳來，令人不自覺縮起脖子。幸好午後暖黃色的斜陽灑在培雅臉上，讓那張蒼白的臉蛋多了幾絲溫度。

等在放學的校門口，看見不斷湧出的小學生們，培雅沒有感慨他們多麼天真無邪，只嫌吵得要命。

這些小鬼彷彿逃出動物園的猴子，亂笑亂叫打鬧不斷，有的還突然奔跑起來，竄過培雅身旁，惹得她不悅皺眉。

小學生的年紀雖小，但有些也到了情竇初開的年紀，頻頻回頭看，都在訝異這個漂亮的小姊姊是哪來的？更別提幾個接送的家長不時偷瞄。

培雅見多這樣的目光，自有應對偽裝。她扳起臉，擺出屏棄眾生的冷傲姿態，襯上一襲黑衣，更顯得難以親近。

直到那個人的出現才融化她冰山似的臭臉。遠遠的，弟弟一路穿越人群奔跑過來，像狗兒叼回主人丟的球般興奮。

「姊姊！」他撲進培雅懷裡。兩人好久沒見了，倍感思念的弟弟忍不住撒嬌。

莞爾不已的培雅故意說：「旁邊的同學都在看你呢。」

漲紅臉的弟弟趕緊退後，小手還是抓著培雅的衣角不放。培雅乾脆牽起，領著弟弟離開，那小小的手掌熱熱的，握在手裡像團暖暖包。

「姊姊你的手好冰。是不是很冷？」弟弟忍不住問。

「不會啊。你呢，會不會冷？」

「不會！」弟弟很有精神地回答。「姊姊，我們今天要吃什麼？可不可以不要麥當勞，老師說炸雞吃多會變胖。」

「今天要吃火鍋。我訂好位了。」培雅舉手招了計程車，帶弟弟前往火鍋店。

今天的見面事先知會過大姑姑，並刻意隱瞞不讓二姑姑知道。倒不是培雅有所懼怕，純粹想免去多餘的麻煩，懶得應付二姑姑那種神經質的瘋女人。

弟弟在車上分享學校發生的趣事，培雅故意露出很有興趣的樣子，好讓弟弟不停說下去。無論暗地裡是什麼樣的人，在弟弟面前，她都要是當初那個張培雅，沒有第二種角色。

火鍋店瀰漫柴魚高湯的氣味，培雅與弟弟在店員的指引下就座。她首先點了幾道肉盤跟鯛魚片，當然沒忘記蔬菜。

當一整盤花花綠綠的蔬菜端上桌時，弟弟嫌惡地吐舌：「青菜好難吃，我不喜歡！」

「不能挑食，營養均衡很重要。你要趁還在發育多吃，才能長高長壯。」培雅叮嚀，把肉片跟青江菜夾入鍋中煮熟。

她同時審視弟弟，現在的臉頰有些豐腴，不過年紀小還在成長倒無妨，畢竟維持身材的戰鬥是從二十五歲後才正式開始，屆時人體的新陳代謝率開始下降，吃胖變成呼吸般容易的事。

「我多吃青菜的話，會像那個大哥哥一樣壯嗎？」弟弟期待地問。

「你說以豪嗎？他除了吃菜，還有定期運動。」培雅明白以豪那樣的體格，絕對是付出相當程度的努力才能維持的。

「原來大哥哥叫以豪。」弟弟點點頭。

「來，肉好了。趁熱吃。」培雅夾了滿滿一碗。

「怎麼那麼多菜!?」弟弟嚇得推開，彷彿是碗散發惡臭的毒藥。

「吃就對了。」培雅故意扳起臉，就差沒拿棍子假裝要打人。

「好可怕，以後不敢跟姊姊你吃飯了。」弟弟抱怨歸抱怨，還是認命把青江菜跟茼蒿往嘴裡送，嚼沒幾口馬上拿起可樂來喝，沖散滿嘴菜味。

培雅吃的不多，現在食量相當少，一碗肉就填飽了胃。她偶爾喝幾口店裡的無糖紅茶，剩下的時間都在幫弟弟煮肉。

「姊姊你最近過得好嗎？」弟弟忽然憂心地問，其實從見面後就開始在意。

「很好啊。」培雅笑答，她很早就學會撒不讓弟弟擔心的謊。

「可是你看起來怪怪的，跟以前不一樣。」弟弟睜著一雙無邪的眼睛，彷彿要看穿培雅隱瞞的心事。

她無法直面這樣無害又關心的眼神，乾脆往弟弟的碗裡夾菜，又逼得他抗議：「怎麼還有菜！姊姊你不能騙我噢，吃完真的會跟那個大哥哥一樣壯嗎？」

培雅本來要反射性地安撫，卻忽然發現不對勁。「你說的那個大哥哥，是那天跟我去松山車站接你的人嗎？」

弟弟搖搖頭。「不是，是送我去車站的那個。」

培雅無語，沒想到弟弟仍記得傳翰，而不是接他們離開還送來好吃蛋糕的以豪。她又想，或許弟弟這樣的反應並不特別，是她故意排除掉這種可能。

那個騙子到現在還是沒有半點消息，令培雅無助又心寒。他答應過的，他明明答應過的。

「姊姊？」

「聖誕快樂。」不想多談的培雅乾脆拿出禮物，轉移弟弟的注意力。好哄的弟弟與培雅玩起猜禮物遊戲，果然忘記要追問。

為了珍惜少有的相處機會，培雅故意坐滿用餐時間，然後再攜著弟弟逛過幾條街，才送他回大姑姑家。分離前弟弟又撲進她懷裡。

「下次要再帶我去吃東西喔。」弟弟撒嬌，不忘強調：「要去沒有青菜的店。」

「不可以挑食。」培雅哭笑不得，寵溺地揉亂他的頭髮。

目送弟弟上樓，培雅溫柔的神情慢慢消退，好像被夜裡的冷風一點一點颳去。

她昂首離開，踏起孤單的足音。

再一次，又剩她獨自一人。

××××

照原訂計畫返回二姑姑家，培雅知道時間掌握得剛好。她是尾隨聚餐完的二姑姑上樓的，那個女人完全沒發現，毫無戒心將門打開。

培雅在樓梯間確認二姑姑進入屋內，才跟著來到門邊。她插入鑰匙，逼近無聲地轉開。當初寄居在這裡的時候，就被迫練出這樣的技巧才好避免驚動二姑姑，引來後續狂風暴雨般的怒火。

培雅沒有立刻進去，而是耐心等待，直到預期中的尖叫出現。那是喉嚨破裂似的淒厲叫聲，只有二姑姑可以發出如此難聽的聲音。這讓她得以確認姑丈的慘狀被發現了。

門被打開一道恰好容納培雅鑽入的縫隙，正如當初那些小偷般隱匿自己聲息的日子，她進入，然後關門上鎖。

來到書房外，可以看到背對房門的二姑姑手忙腳亂，試圖解開困住姑丈的繩索，偏偏她笨拙的雙手又扯又拉，理不出半點掙脫的契機。

培雅叱笑出聲，二姑姑愕然回頭，於是她大方還以問候——

「哈囉，二姑姑。好久不見。」

鏡小說 006

不能讓老師發現的霸凌日記

作者：崑崙
責任編輯：劉璞
責任企劃：劉凱瑛
日記手寫字：PinChen Wu
美術設計：賴佳韋
主編：李佩璇
總編輯：董成瑜
發行人：裴偉

出版：鏡文學股份有限公司
114066 台北市內湖區堤頂大道 365 號 7 樓
電話： 02-6633-3500
傳真： 02-6633-3544
讀者服務信箱： MF.Publication@mirrorfiction.com

總經銷：大和書報圖書股份有限公司
242 新北市新莊區五工五路 2 號
電話： 02-8990-2588
傳真： 02-2299-7900

內頁排版：宸遠彩藝有限公司
印刷：漾格科技股份有限公司
出版日期： 2018 年 09 月 初版一刷
2022 年 12 月 初版五刷
ISBN： 978-986-95456-6-2
定價： 340 元

國家圖書館出版品預行編目 (CIP) 資料

不能讓老師發現的霸凌日記 / 崑崙著.
-- 初版. -- 台北市 : 鏡文學, 2018.09
320 面 ; 13×21 公分 . -- (鏡小說 ; 6)
ISBN 978-986-95456-6-2 (平裝)

857.7 107011971